문학의식 소설선 07

길 위에서

김영희 소설집

길 위에서

김영희 소설집

작가의 말

세월이 참 빠르다.

첫 소설집을 내고 10년이 지난 지금에야 두 번째 소설집이라니……

글쓰기가 갈수록 어렵다는 것만 절실하게 느끼며 많은 시간을 보냈다.

써야 하나 말아야 하나? 그래도 어쩌랴 굼벵이 기듯 해도 무엇인가 써야하는 관성 때문에 펜을 놓지 못하는 것을.

세상의 흐름이 달라지고 어렵고 힘든 시간들은 끊임없이 밀려온다.

변이에 변이를 거듭하며 이어진 기나 긴 코비드 19, 세계 곳곳을 할퀴고 파괴하는 무서운 기후 재앙들 전쟁 그리고 갑자기 무서운 기세로 달려든 인플레이션. 그들 앞에 선 우리들의 삶이 참으로 초라하고 가엾다.

온갖 세파에 시들고 상처만 받은 지친 사람들에게 위로가 될 만한 일은 하나도 보이지 않는다. 그리고 저쪽 전쟁의 화염에 휩싸인 세계에서 미래를 내려놓고 희망도 버린 채 피지도 못하고 죽어가고 있는 젊은이들을 어떻게 구할 수 있을까? 욕심과 독선이 세상을 망치고 젊은이를 사지로 내몰고 있다.

우리의 삶은 따져보면 인재다. 사람이 사람을 위해 만든 모든 것이 재앙의 근원이고 역병 역시 마찬가지고 인플레이션도 그렇다.

내가 굳이 말하지 않아도 해법이 있다는 것을 모르는 사람은 천지에 없을 것이다. 실천이 어려운 것이다. 좀 천천히 가자. 부지런을 떨자. 게으름을 피우기 위해 만든 편한 것을 물리치자. 좀 더 검소해지자. 욕심내지 말자. 역병을 막고 기후 재앙을 막고 인플레이션을 막는 일이다.

우리를 만드신 조물주 하나님이 주신 세상을 인디언들처럼 원형 그대로 간직하며 자유롭고 평화롭게 살 방법을 모색해 봄이 어떨까.

재앙과 역병 인플레이션이 아니라도 우리 삶은 충분히 피곤하고 아프다. 원래 여행길이 고단한 것이 아니던가.

나는 마치 전쟁에 내몰린 사람처럼 문자들과 싸우며 글을 쓴다. 이 또한 고단함이 따른다. 그러나 아이가 태어나는 것처럼 하나의 이야기가 만들어진다.

아픔과 고독 고난, 기쁨, 슬픔들을 담은 이야기들이다.

시련 끝에 얻어지는 것들 때문에 우리는 이렇게 악착같이 아등바등 사는 것일까?

황혼이 온다. 저렇게 아름다운 일몰을 보다니!

나는 이제 사 모든 것을 이해하고 사랑하게 되었다.

2022년 10월 로스 앤젤레스에서

김영희

차례

일러두기

1. 책에 쓰인 영문의 한글 표기는 외래어표기법에 따랐으며 일부는 저자의 의도를 반영해 예외로 두었다.
2. 쉼표와 마침표, 말 줄임표, 느낌표 등의 문장부호는 저자의 의도를 반영, 최대한 저자의 원문을 그대로 살려 표기했다.

길 위에서

실연의 상처를 치유하고 피폐해진 영혼에 새 활력을 불어넣기 위해 떠난 여행길이 갑자기 생존을 걱정해야 하는 악몽으로 바뀌어 있었다. 그는 절박한 상황에서 벗어나기 위해 자신이 할 수 있는 일이 무엇인지 생각했다.

길 위에서

그가 눈을 떴을 때 모텔 방 벽에 붙은 야광시계의 푸르스름한 바늘은 새벽 다섯 시 반을 가리키고 있었다. 동편으로 난 유리창 밖은 여전히 밤하늘의 검푸른 색깔을 지니고 있었다. 어스름 저녁의 고즈넉함과는 다른 신선하고 긴장된 새벽의 얼굴이 커튼 밖에서 그의 침상을 기웃거리고 있었지만 그가 일어나기엔 너무 이른 시간이었다. 잠은 더 오지 않을 것 같았지만 베게에 푹 파묻혀 어두움 저편 너머 보이지 않는 먼 하늘을 멍하니 바라보고 있는 동안 그는 다시 졸음 속으로 빨려 들어갔다.

그가 현관을 막 나서려는데 전화가 울렸다. 이른 아침에 누구지? 그의 가족이나 친지들은 그가 이 시간이면 나가는 줄을 다 알고 있을 터였다. 그는 전화를 받을지 말지 잠시 생각했다. 시계를 봤다. 산타 모니카에 살고 있는 늙은 부모일지도 모른다는 생각이 갑자기 떠올랐다. 그는 운동화를 신은 채 거실로 되돌아가 황급히 전화를 들었다.

"여보세요."

"제하 씨 나야. 코니, 깜짝 놀랐지?"

긴장이 탁 풀렸다. 코니라니 뜻밖이었다. 뒤이어 오는 당혹감으로 그는 잠시 아무 대답을 하지 못하고 멀거니 서있었다.

"실은 전화를 하면서도 전화번호가 바뀌었으면 어쩔까 걱정했어. 진작 전화를 하려 했는데… 나 이제 캘리포니아로 돌아가려고. 사우스웨스트 207편으로 이십오일 낮 열두시 반에 도착할 텐데. 시간 있으면 공항으로 나 좀 데리러 와 줄 수 있을까 하고…"

귀에 익은 코니의 비음이 섞인 목소리가 떨리듯 전화기를 통해 들려왔다.

"이십오 일…?"

그는 당황해서 반문했다. 갑자기 그는 이 십 오일이 언제쯤인지 가늠할 수가 없었다. 코니는 곧 이어 그녀의 어머니가 공항으로 오려고 하는데 어머니가 몸이 좋지 않아서 그가 와주었으면 한다고 조심스럽게 말했다. 그는 잠시 혼란스러웠다. 그녀와 이별한 것이 언제였던가를 생각했으나 기억이 까마득했다.

"갑자기 무슨 일이라도 생긴 거야?"

"그런 것은 아니고… 어머니를 너무 오래 동안 떼어놓았고. 이제 그곳에서 살려고. 너를 만나서 하고 싶은 이야기도 있고 해서."

그는 신발을 내려다보고 있었다.

"나 지금 나갈 시간이야."

"끊을게, 내가 무리한 부탁을 한 것은 아니지?"

"…어쨌든 지금은 바빠. 나중에 다시 전화를 하든지."

"퇴근 후 다시 전화해도 괜찮겠니?"

"네가 원한다면…"

전화기를 놓으며 그는 시계를 보았다. 열한시 반. 지각이었다. 그는 서둘렀다. 주차장으로 통하는 비상구 계단으로 급히 뛰어 내려갔다. 계단은 늘 어둡고 칠칠했지만 주차장과 통하는 가장 빠른 길이었다. 희미한 전구가 늘 켜져 있었지만 있으나 마나했다. 두 층쯤 내려왔을 때 그는 계단참에 머리를 꼿꼿이 든 뱀을 발견했다. 몸통에 검은 반점이 있는 샛노란 뱀이 혓바닥을 날름거리고 있었다. 그는 비명을 지르며 달아나다 계단을 헛짚어 고꾸라졌다. 벌떡 몸을 일으키는 순간 그는 번쩍 눈을 떴다. 꿈이었다.

너무나 선명한 꿈이었다. 그는 잠시 멍하니 앉아있었다. 개꿈이야. 그는 생각을 떨쳐버리려는 듯 머리를 좌우로 흔들었다.

목이 말랐다. 그는 불을 켜고 침대에서 일어나 붙박이장에 있는 작은 냉장고에 가서 물 한 병을 꺼내 마신 뒤 커튼을 열었다. 일출 직전이었다. 진홍과 황금빛 햇살이 불타는 듯 온통 하늘을 물들이고 있었다. 언제나 늘 푸른 하늘이 일상인 남부 캘리포니아의 하늘은 눈부신 붉은 운해가 동편에서 남북으로 끝없이 펼쳐져 있었다. 그는 그 화려한 색조의 눈부신 아침을 처음 본 듯 오래 바라보았다. 뱃사람들은 붉은 아침을 흉조로 여긴다지.

창문 밖 거리는 아무도 다니지 않아 고요했다. 꿈이 다시 되살아났다. 돌아오겠다는 그녀의 감미로운 목소리가 귀를 간질였다. 정말이지 이젠 코니의 밧줄에서 풀려나고 싶었다. 몇 달 동안 그녀에 대한 끊임없는 애증으로 그는 참 힘든 시간을 보냈다. 그리움과 아쉬움에 빠져 영원히 허우적거릴 것만 같은 맘이 들었다. 그녀에게서 벗어나고 싶었지만 영원히 마음에 묻어두고 싶기도 했다. 어쨌든 상한 마음을 다스리고 옛것을 벗어버리려면 새로운 뭔가를 해야 했기에 그는 여행을 계획했다.

코니. 대학 때부터 사년 이상을 사귀어 온 그녀는 넉 달 전 그의 곁을 떠났다. 그를 더 이상 사랑하지 않는다며 아무런 예고도 없이 어느 날 갑자기 그녀가 이별을 선언했다. 코니에게 깊이 빠져있던 그는 무슨 수를 써서라도 이별을 막아 보려 했지만 마음을 거둔 코니는 냉정하게 그를 거절했다. 구걸하다시피 매달렸지만 소용없었다. 뉴욕에서 대학원과 직장을 시작했던 코니는 전화를 해도 받지 않았다. 그는 뉴욕까지 다급하게 날아갔지만 그녀의 그림자도 보지 못하고 돌아왔다. 첫사랑이었고 처음 겪는 아픔이었다. 준비 된 이별이 아니었기에 이별을 감당할 수 없었고 떠나는 사랑을 놓을 수가 없었다. 시시때때로 떠오르는 그녀의 모습을 지울 수 없어 괴로웠다. 시간이 지날수록 밀물처럼 밀려오는 향수 같은 그리움이 가슴에 차곡차곡 쌓이면서 떠난 사람에 대한 추억은 차오르는 달처럼 커지기만 했다. 다시 돌아오지 않을 것을 알면서도 그녀가 돌아오기만을 그는 갈망하고 또 갈망했다.

"떠난 사람은 다시 돌아오지 않아. 깨끗이 단념해."

그의 절친인 앤디가 말했다. 그는 그 말을 믿지 않았다. 그리움은 몸부림칠수록 더 강하게 솟아나 오래도록 그는 몸살을 앓았다.

십오일의 정규 여름휴가 날짜가 나오자 그는 오래전부터 가보고 싶었던 곳으로 여행을 떠나기로 결정했다. 국립공원 그랜드 캐년 사우스 림 하바수파이 폭포였다. 들어 갈 날짜를 미리 예약을 해놓았고 돈도 지불했다. 가는 도중에 풍광이 아름다운 볼거리가 있으면 좋겠지만 하바수파이의 에메랄드 빛 폭포수에 비할 수는 없으리라는 생각을 했다. 멀리 타주로 혼자 여행을 떠나는 일은 처음이어서 기대가 컸다. 그는 새로운 세계를 경험하며 아름다운 자연에서 실연의 아픔을 위로 받고 극복하기를 기대하고 있었다. 어지러운 마음을 추스르고 자신을 회복하는 의미 있는 시간을 보내기로 작정한 그는 꼼꼼하게 여행준비를 시작했다. 떠나기 하루 전 자동차 점검을 끝으로 모든 준비는 끝났다. 물과 비상식량 간식 등을 샀으며 침낭도 준비해 트렁크에 실었고 네비게이션도 장착했다.

사월 칠일 오전 열 시, 제하는 샌프란시스코를 떠나 여덟 시간 만에 예약한 엘에이 모텔에 도착했다. 엘에이까지 내려온 것은 오래 만나지 못한 사촌을 잠시나마 보기 위해서였다. 저녁 식사 후 사촌 죠슈아는 그가 혼자 여행 하는 것을 염려하며 젓가락처럼 기다란 바비큐 그릴용 성냥을 선물로 주었다.

"비상용 구조횃불로 써." 죠슈아는 커다랗게 웃으며 작별했다.

그는 창문 앞에 오래서서 해 돋는 광경을 지켜보았다. 장엄한 황금빛 햇살 속에 하루는 아직 비밀스럽게 숨어있었다.

아침 아홉시 그는 청회색 가벼운 점퍼 차림으로 여유롭게 식사를 한 뒤 모텔 로비를 나왔다. 그는 차 트렁크에서 물병 두 개를 꺼내고 자동차에 올라 모텔을 떠났다.

그랜드 캐년 사우스 림 하바수파이 입구까지 오백 마일, 예상시간은 여덟 시간 이상이었다. 그는 자동차 핸들을 쥔 손에 힘을 주었다. 로컬 도로를 벗어나자 금방 고속도로에 진입했다. 차들은 모두 빠른 속도로 움직이고 있었다. 거의 한 시간 쯤 갔을 때 갑자기 차들이 정체되기 시작했다. 도로는 순식간에 많은 차량으로 메워졌고 모두 서행했다. 기나긴 차량 행열이 이어졌다. 사고를 점 칠 수 있는 정체여서 기다릴 수밖에 없었다. 그는 좀 더 일찍 떠나지 못한 것을 후회하며 갇힌 차량들과 함께 삼십분이면 주파할 수 있는 거리를 세 시간 반 만에 겨우 벗어날 수 있었다. 사막으로 진입하기 전 그는 세브론에 들러서 차에 기름을 가득 채웠다.

강렬한 햇살이 대지를 덮자 뜨거운 바람이 차창으로 흘러들었다. 그는 라디오 채널을 음악 방송으로 바꾸고 차창을 닫았다. 그리고 잃은 시간을 만회하기 위해 가속 페달을 좀 더 세게 밟았다. 눈에 들어오는 풍경 속 건물들이 차창 뒤로 휙휙 쓰러졌다. 차가 교외로 빠지자 건물들 대신 검은 산야가 나타났다. 자동차는 침묵하고 있는 메마른 산을 지나 산불로 죽었다가 힘겹게 죽음을 이겨내고 싹을 트기 시작한 검은 나무숲을 지나갔다. 도시를 벗어나자 그의 마음은 조금씩 밝아지기 시작했다.

그가 대학 사학년이었을 때 신입생 축제가 있었다. 야밤에 실오라기 하나 걸치지 않고 벌거벗고 뛰는 아이들 속에서 발견한 코니를 사귀게 된 것은 사진 한 장 때문이었다. 그때 그는 학보에 쓸 축제 사진을 찍고 있었다. 사진 현상을 하다 늘어서서 응원하는 대열에 선 그녀의 클로즈업 된 무표정한 얼굴을 보았을 때 그는 이상하게 그녀에게 꽂혔다. 그래서 그는 그녀를 찾아보기로 결심했다. 어떤 사물이나 사람에게 갑자기 끌리는 일은 사뭇 운명적이었다. 그는 사진을 들고 신입생 강의실을 돌아다니다 어렵잖게 그녀를 찾아냈다. 그녀는 신입생이 아닌 편입생이었다. 실물로 본 그녀는 사진보다 더 매력적인 데가 있었다.

"사진 값을 받아야겠는데요."

사진을 건네며 그가 말하자

"보바 한잔 살게요."

코니가 웃으며 말했다.

그날 저녁 그들은 카페에서 만나 보바를 마셨다. 천진한 눈빛과 소박하게 웃는 모습이 그의 마음을 강하게 끌었다. 그녀의 조그만 풀꽃 모양의 반지가 그녀에게 잘 어울렸다.

"동생이 만들어 준 거예요."

그녀는 반지 낀 손을 내밀었다. 그는 내민 그녀의 손을 덥석 잡고 손가락에 입을 맞추었다. 풀꽃냄새가 났다. 그리고 사랑이 시작되었다. 그들은 틈만 나면 만나 데이트를 즐겼지만 졸업 때까지 불과 몇 개월이었다. 그녀가 다시 뉴욕으로 학교를 옮겼기 때문이었다. 그는 코니의 사진을 벽에다 걸어놓고 어머니들 보다 더 많이 그녀에게 입 맞췄다. 그녀가 떠나고서도 한참을 떼어낼 수 없었던 사진이었다.

그가 대학 연구실 일을 시작한지 며칠 되지 않은 어느 날 한밤중에 전화가 걸려왔다. 코니의 울먹이는 소리가 전화통 속에서 흘러나왔다. 무슨 일이지?

산들은 희미한 등줄기를 보이며 멀찍이 물러나 있었다. 사막을 관통하는 동안 차량의 통행은 뜸해졌고 어쩌다 마주 오는 차량은 번개처럼 굉음을 내며 지나갔다. 시야가 확 트이자 눈에 들어오는 사물은 모두 멀어져 뿌옇게 보였다. 지평선에서 하늘만 파랗게 떠올라 보였다. 화씨 백십 도, 등골로 땀이 흘러내렸다. 한낮이 되면 기온이 얼마나 더 오를지 알 수 없었다. 그는 기름을 아끼려고 에어컨을 켜지 않았으나 이미 인내심이 한계에 도달해 있었다.

그는 도로 갓길에 차를 세우고 소매 긴 점프를 벗어 던진 뒤 차창을 모두 내렸다. 델 듯 뜨거운 공기가 차량 안으로 왈칵 밀려들었다. 그는 남은 병 물을 마저 마신 뒤 에어컨을 켜고 다시 차창을 닫았다.

오! 난 내일 새벽열차로 떠날 거야
나는 알아 내가 어디로 갈지를
난 벌써 내 고통들을 몽땅 싸서 멀리 던져 버렸어

그는 남자 가수들의 노래에 귀를 기울이며 갓길을 벗어나 고속도로를 질주하기 시작했다.

"너무 외로워, 주말에 올라오지 않을래? 네가 보고 싶어 죽을 지경이야."

전화통에 대고 그녀가 울다 말했다. 그녀는 뉴욕으로 간 뒤부터 외로움을 탔다. 느닷없이 한밤중에 전화하기 일쑤였지만 그는 상관치 않고 전화를 받았다. 그녀의 외로움을 달래주기 위해 그는 무슨 일이라도 할 수 있었다. 그래서 그녀의 밑도 끝도 없는 시시한 이야기를 들어주며 꼬박 밤을 지새울 때도 있었다. 툭하면 금요일 연구실 일을 미뤄두고 그는 뉴욕으로 날아갔다.

그녀가 사는 콧구멍만한 맨해튼의 방 하나짜리 아파트에는 네 사람의 룸메이트가 기거했다. 방안에 두개의 풀 사이즈 침대가 있었고 거실에도 병원용 칸막이를 사이에 두고 또 침대 두개가 있었다. 방안의 침대 사이는 겨우 한 사람이 서서 걸어 다닐 수 있는 공간밖에 없었다. 그날 밤 그녀의 룸메이트는 비좁은 침대에 걸터앉은 그들을 보더니 자리를 비워주었다. 코니는 풀사이즈 침대 끝에 앉아서 그의 목을 끌어안고 사랑한다고 말했다. 둘이 잠자기엔 도무지 불가능해 보이는 침대에서 그들은 얼굴을 맞대고 벌거벗은 몸을 모로 누인 채 굶주린 이리마냥 서로를 물어뜯을 듯 핥았다. 그때만 해도 그녀는 가끔씩 외로움을 타는 것 말고는 변함없었다. 자동차 없이 버스와 지하철을 타고 다니는 새로운 도시생활과 캘리포니아와 전혀 다르지 않는 학교생활 새로운 친구들과 직장이야기를 했다. 날마다 애인을 끌어들여서 아우성치며 섹스를 하는 룸메이트 이야기를 했고 브로드웨이 극장에서 상영되고 있는 오페라 여가수의 멋진 창법도 이야기했다. 그 일이 일어나기 전까지는 어려움 속에서도 모든 것을 그녀는 잘해 나갔고 꿈을 향해 부단히 서있었다. 그는 다만 그녀의 갑작스런 변심을 믿을 수 없을 뿐이었다.

정오가 넘자 황량한 벌판에 돌풍이 부는지 누런 모래바람이 일고 있었다. 눈이 내린 듯 작은 퇴적물처럼 쌓인 소금밭을 지나는 동안 모래바람과 함께 둥글게 뭉쳐진 마른 풀들이 공처럼 굴러다니는 것을 보았다. 스산하고 공허한 바람이 차창사이에서 기묘한 소리를 냈다. 그는 차창 문을 완전하게 올렸다.

어느 핸가 오월, 코니는 그녀의 동생 졸업식에 참석하기 위해 캘리포니아로 돌아왔다. 그리고 가족과 함께 졸업식에 갔다. 그 날 밤 열한시 쯤 그는 코니로부터 오클랜드에서 돌아 왔다는 문자를 받았다. 그리고 오 분 뒤 다시 코니의 전화를 받았다. 졸업식을 보고 헤어진 그녀의 동생이 지금 병원 응급실에 있는데 생명이 위독하다는 전갈을 받았다는 것이었다.

"믿을 수 있겠어? 불과 일곱 시간 전에 웃으며 헤어졌는데."

도무지 이해 할 수 없다는 그녀의 목소리는 불안스레 떨렸다. 세 가족이 집 문 앞에 닿아 문도 열지 못하고 다시 차를 타고 떠나온 곳으로 출발한다고 말했다. 그녀의 부모는 잘못 전해진 소식인지도 모른다며 병원에 닿을 때까지 전연 믿지 않았다고 했다. 그들이 병원에 도착했을 때 그들은 위독하던 사람을 당장에 만날 수도 없었다. 그녀의 동생은 이미 응급실을 떠나고 없었다. 영안실에서 죽은 이의 부어오른 얼굴을 보았을 때 그녀의 어머니는 실신하여 쓰러졌고 그녀는 바닥에 주저앉아 버리고 말았다.

마침내 그는 그랜드캐년에 도착했다. 캐년에 진입하기 전연료 계기판의 빨간 등에 불이 들어왔다. 캐년 입구에서 그는 기름을 넣기 위해 주유소에 차를 또 한 번 세웠다. 그러나 주유소 팻말에 붙은 가격을 보고 그는 망설였다. 보통 주유소 보다 기름 값이 곱절이상으로 비쌌다. 그는 가격이 싼 다른 주유소를 찾아 나머지를 채울 계산을 하고 삼분의 일만 기름통을 채우고 떠났다. 날이 어두워지고 있었다. 붉은 노을이 지평선 너머로 쓰러졌다. 평일이라 오가는 차량은 전무했다. 세상은 회색지대로 바뀌며 적막해졌다. 길은 블랙홀처럼 어둠속으로 자동차를 빨아들였다. 그는 전조등 불빛만 바라보며 고독한 방랑자처럼 차를 달렸다. 국도 64번은 깜깜했고 무섭도록 한적했다.

코니 동생의 사인은 추락으로 인한 것이라고 했다. 낮에 졸업식을 치르며 즐겁고 멀쩡했던 그가 저녁에 친구들과 술을 조금 마시고 헤어진 뒤 아파트 옥상에서 떨어져 죽었다니 코니의 가족들은 주검을 눈앞에 두고도 믿을 수 없었다고 했다. 그들은 남긴 유서가 있으리라 생각하고 그의 방안을 온통 뒤졌지만 아무것도 찾지 못했다. 그의 것이라면 노트와 작은 메모 한 장 소홀히 하지 않고 주검의 원인을 찾고자 했으나 아무런 단서를 발견 할 수 없었다. 꿈을 안고 떠났던 그녀의 동생은 의문투성이의 주검이 된 채 세 가족과 함께 집으로 돌아왔다.

국도 64번에서 네비게이션은 우회전을 가리키고 있었다. 그가 오른쪽으로 핸들을 꺾자 길은 비포장도로 바뀌었다. 완전한 텅 빈 사막 길 푸석한 먼지를 일으키며 자동차는 앞이 전연 보이지 않는 길을 나아갔다. 자동차의 헤드라이트는 희뿌연 흙길만을 비추고 있었다. 나무들이나 바위, 살아있는 어떤 것, 형태를 갖춘 무생물마저도 보이지 않는 사막이 이어지고 있었다. 갑자기 전화 메시지 신호음이 떨어졌다. 그는 전화를 집어 들었다. 친구 게리였다.

'길은 인생이다 인생은 여행이다. 폭풍우 속을 걷든 푸른 초원을 걷든 우리가 걸어가야 할 길이다. 그리고 모든 길은 끝이 있게 마련이다. 주어진 길을 묵묵히 걷다보면 아무리 긴 여행도 언젠가는 끝난다. 오만 것을 다 가졌던 사람도 오만 것을 다 잃은 사람도 길 끝에서 얻는 것 하나쯤은 있을 것이다.'

근시 안경을 낀 게리를 떠올리며 그는 답신을 보냈다.

'길 끝에서 하나쯤 얻는 것이 무엇일지 난 그걸 기대하고 있어.'

그는 아이폰을 놓고 목적지까지의 거리와 기름 게이지를 계속 보며 달렸다. 하늘에는 수많은 별들이 반짝였다. 길은 끝이 없어 보였고 어디로 움직이고 있는지 조차 알 수 없는 막막한 길을 자동차는 달리고 있었다. 얼마를 달렸을까 사막 길을 들어선 뒤 그는 처음으로 눈앞에 나타난 표시판을 보고 차를 멈췄다.

'이 길은 관리되고 있지 않은 길이니 이 길에서 일어나는 위험은 본인이 전적으로 부담해야 함.'

초행길이라 그는 어떤 위험이 있단 말인지 상상이 되지 않았다. 야생동물의 출몰인지 강도를 만날 위험인지 알 수 없어 찜찜한 기분이 들었다. 네비게이션은 계속 앞으로 가라고만 했고 믿을 것이라곤 그것 밖에 없었다. 그는 다시 앞으로 나아갔지만 사방은 너무 광막했고 마음은 조금씩 불안해지기 시작했다. 그리고 그 불안의 실체가 얼마 안가 드러나고 말았다. 자동차의 전조등은 철조망이 가로 막고 있는 막다른 곳을 비추고 있었다. 그는 재빨리 차에서 내려 철조망 앞으로 가 보았다. 길은 끝나 있었다. 철조망 때문에 더 나아갈 수가 없었다. 사방은 아무것도 보이지 않았고 어둠의 장막만이 무겁게 드리워져 있었다. 그는 생각지 않은 난관에 부딪혀 전조등이 비추는 전방 허공을 원망스레 쏘아보았다.

다른 길을 찾아야 했다. 그는 다시 차에 올랐다. 구글 지도를 보기위해 네비게이션을 중지 시키고 핸드폰의 구글 앱을 눌렀다. 앱이 열리지 않았다. 그는 다시 화들짝 놀랐다. 핸드폰마저 전혀 작동되지 않는 사각지대에 서있음을 깨달았던 것이다. 그는 핸들에다 이마를 몇 번이나 찧어댔다. 전연 예상치 못한 일이었다.

그는 차를 돌렸다. 달려왔던 길을 되돌아 나가려 했지만 방향을 알 수 없었다. 사방은 완전 어두웠고 광막한 사막이었다. 그는 사방을 살피며 어둠을 뚫고 천천히 차를 전진시켰다. 일마일 정도 왔을 때 계기판에서 빨간 점등이 켜지며 댕댕 소리를 냈다. 그는 외마디 소리를 지르며 브레이크를 밟았다. 잔뜩 긴장해 있던 터라 그의 놀라움은 컸다. 그는 차를 멈추고 어둠속에서 눈을 부릅뜨고 연료 게이지를 노려보았다. 왔던 길을 찾아 되돌아 가려해도 연료가 발목을 잡았다. 그는 아무것도 생각할 수 없었고 두려움과 공포에 빠졌다. 도대체 자신이 어디에 서있는지 조차 알 수 없는 것이 견딜 수가 없었다. 그는 다시 천천히 차를 몰며 길을 찾기 시작했으나 어디가 길인지 도통 알 수 없었다. 전조등에 의지하여 무엇이든 형태가 있는 것을 찾으려 애쓰고 있었다. 가끔 먹통인 전화를 들고 911을 누르면서 기어가듯 차를 몰았다.

'하나님 도와주세요. 길을 잃었어요. 연료도 바닥이 나고 전화도 불통인 진퇴양난에 빠졌습니다. 지금 제가 어떻게 해야 하나요. 제게 길을 보여주세요.'

그는 중얼거리며 차를 세웠다. 가끔 교회를 나갔지만 자신이나 누굴 위해 기도한 적은 없었다. 그는 엔진을 끈 뒤 핸들에 머리를 기대고 눈을 감았다.

'정신을 차려. 차분하게 생각하면 길이 있을 거야. 겁내지 마. 당황하지 마. 용기를 내. 여기가 다른 행성도 아니잖아. 아침이 되면 뭔가 희망적인 것을 찾을 수 있을 거야. 이 밤만 잘 보내면 분명히 길을 찾을 수 있을 거야. 혹시 지나가는 차량이라도 만날지 누가 알아, 구세주 같은 사람이 나타날지도 모르잖아.'

그는 자신을 스스로 채찍질하며 끝없이 위로의 말을 속삭였다. 그리고 다시 차를 몰고 어디가 어딘지 알 수 없는 길로 나아갔다. 울퉁불퉁한 길과 메마르고 거친 사막 길을 이리저리 헤매던 그는 마침내 벌판 왼쪽 저편에 검고 둥근 원형 입체물이 서있는 것을 발견했다. 그는 기뻐서 팔을 내저으며 고함을 질렀다. 사람이 만든 무언가가 사막에 있다는 것이 단번에 그에게 희망과 생기를 불어 넣어 주었다. 기대가 불끈 솟아났다. 그는 사막 길을 가로질러 빠르게 철재 통으로 향해갔다.

그는 철재 통을 살펴보았다. 팔구 미터 높이의 원형 철재 통은 용도는 불분명했지만 그는 철재 통 옆에서 밤을 지낼 준비를 했다.

기온이 뚝 떨어져 있었다. 그는 몸을 부르르 떨었다. 갑작스레 맞은 상황에 당황하여 추운 줄도 몰랐다. 그는 부랴부랴 자동차 의자를 제켜서 누울 자리를 만든 뒤 침낭 속에 파묻혔다.

'경고판을 봤을 때 되돌아가야 했어. 이럴 줄 알았다면 분명 돌아갔겠지.'

그는 더 이상 그르친 일을 생각하고 싶지 않았다. 그래도 철재 통을 찾은 것은 행운이라고 생각했다. 그는 다시 이성을 찾았다. 차창 밖 검푸른 하늘에는 무수한 별이 빛나고 있었다. 쏟아지는 별을 바라보며 그는 완벽한 고독에 젖어들었다.

"그 애는 자살할 아이가 아니야. 그 날 졸업식 때 얼마나 즐거워했는지 몰라. 만약 자살 할 생각이었다면 무엇이라도 꼭 남겼을 거야. 경찰은 자살로 단정했지만 수사를 다시 해 달라고 요청했어."

그 말을 남기고 그녀가 뉴욕으로 돌아간 뒤 그녀는 매일같이 그에게 장거리 전화를 했다. 수사는 답보상태였다. 몇 달이라는 시간이 흘렀어도 사인을 달리 할 단서는 어디서도 찾을 수 없었다고 했다. 결국 코니의 아버지가 재수사를 한다고 해서 죽은 아이가 살아 돌아오지 않는다는 이유로 수사종결을 요구했다. 그리고 수사팀은 해산되었다.

코니는 참 많이도 울었다. 억울해서 울고 동생의 죽음이

의뭉스러워 울고 그리워 울고 보고 싶어 울었다. 전화는 매일 밤마다 그에게 걸려왔다. 그녀의 전화는 동생의 추억 이야기로 시종일관했다. 늘 여기저기서 동생의 그림자를 본다고 했다. 사랑하는 가족을 잃은 그녀는 오로지 죽은 동생 이야기만 했다. 그녀가 잃은 동생은 어느덧 그에게도 동생이 되어서 그녀와 합일한 감정이 되어 추억의 마당에서 함께 울고 웃으며 시간을 보냈다. 그는 그녀를 진심으로 위로 했고 진심으로 그녀에게 위안을 주고 싶었다. 때로는 장거리 전화가 며칠을 계속해서 한밤 두 세 시까지 이어질 때도 있었다. 연구실에서 졸다 넘어진 적도 있었지만 그는 개의치 않았다. 코니에게 소중한 것은 그에게도 소중했다. 그는 시간을 낼 수 있을 때면 여전히 뉴욕으로 날아갔고 여전히 좁은 침대에서 그녀와 누웠다.

별이 냇물처럼 하늘가로 흐르고 있었다. 가물가물 가족들의 얼굴이 떠올랐다. 그는 비몽사몽 자신이 집으로 향해 발길을 옮기는 환상을 보며 잠에 빠져 들었다.

태양이 떠오르면서 희붐한 모래 색깔의 광활한 벌판과 구름 한 점 없는 짙푸른 하늘 거치는 것 없고 끝이 보이지 않는 사막이 눈앞에 펼쳐졌다. 사방을 돌아봐도 움직이는 것은 아무것도 눈에 띄지 않았다. 그는 비스킷과 훈제음식으로 아침을 먹고 물 한 병을 들고 걸어서 흙길로 나가 지나가는 차를 기다렸다. 태양은 이글거리며 바람도 없는 사막을 뜨겁게 달구었다. 뜨거운 볕은 그가 땀 흘리는 것조차 용납하지 않았다. 한낮이 되자 그는 더 견딜 수 없어 자동차를 세워둔 철재 통으로 돌아오고 말았다. 자동차 안은 뜨거운 용광로 같았다. 그는 철재 통 그늘에다 차를 옮겨놓고 그 그늘 아래서 길 쪽을 바라보며 시간을 보냈다. 하루 종일 지나가는 차를 기다렸지만 해가 질 때까지 개미 새끼 한 마리 지나가지 않았다. 그는 다시 실의에 빠지고 말았다. 길을 지나가는 차량이 있을 것이란 기대가 깨지자 그는 차량을 만나기가 쉽지 않을지도 모른다는 생각을 했다. 실연의 상처를 치유하고 피폐해진 영혼에 새 활력을 불어넣기 위해 떠난 여행길이 갑자기 생존을 걱정해야 하는 악몽으로 바뀌어 있었다. 그는 절박한 상황에서 벗어나기 위해 자신이 할 수 있는 일이 무엇인지 생각했다.

그는 자동차 트렁크를 열고 비상용으로 샀던 음식과 간식거리를 최소한으로 해서 하루 분씩 나누어 놓았다. 삼 일을 먹을 수 있는 분량이었다. 밤이 되자 그는 낮에 끌어 모아 두었던 마른 풀과 나무 가지에 불을 붙였다. 사촌이 장난같이 던져준 성냥이 이런 상황에 쓰일 줄은 상상하지도 못했던 것을 그는 스스로 조소했다. 완전한 칠흑의 불모지 사막에 화횃불은 염원처럼 어둠속에서 붉은 혀를 펄럭이며 허공으로 맹렬하게 타올랐다. 그는 불 곁에 앉아 추위를 쫓으며 생각에 잠겼다.

"어제는 편지통에서 동생이 보낸 카드를 찾아냈어. 걔가 손수 그림을 그려 넣은 생일 카드인데… 받은 지 불과 얼마 되지 않았잖아. 그걸 그릴 때만해도 그 애는 죽음을 생각하고 있지는 않았을 거야. 난 그런 생각이 들어."

동생이 죽은 뒤부터 코니의 화제는 늘 동생의 이야기로 시작되고 끝이 났다. 반지며 카드, 옷, 키체인, 음원이 든 USB 드라이브, 동생과 함께한 온갖 추억들이 모두 그 속에 깃들어 있었고 코니는 온갖 것을 다 들추어냈다. 그리고 다시 동생을 볼 수 없다는 슬픔 때문에 결국 울음으로 이어지는 대화들이 일 년 이상 계속되었다. 그는 결코 지겨워하지 않았다. 그녀를 위로하고 달래다가 오히려 코니와 같은 비애에 휩쓸려 슬퍼하고 있는 자신을 가끔 발견하곤 했다. 사랑하는 가족의 갑작스런 죽음은 코니의 모든 것을 변화 시켰다. 그가 막바지에 이른 연구 프로젝트에 잠시 열중해 있는 동안 코니는 학업을 중단하고 일만 다닌다더니 얼마 있지 않아 일도 그만두고 말았다고 했다. 부모가·보내주는 돈으로 생활한다 하였는데 그해 겨울에 만난 코니는 살이 엄청나게 쪄있었다.

"나 살 많이 쪘지."

"살찌는 것은 건강에 좋지 않아. 건강에 신경 좀 써."

코니는 아무 대답도 하지 않았다. 그때 그는 동생 이야기만 하는 코니의 정신과 육체를 다시 옛날로 돌려놓아 보려고 마음먹고 식단 프로그램과 운동시간을 짜서 코니에게 주었다. 그것이 무용지물이란 것은 금방 드러났다. 그녀는 밖으로 나가는 것조차 싫어하게 되었고 살이 내리지 않는다고 그에게 불평했다.

"네 생각이 바뀌지 않는 이상 아무것도 달라지지 않아. 네가 그런다고 해서 동생이 돌아오는 것은 아니잖아. 너 자신을 좀 생각해. 네 인생도 중요해."

"넌 남이니까 그렇게 말할 수 있는 거지."

예전의 코니가 아니었다. 그는 대답하지 않았다. 그때부터 둘 사이에 보이지 않는 기묘한 장벽이 생기기 시작했다. 갈수록 그녀의 정신상태가 미덥지 않게 변해갔다.

다음 날 그는 해뜨기 전 주변을 돌아다니며 땔감거리를 모았다. 그리고 어김없이 비포장도로로 나가 지나가는 차량을 기다렸다. 오전 내내 벌판을 지나가는 것은 아무것도 없었다. 태양은 작열했다. 피부가 타들어 가는 듯 따가운데도 참고서 그는 오로지 차만 기다렸다. 목이 탔다. 물을 아끼느라 목이 칼칼해지고 침이 말라야 그는 한 모금 물로 목을 축였다. 그날은 정오가 되기 전에 차로 돌아왔다. 지치지 않기 위해 그는 차안에서 가끔 눈을 붙였다. 그가 잠시 졸음에 빠졌을 때 먼 동남쪽 하늘에는 헬기가 떠가고 있었다. 선잠에 들었던 그가 어렴풋이 헬기의 소음을 듣고 용수철처럼 일어나 뛰쳐나갔다. 그는 헬기를 향하여 온힘을 다해 목청껏 소리치며 미친 듯이 손을 흔들고 옷을 벗어 흔들며 뛰어갔다. 그러나 헬기는 너무 멀었고 전연 그를 인식하지 못한 듯 했다. 먼 하늘로 헬기가 가물가물 사라질 때 까지 그는 미련을 버리지 못하고 팔을 흔들어댔다. 조종사의 눈에 띌 수 있는 그의 차는 철재 통 그늘에 숨겨져 보이지도 않았다. 그는 허탈감에 젖어 헬기가 사라진 쪽을 바라보며 한동안 실성한 듯 서있었다.

헬기의 출현은 그에게 큰 희망을 주었다. 그는 차량을 기다리며 사막을 돌아다니면서 부지런히 돌을 모아 헬기가 볼 수 있도록 벌판에다 커다랗게 S.O.S를 써놓았다.

밤이 되면 기온은 급격하게 떨어졌다. 차 안도 겨울들판처럼 추웠다. 그는 밤이면 몹시 떨었다. 만약을 위해 준비한 점퍼와 침낭도 사막 추위를 막을 수 없었다. 바닥까지 내려간 기름은 전화충전과 그늘로 차를 옮기는 일로 그리고 그가 마지막까지 할 수 있는 일을 위해 아껴둬야 했다. 침낭을 뒤집어쓰고 그는 차창 밖의 하늘을 바라보았다. 총총히 떠있는 하얀 별들 중 북극성과 카시오패아를 보자 그는 뼈저리게 가족들이 보고 싶어졌다. 그는 전화를 충전기에서 빼 들고 비디오를 작동시켰다.

"어머니 아버지 우리가 어릴 때 호수에 놀러가 바라보았던 그 아름답게 명멸하던 별들을 여기서 다시 보게 될 줄은 꿈에도 몰랐어요. 지금 전 길을 잃었고 가족이 너무 보고 싶어요. 제가 그동안 자주 찾아뵙지 못한 점 용서해 주세요. 늘 우리를 위하여 일하시고 우리가 옳은 길을 잘 갈 수 있도록 도와 주셨는데 저는 여태껏 아무것도 해드린 것이 없었네요. 미안해요. 그리고 사랑해요. 전 두 분의 사랑을 영원토록 잊지 못할 거예요. 여기서 제가 빠져나가지 못해 다시 못 뵙는다 해도 너무 슬퍼하지 마세요. 그것이 제 운명이라면 어쩔 수 없잖아요. 하지만 그런 일이 일어나지 않도록 저는 모든 일을 다 해볼 참 이예요 전 절대 포기하지 않을 거예요. 어머니 아버지 사랑해요…."

그는 더 말을 잇지 못했다. 거센 풍랑을 만난 듯 감정의 동요가 일어났다. 그는 고개를 침낭 속 깊이 묻었다. 서산에서 별무리가 땅으로 떨어지고 있었다.

조난 삼 일째 되는 날. 그는 도로로 나가지 않았다. 체력을 아껴둘 필요가 있다는 생각이 들었다. 어차피 여기나 거기나 아무도 오지 않을 것이 뻔했다. 대신 밤에 조난을 알릴 수 있는 태울 수 있는 것들을 찾아 주변을 한참 돌아다녔다. 구조를 위해 그가 할 수 있는 조치는 이미 다 한 것 같았다. 점심때가 되자 그는 컵 누들에 물을 부어 차 보닛 위에 반 시간 가량 내놓았다. 끓인 물을 부은 것처럼 누들은 따끈했다. 컵을 반쯤 비웠을 때 갑자기 작은 소음과 함께 저만치서 트럭이 달려가고 있는 것이 눈에 들어왔다. 그는 컵을 내던지고 "도와주세요."라고 고함을 지르며 트럭을 향해 힘껏 달리기 시작했다. 그러나 그가 허겁지겁 도로에 도착했을 때는 트럭은 이미 멀리 가버린 뒤였다. 트럭 운전사는 그를 전연 의식하지 못한 것 같았다. 트럭이 일으켜 놓은 뿌연 흙먼지가 저만치서 포연처럼 자욱하게 피어올랐다. 그는 희미하게 멀어져가는 트럭을 우두커니 바라보며 공연히 화가 치밀어 올랐다.

일은 자꾸 꼬였다. 사흘을 기다리고 기다리던 차였다. 그런 차를 잡지 못했다는 자책감으로 그는 흙바닥에 주저앉아 한 시간 넘게 땡볕에 퍼질고 앉아 일어나지 못했다.

실망스런 하루가 저물고 그는 차안에서 충전된 전화를 들고 앉아 동생인 닉에게 남기고 싶은 말을 하고 있었다.

"닉, 살아가면서 섣부른 판단과 게으름 때문에 잡을 수 있는 절호의 기회를 놓치는 일은 없어야 해. 끝까지 최선을 다하고 인내하며 기다려야 하는데…. 오늘 트럭을 놓치고 하루 종일 기운이 빠졌어. 하지만 지나가는 차가 있다는 것은 희망적이야. 하지만 닉 내가 밤에 모닥불을 밝히고 낮이면 하늘과 땅을 파수꾼처럼 지키며 지나가는 헬기나 자동차를 기다릴 것이라곤 내 생전 상상 해보지 않았어. 그런데 난 지금 수렁에 빠졌어. 만반의 준비를 했는데 왜 이런 일들이 일어날까? 뭐라고 규명할 수 없는 불가피한 것을 맞을 때 우리는 운명이라고 이름 짓지. 이게 정말 운명일까? 아니야 살려면 무엇이라도 해봐야지. 앉아서 기다리지는 않겠어. 무슨 방법이든 찾아야 해. 그런데 더 무엇을 해야 할지 난 모르겠어. 묘안이 떠오르지 않아. 자고나면 새로운 생각이 떠오르기를…. 닉, 나를 위해 기도해 줘."

조난 사 일째. 아침에 트렁크를 열었을 때 먹을거리가 더 이상 없다는 것을 그는 알았다. 물은 아직 다섯 병 남아있었다. 그는 물 한 병과 충전한 전화를 가지고 아침 일찍 도로변으로 나갔다. 하늘은 티 하나 없이 맑은 코발트색이었다. 해가 오르자 땅은 금방 후끈해졌다.. 오전인데도 사막은 사십도가 넘는 열기를 뿜어내기 시작했다. 땀은 금방 증발되었다. 그는 트럭이 사라졌던 곳을 향해 불덩이 더위를 견디며 걸어갔다. 물을 마셔도 금방 목이 타올랐다. 바싹 타버린 지푸라기 같은 흙길을 따라 아무 풍광 없는 길을 그는 한 시간 이상을 걸었지만 아무것도 발견하지 못했다. 숨 막히는 더위로 인해 그의 몸은 지칠 대로 지쳤다. 그는 돌아갈 힘을 가늠해보느라 가끔 발걸음을 멈추고 뒤를 돌아보았다. 그러나 철재 통 그늘로 돌아오기 바쁘게 다시 도로로 나가는 일을 그는 종일 반복했다. 운 없게도 그날 땀 흘린 수고도 헛되이 날은 금세 저물어 버렸다.

"닉 기회는 자주 있는 것이 아니야. 그리고 늘 흔해서 소홀하게 생각했던 것들이 얼마나 소중한 것인지 지금 절실히 느끼고 있어. 음식과 마실 물 우리가 마구 버리던 것들, 생존을 위해 없어서는 안될 것들을 우린 너무 배불러서 홀대했지. 나의 먹거리는 어제로 바닥이 났어. 난 이제 빨리 이곳을 벗어나야 해. 내가 먹통인 전화기로 911을 얼마큼 많이 눌렀는지 넌 상상도 못할 거야. 어떤 사람들은 평생 한 번도 그 숫자를 호출해 본적 없이 죽는 사람도 있을 텐데 난 여기서 헤아릴 수 없을 만치 911을 눌러댔지. 물론 아무 신호도 반응도 없지만. 그렇게 편리한 물건이 소용에 닿지 않는 곳이 있다는 것에 놀랄 뿐이야. 그리고 또 한 가지 놀라운 사실은 내가 점점 코니 생각에서 멀어지고 있다는 것이야. 코니를 위해 목숨이라도 바치겠다고 생각했는데 그보다 난 지금 내 생존에 모든 것을 걸고 있는 것을 알게 되었어. 나의 사랑은 결국 변변치 못한 사랑이었는지도 모르겠어. 그녀는 사랑하는 동생의 죽음에 묻혀 내게 결별을 고했지만 그녀는 진정 가족을 사랑했던 사람이 아닌가 싶어. 지금도 코니를 생각하면 가슴이 아프지만 너무나 먼 과거의 사람처럼 느껴져서 나 스스로도 놀랄 지경이야. 지난 시간 잠시도 머리를 떠나지 않던 그녀를 이제 잊어가고 있는 것일까. 내 생존여부가 불투명한 지금 떠나간 사람보다 가족이 더 절실하게 생각나는 것을 보면 어쩌면 코니를 이해할 것 같은 생각도 들어. 하지만 이 여행이 그녀를 잊는 대가로는 너무 혹독한 것 같지 않아?"

조난 칠 일째. 그가 아침에 눈을 떴을 때, 그 생각이 왜 그때야 떠올랐는지 그는 자못 흥분했다. 의미심장한 문자를 보냈던 친구 게리, 사막 길로 들어섰던 어느 지점에서 게리의 메시지를 받았고 그 또한 답신을 보냈던 일이 문득 떠올랐던 것이다. 그는 그 신호음이 잡혔던 곳을 당장 찾아 나서기로 결심했다. 전화 충전을 하고 혹여 그가 떠나고 난 뒤 자신의 차를 발견할지도 모를 사람을 위해 메모를 적었다.

'저의 이름은 이제하 입니다. 폭포로 가는 중에 조난 되었습니다. 지금 나는 구조요청 신호를 잡을 수 있는 곳을 찾아 북쪽으로 떠나지만 저녁에는 다시 이 자동차로 돌아 올 것입니다. 이 쪽지를 보시게 되면 꼭 저의 조난을 구조대에 전해

주시기를 부탁합니다.'

그는 보닛 위에 메모를 놓고 바람에 날아가지 않도록 두 개의 돌로 눌러놓았다. 그리고 마지막 남은 물 반병을 들고 칠일 전에 들어왔던 사막 북쪽을 향해 길을 떠났다. 신호가 터졌던 지점이 어디쯤 되는지 가늠 할 수 없었지만 그는 직감에 기대보기로 했다.

뜨거운 햇살은 사정없이 사막을 달궜다. 그는 나흘을 물 외 음식이라곤 입에 넣지 못했다. 배가 고팠지만 정신은 더 맑았다. 아무것도 존재하지 않는 완벽한 고요와 적막의 세계에서 마치 다른 행성을 걷고 있는 야릇한 기분을 느끼며 그는 걸어갔다. 모자 아래로 진액 같은 땀이 배어났다. 해는 불덩이 같은 뜨거운 열기를 연일 퍼부었다. 어느 지점에서 신호가 터졌던지 그 곳이 어디며 얼마를 더 가야 그곳에 도달할지 그는 전연 알 수 없었다. 요행만 바라고 무턱대고 걷고 있다는 편이 옳았다. 그는 지나가는 여러 지점에서 구조 요청 번호를 눌러봤지만 전화는 여전히 먹통이었다. 그 지점이 어딜까? 사막은 돌개바람이 일으키는 자욱한 누런 먼지로 인해 앞이 보이지 않았다. 그는 걸음을 멈추었다. 더 이상 걸으면 자동차로 돌아갈 수 없을 것 같았다. 유턴 지점을 표시하기 위해 그가 돌을 줍기 시작했을 때 그는 저만치서 길 섶 돌 사이로 노랗고 검은 무늬의 벨트가 비죽 나온 것을 발견했다.

"사막에 웬 벨트야."

그가 허리를 구부리고 벨트를 주우려는 순간 그는 검고 반짝이는 작은 눈을 보았다. 그는 본능적으로 펄쩍 공중으로 뛰어 올랐다. 벨트라고 생각한 것도 같이 뛴 것 같았다. 머리를 공중으로 바짝 들고 있는 뱀을 보자 그는 비명을 지르며 뒤로 물러났다. 사막에 사는 뱀은 거의 맹독성을 지녔다고 그는 알고 있었다. 샛노란 몸에 칠흑 같은 검은 점박이 무늬를 입은 뱀이 그를 노려보았다. 그의 얼굴이 창백했다. 뱀이 먼저 천천히 머리를 내리더니 민첩하게 사막으로 미끄러지듯 사라졌다. 어디서 본 듯한 뱀은 며칠 전 꿈에 보았던 것이라는 것을 나중에야 그는 기억해 냈다.

그는 망연히 서있었다. 자동차의 속도와 사람의 걸음 속도로 시간을 가늠해서 장소를 찾는 것은 불가능하다는 생각이 들었다. 광활하고 끝없는 사막을 바라보며 그는 깊은 한숨을 흘렸다.

'과연 그 지점을 찾을 수 있을까.'

그는 되돌아 걷기 시작했다. 그는 거의 무의식적으로 먹통인 전화버튼을 누르며 하루가 또 덧없이 지난다는 사실에 압도되어 있었다. 아무 신호음이 잡히지 않던 전화에서 재글재글 잡음이 들렸다. 그는 홀린 듯 전화를 들여다보았다. 곧 음성이 흘러나왔다.

"911 구조대입니다. 어떻게 도와드릴까요."

하마터면 그는 전화기를 놓칠 뻔 했다. 가슴이 벅찼고 그의 심장은 빠르게 고동쳤다.

"저는 하바수파이 폭포로 가다 길을 잃었습니다."

"지금 있는 곳이 어디죠?"

교환원의 목소리가 갑자기 끊기더니 다시 이어졌다.

"말씀 하세요."

"저는 이제하입니다. 64번 국도에서 우회 표지판을 보고 길을 들어섰다가 사막에서 조난당했습니다. 일주일 되었습니다. 내가 있는 곳이 어디인지는 알 수 없어요. 국도에서 우회전해서 자동차로 서너 시간 이상을 달려 왔던 것 같습니다. 아니 그 이상인지도 모르겠어요. 지금 제가 머물러 있는 곳에는 원형 철재 통이 있습니다. 철재 통은 잿빛입니다. 여보세요. 아, 여보세요…"

신호는 이미 꺼져있었다. 그는 교신이 끊어진 교환원에게 말하고 있었던 것이다. 그는 다시 미친 듯 번호를 눌렀지만 신호음을 다시 들을 수는 없었다. 그는 교환원이 그의 말을 얼마만치 들었는지 알 수 없었다. 통신이 언제 단절 되었는지도. 그는 그 자리를 떠날 수 없었다. 신호음이 떨어진 곳 사방 사오 미터를 전화를 들고 맴돌기만 했다.

"오! 하나님 한 번만 더 연결 되게 해주세요. 한 번만 더요."

그는 울부짖다시피 소리를 지르며 버튼을 눌렀다. 교환원과 잠시 통화한 후 그는 침착함을 잃고 있었다. 끈적한 땀이 온몸에서 배어나왔다. 배고픈 줄도 몰랐다. 반경 이십 미터로 범위를 넓히면서 그는 미친 듯 통화에만 매달렸다. 힘은 점점 떨어졌다. 그러나 통화는 끝내 이루어지지 않았다. 그는 흙바닥에 드러누워 버리고 말았다.

"난 최선을 다했어. 최선을 다했다고…. 더 이상 무엇을 어떻게 하라는 거야?"

그는 무섭도록 푸른 하늘을 바라보았다. 어머니와 아버지 동생 닉의 얼굴이 둥실 하늘에 떠올랐다. 그는 땅에 누운 채 그들을 바라보았다. 그때 색색 이상한 소리가 그의 귀에 들려왔다. 소리가 난 쪽으로 고개를 돌렸을 때 좀 전에 만났던 그 노란 뱀이 길 우측에서 다시 머리를 쳐들고 그를 바라보고 있었다. 그는 벌떡 몸을 일으키려 했으나 맘뿐이었다. 어지러웠다. 뱀은 요지부동이었다. 현기증이 가시자 그는 천천히 몸을 일으켰다. 처음처럼 뱀이 그리 무섭지는 않았다.

"난 너하고는 볼일 없어. 내 앞에 더 이상 나타나지마. 난 지금 내가 당하고 있는 불행만으로도 충분해. 너에게 물리고 싶지 않으니까. 어서 빨리 사라져."

그는 힘없이 말했다. 뱀은 마치 그의 말을 알아들은 듯 다시 사막으로 재빠르게 사라졌다. 다시 신호음을 찾기 위해 그는 벌판을 돌기 시작했다. 그때 그는 어디선가 무슨 소리를 들은 듯했다. 사방을 살폈으나 소리를 낼 것이라곤 아무것도 보이지 않았다. 먼 벌판 넘어 하늘 위에 조그만 새가 한 마리 하늘을 날고 있을 뿐이었다. 그는 눈이 시리도록 나는 새를 바라보았다. 새는 빠르게 날고 있었다. 그러나 그것이 가까워오자 그는 갑자기 미친 듯 고함치며 손을 흔들기 시작했다. 그는 혼신을 다해 헬기를 향해 소리치고 있었다. 남동쪽에서 날아온 헬기가 선회하며 방향을 돌리는 것이 보였다. 프로펠러 소리가 그의 귀에 점점 크게 들려왔다. 헬기가 그를 인지한 것을 깨닫자 그는 땅바닥에 털썩 주저앉아 울음을 터트리고 말았다. 눈물이 텀벙텀벙 그의 뺨 위로 떨어졌다. 순간 살아있는 한 결코 코니를 잊을 수 없으리란 생각이 바람처럼 그의 뇌리를 스쳐갔다.

고로개

노숙자들의 잠자리로 문제아들의 싸움터로 또는 오갈 데 없는 가출한 젊은이가 난데없이 찾아드는 곳, 드물지만 때로는 고독한 노인들이 외로움을 달래기 위해 찾아오는 곳, 온갖 적나라한 인간들이 오가는 숭례문을 향하여 김 노인은 오늘도 헐떡거리며 계단을 올라간다.

고로께

먼동이 터기 전 새벽하늘은 짙은 구름층으로 거무죽죽하게 보인다. 잿빛으로 낮게 갈아 앉은 오염된 공기층에서 매캐하고 역한 냄새가 난다. 그 냄새는 도시를 온통 뒤덮고 있다. 겨울의 새벽 찬 공기를 가르고 헤드라이트를 켠 몇 대의 차가 대로를 폭풍처럼 달려간다. 바람은 전연 없지만 눈에 보이지 않는 날 선 바람이 살을 베어내는 듯하다. 어지간히 옷을 껴입었는데도 찬바람이 스며들어와 노인은 진저리를 친다. 김 노인은 대문 앞마당에 가까이 이르자 장갑 낀 손으로 볼을 감싸며 발걸음을 멈춘다.

숭례문.

창백한 불빛이 현판을 환하게 비추고 있다. 고색이 깃든 대문을 마주하고 서서 노인은 우진각 지붕 재색 기와 처마 끝을 바라본다. 삼백육십오일 늘 바라보는 대문이지만 그 모습을 볼 때마다 노인은 가슴이 뭉클해진다. 먼저 간 아내가 가끔 따라와서 함께 바라보았던 저 지붕 끝을 바라보는 날도 멀지 않아 끝이 나리라는 것을 노인은 안다.

어제 팔 년 만에 외아들이 집에 오겠다고 전화를 했다. 아들에게 향했던 분노와 미움 배반감은 더 이상 노인의 맘속에 남아있지 않은데도 노인은 아무 말 하지 않고 전화를 끊었다. 세월이 그런 걸, 아들이 오든 말든 노인의 맘은 이제 텅 빈 들판처럼 아무런 감흥도 일지 않는다. 노인은 투박한 외투 주머니에 두 손을 넣는다. 아침 먹거리로 준비한 종이에 싼 고로께의 말랑한 감촉과 스테인리스 보온병의 딱딱한 느낌이 두 손에 전해져 온다.

팔년 전, 아내가 혈압으로 쓰러져 세상을 뜨고 난 뒤 노인에게 제일 어려웠던 것은 식사 문제였다. 죽기 전까지 아내는 신토불이 토속음식으로 그의 입맛을 맞춰왔고 그것에 길들여진 입은 다른 음식을 거부했다. 아내가 살아 있을 때까지는 부엌과 담을 쌓고 살아왔다. 아내를 땅에 묻고 배가 고파 처음 부엌에 들어섰을 때, 수 십 년을 살아온 정든 집에 그렇게 낯설고 생경한 곳이 있다는 것에 놀랐다. 아내는 검소했고 무엇이든 아끼며 안살림을 야무지게 했다. 노인은 평생을 시청 하급 공무원으로 일하다 은퇴했지만 외아들을 대학 보내고 유학까지 시켰다. 순전히 아내의 근면과 검소함 덕분이었다. 아내는 빠듯한 살림살이 속에서도 절약하며 바느질감을 받아 아들 학비에 보탰다. 아들은 유별난데 없이 공부 열심히 하며 평범하게 자랐다. 유학을 마치고 돌아온 아들은 모 명문대학의 조교를 거치고 교수로 부임하면서 유학할 때 만난 여자 친구와 결혼 했다. 맞벌이 부부로 며느리도 아들 못지않게 큰 회사에서 영업 담당 팀장으로 일했다.

아내는 처음부터 아예 아들내외와 같이 살 생각을 하지 않았다.

"요즘 세상에 아들 내외와 함께 산다는 것은 언감생심이지. 저들 편하고 나 편히 살려면 따로 살아야지."

노인은 그런 결단을 내린 아내가 대단하다고 생각했다. 외아들을 마치 보물인양 자신의 모든 것을 다 바쳐 키워냈는데도 불구하고 며느리와 아들에게 자유롭게 살도록 살림을 내준 것이 갸륵했다. 집을 자주 찾지 않아도 살기 바빠 그러려니 하며 닦달하지도 않았다. 그렇게 달관한 듯 살던 아내가 사대 독자인 손자가 태어나면서 돌변했다. 아내는 손자가 보고 싶어 안달을 하며 아들이 오겠다는 날을 손꼽아 기다렸다. 그러다 아들 가족이 자주 오지 않자 아이를 보러 가겠다는 통보 성 전화를 넣고 대답도 듣지 않고 찾아갔다. 젊은 내외는 처음에는 선선이 방문을 받아들이더니 발길이 잦아지자 어느 날 바쁘다며 어머니의 방문을 거절했다.

"애들이 바쁘다는데 내가 어찌할 수 없지."

아내는 별 서운해 하는 것 같지 않았다. 그런데 한 달이 지나도록 오지 않자 아내는 다시 전화를 했고 시간 날 때 방문하겠다는 답을 들었다. 그러나 그들은 약속한 날 오지 않았다. 역시 바쁘다는 말을 했다. 시간이 없다는 것은 거짓은 아니었다. 번연이 알면서도 약속이 연이어 깨어지자 잘 참고 견디던 아내가 눈물지었다. 아들 가족은 두 달 남짓 오지 못했다. 참다못한 아내가 어느 일요일 아침 아들 내외를 찾아갔다.

아들이 아이의 젖병을 든 채 현관문을 열었다. 잠이 덜 깬 얼굴이었다.

"연락도 없이 아침에 웬 일이세요."

"애가 보고 싶어 그냥 왔단다."

아내는 아들의 등을 밀고 실내로 들어갔다. 아기는 거실 흔들침대에 누워 배가 고픈지 징징대고 있었다. 부엌에는 물 주전자가 휘파람 소리를 냈다. 부엌 아일랜드에는 분유통과 물병, 젖병 세척기와 컵 등이 널려있고 아들은 아기에게 우유 먹일 준비를 하고 있었다.

"에미는 어디가고?"

"자고 있어요. 그 사람 요즘 일이 많아 피곤해요."

아들이 말했다. 아내는 주방으로 가서 우유를 데워야 할지 손자를 안아줘야 할지 잠시 고민했다. 아내는 모유 수유를 했기 때문에 분유를 먹이는 것에 무지해 아들을 도울 수가 없었다. 그 대신 손자를 안고 부엌으로 가서 아들이 분유 타는 모습을 지켜보았다. 아들은 젖병을 소독한 뒤 분유를 넣고 끓인 물을 부은 뒤 잘 흔들어서 찬물에 담가 식혔다. 그리고 팔 안쪽 피부에 우유 한 방울을 떨어트려 온도를 봤다. 아내는 아들의 익숙한 솜씨에 놀랐고 주방에서 일하는 아들의 모습에 마음이 짠했다. 애비가 젖을 먹이다니. 아내는 아들 손에서 젖병을 빼앗아 손자에게 물렸다.

"아기 보는 사람이 주말에는 오지 않아요. 좀 불편하지만 우리가 쉬어야 하니까요. 뭐 매일 하는 일은 아니잖아요."

아들은 커피 메이커에 원두커피를 쏟아 부으며 변명처럼 말했다.

며느리는 열시 반이 되어서야 잠옷차림으로 침실에서 나왔다.

"어머니 오셨어요."

며느리는 나오자마자 아들이 내려놓은 뜨거운 커피를 한 컵 가득 따라 들고서 잠든 아기를 들여다보았다.

"자기야, 밤에 애 우유 몇 번 먹였어?"

너무 당당하게 던지는 물음에 아내는 또 다시 놀라고 주눅마저 들었다. 수유하는 일이 여자가 할 일이지 남자가 할 일이야? 아내는 말하고 싶은 것을 꾹 참았다. 베란다에서 담배를 피우던 아들이 방충망 문을 열고 얼굴만 들이 밀었다.

"두 번 먹였어, 배부르니까 금방 잠이 들던 걸."

아들은 담배연기를 내뿜으며 문을 다시 닫았다. 며느리는 욕탕으로 들어갔다.

한 시간 후 며느리는 친구와 약속이 있다면서 허벅지가 다 드러나는 짧고 몸에 딱 붙는 노란색 원피스를 말쑥하게 차려입고 나왔다. 아내는 며느리의 옷차림도 마음에 들지 않았다.

"애야, 아침은 어쩌고?"

"나가서 먹을 거예요. 자기야, 나 지금 나가. 냉장고 안에 있는 고로께 꺼내 먹어."

"알았어. 잘 다녀와."

아내는 현관문 앞에서 며느리를 배웅하고 섰는 아들의 뒷모습을 보며 우습게 바뀌어 버린 세상이 정 떨어지더라 한탄했다.

냉장고 안에는 먹을 것이라곤 고로께 두 개 뿐이었다. 그날 아들은 아침으로 고로께와 커피를 마셨다.

"고로께가 맛있니?"

"뭐 그런대로 괜찮아요, 어쩔 수 없잖아요. 잰 음식 할 줄 몰라요. 뭐라도 먹어야죠."

아내는 아들이 건네는 고로께를 배탈이 났다며 거절했다. 텅 빈 냉장고에는 아들의 점심이 없었다. 이유 없이 아들의 얼굴이 수척해지지는 않았을 것이라는 생각이 딱 맞아 떨어졌다. 나중에 알게 된 일이지만 며느리는 음식을 만들 줄 모르는데다 하려고 노력하지도 않았다. 다른 사람들 밥 먹듯 아들이 굶어 왔던 것은 아닐까 아내는 걱정에 싸였다.

아들은 잠에서 깨어난 아기의 기저귀를 조심스럽게 갈았다. 물티슈로 아기 엉덩이를 닦고 기저귀를 갈은 뒤 옷을 입히고 보채는 아이에게 보리차를 조금 먹이고는 안아주었다. 아들이 엄마 노릇을 하고 있는 것이 기가 찼다.

며느리도 일하느라 지쳤겠지. 아내는 경악하면서도 이해하려고 애썼다. 그 뒤로 아내는 아들내외의 방문을 더 채근하지 않았다. 대신 아내가 그들을 방문하러 갔다. 하지만 그 일마저 오래가지 않았고 종내는 발길을 끊었다. 무엇이 아내의 발길을 돌리게 했는지 노인은 알 수 없었다.

아내는 수심에 찬 얼굴로 입을 꾹 다물고 말을 하지 않았다. 나중에 알게 된 일이지만 아들은 며느리가 해야 할 일을 거의 도맡아 하고 있었다. 청소하고 설거지 하고 아이 우유 먹이고 목욕 시키고 직장에서 돌아와서도 잠시도 쉴 새가 없었다. 게다가 먹는 것이 부실한지 여위어갔다. 남자들이 할 일이 아니라고 굳게 믿어온 일들을 아들이 매일 하고 있다는 사실에 아내는 충격을 받았다. 아내는 어쩌다 시장통 빵집에서 빵가루를 발라 기름에 튀겨 내놓은 고로께를 보면 슬픈 얼굴을 했다.

"아무리 세상이 달라졌다 해도 지 새끼에게 젖 먹이며 밥은 해먹고 살 줄 알았지. 우리가 살아온 날이 그리 까마득한 옛날이 아닌데. 하응이를 낳았을 때, 그 아이를 보면 힘든 줄 몰랐고 맛있는 것 해 먹이며 키우는 게 얼마나 즐거웠는데 그 애가 따뜻한 밥 한 그릇 얻어먹지 못하고 아내와 아이 거두느라 저 고생 할 줄은 꿈에도 몰랐네요."

나중에 실토한 아내는 상심해 울었다. 사실 아내는 평생 가족을 위해 영양 있고 맛난 요리를 만들었다. 토속요리를 좋아하는 남편을 위해 토속요리를 했고 아들의 입맛을 맞추느라 날마다 식단을 바꾸며 골고루 영양을 따져 먹였다. 신선하고 좋은 것이 들어가야 몸이 건강하다고 신선한 것을 찾아 시장을 누비며 정성스럽게 음식을 만들었다. 완벽한 것을 추구해 식재료가 한 가지라도 빠지면 시장으로 달려가 사와서 넣어야 직성이 풀리는 아내였다.

된장 한 가지만 해도 그랬다.

멸치와 다시마, 표고, 무를 넣어 우려낸 육수에 된장을 풀고 감자와 양파, 호박, 버섯, 두부. 청양고추 두 개를 모양 있게 썰어 넣고 마늘을 찧어 넣었다. 된장이 보글보글 끓으면 바지락조개 몇 개를 넣고 송송 썬 파를 넣으면 맛은 더할 나위 없었다.

나이 들어 늙자 부엌일이 힘들다며 가끔 한정식 집에 가서 저녁을 사먹자던 아내가 고생하는 아들을 본 후 마음먹고 아들을 위해 음식을 만들어 배달하기 시작했다. 전철을 두 번씩 바꿔 타고 길에서 왕복 세 시간을 보내야 하는 힘든 일 이었다. 그것도 삼일에 한 번씩 시간도 틀리지 않고 갖다 날랐다. 아들은 엄마 음식을 반겼고 꿀같이 달게 먹었다. 아내는 그것이 기뻤던 모양이었다. 뼈골이 빠져도 아들을 위해 요리를 하리라 했다.

며느리는 토속음식을 좋아하지 않았다. 처음에는 조금씩 먹는 것 같았으나 짜네, 맵네 하더니 나중에는 손도 대지 않았다. 며느리는 수입산 가공 음식으로 식사를 대신했다.

“그게 간식거리지. 요기가 돼? 음식 같은 음식을 먹어야지 걔는 식습관이 잘못됐어.”

아내는 투덜댔다. 그러던 어느 일요일 아침 김치를 담가서 아들네로 간 아내가 다른 날과 달리 일찍 집으로 돌아왔다. 어깨가 늘어져 기운이 빠져 보였다. 방안으로 들어와 앉자마자 장탄식을 했다.

“지 남편 먹일 음식 만들지도 않으면서 음식을 가져오지 마라 합디다. 저 쉬지 못한다고 일요일엔 오지 말라네요. 남편에게 아이와 온갖 일 다 맡겨놓고 저는 편하게 잠자면서, 날마다 외식에 포장음식 사다 먹는 게 안쓰러워서 만들어 간 음식을 싫다고 하네요. 내 음식을 좋아라하던 하응이는 말 한마디 못하고 제 마누라 눈치만 봅디다. 귀하고 귀한 내 아들을 하인 부리듯 하며 핀잔이나 주고 바위라도 삭일 나이인데 해먹이지도 못하는 주제에 시어미에게 하라 마라면서….”

아내는 며느리가 아들의 기를 완전히 꺾어놓았다며 한숨지었다. 그날 아내는 며느리에게 미루고 참아왔던 말들을 쏟아냈다. 고부간에 큰소리가 오가는 말다툼이 벌어졌다. 아들은 엄마의 등을 밀어 집밖으로 몰아냈다.

“우리 일은 우리가 알아서 할 테니 집에 오지 마세요.” 아들이 말했다.

"예전 같으면 꿈도 못 꿀 일이지. 남편을 머슴 부리듯 하고 시어머니를 면전에서 홀대 하는 못된 버릇은 어디서 배웠는지 옛날 같으면 진즉에 쫓겨났을 일이지. 그게 다 부모들이 애들 교육을 잘못 시킨 탓이야."

아내는 잘못을 사돈댁으로 돌렸다. 사돈의 가정교육을 두고 한참을 메어치고 엎어 치고 분풀이를 한 아내는 목이 타는지 물 한 컵을 벌컥벌컥 마시더니 아들도 소용없다며 입을 다물고 말았다. 그 후 아내는 아들 집에 발길을 끊었다.

"보물 같은 내 아들 고생만 시키고 잘 먹이지도 않는 년. 아내의 도리라곤 손톱 끝만치도 모르는 상것 같은 년."

아내는 처음과는 달리 며느리를 미워하기 시작했다. 그리고 어느 날 지병인 혈압으로 쓰러져 다시 눈을 뜨지 못하고 세상을 떠났다.

노인은 천천히 걷기 시작한다. 젊을 때야 몸이 강건했지만 이젠 아프지 않은 곳이 없다. 나이를 먹으면 늙는 것이 당연하지만 김 노인이 세월에게 끝까지 내주고 싶지 않은 것은 건강이었다. 그래서 숭례문 주위를 걷기 시작한 것이 이십년이 넘었다. 아내를 보내고 홀로 되고 부터는 온종일을 그곳에서 보낸다. 시력이 나빠져 글을 읽기 힘들고 몇 년 전부터 불청객처럼 찾아든 퇴행성관절염으로 두 무릎도 마뜩지 않다. 노환이라 어쩔 수 없이 통증을 가라앉힐 진통제만 몇 알 먹는 게 고작이다. 그래도 아직은 견딜만해서 날마다 눈만 뜨면 이곳을 찾아 대문 주위를 서성거린다. 보수 없고 누가 시킨 것도 아니지만 대문 주위에 버려진 쓰레기를 줍고 대문을 훼손하거나 주위경관을 어지럽히는 사람들에게 주의를 주며 대문을 지키는 걸 낙으로 삼은 지 이십년, 노인은 자칭 숭례문 수문장이다.

'사대문 중에 규모가 제일 크고 장중한 숭례문은 이 나라가 예를 최고의 덕목으로 삼는다는 현판이 걸려있어요. 예라는 것은 사람으로서 서로 마땅히 지키고 행해야 할 근본 덕목입니다. 이 덕목이 살아있는 사회는 서로 삼가하고 양보하며 질서가 있는 아름다운 사회요 우리가 살만한 세상입니다. 세상에서 제일 아름다운 행위는 예를 소중히 여기고 존중하며 행하는 것입니다. 이 숭례문을 바라보며 오가는 사람들은 현판의 글을 보고 예를 마음 깊이 간직하고 새겨 넣으시오. 그리고 몸소 실천하는 사람이 되시오. 우리 손자 손녀들에게 돈 안들이고 물려줄 수 있는 가장 아름답고 좋은 선물이라오.'

김 노인이 이십년간 숭례문을 찾는 사람이나 내국 관광객에게 개인적으로 들려준 말이다. 김 노인은 안다. 그런 말을 귀담아 들어줄 사람은 이제 별로 없다는 것을. 하지만 예를 존중하고 행하는 것이 가장 소중하고 아름답다는 생각은 조금도 변함이 없다. 그래서 누구든 만나기만 하면 같은 말을 전한다. 오래전에는 수많은 사람들이 숭례문을 보기위해 여행을 왔다. 지금도 구경 오는 사람들이 간혹 있지만 예전처럼 많지 않고 거의 외국인 관광객이다. 그는 자신의 말을 들어 줄 사람들을 만나기를 원하고 언제나 예절에 관한 이야기를 하고 싶어 한다. 원래 대한민국은 고요한 아침의 나라, 동방예의지국으로 세계에 알려졌으니 그에 걸맞은 예절을 갖춘 국민이 되어야 한다고 노인은 생각한다. 노인에게 예절로 말할 것 같으면 그는 한 치도 부끄럼 없다. 그는 누구 앞에서라도 그 일만큼은 떳떳하게 장담 할 수 있다.

불과 이십여 년 전 만 해도 예는 살아 있었다. 언제부터 사람들이 이지경이 되었는지 김 노인은 짐작하기 어렵다. 소년대접이 어렵다는 옛말이 무색하게 요즘 애들을 보면 노인은 속이 뒤집어진다. 어제 신문에서 길 가는 노인을 때리는 불량청년에 대한 기막힌 기사에 속이 부글부글 끓어올랐다. 아이들이 어른을 때리는 세상이 가당키나 한일인가? 머리꼭지 피도 마르지 않은 것들이 어른들 앞에서 술 마시고 담배를 꼬나물고 서서 외계인처럼 알 수 없는 말들을 지껄여대고 입만 열었다 하면 욕설과 함께 도무지 판독하기 힘든 말들을 쏟아낸다.

어디 그뿐인가. 어른들 눈앞에서 여자애들을 끌어안고 입을 맞추고 성적인 접촉들을 보란 듯이 버젓이 한다. 철은 들지 않고 몸만 숙성해서 솟구치는 동물적 본능을 어디서든 드러낸다. 맘 같아서는 머리에 옹이가 생기도록 매차게 알밤을 주고 싶다. 길 가다 우연히 시선이 마주친 것만 가지고도 어른들에게 시비를 걸고 욕을 퍼붓는다. 그런 못된 불량아들이 어디에고 독버섯처럼 퍼져있다. 잘못한다고 말 한마디 했다간 코 다치는 세상이라 그들이 벌리는 못된 짓들을 눈앞에 뻔히 보고도 못 본체 해야 한다. 따끔하게 한마디 했다가는 어떤 봉변을 당할지 모른다. 마른 명태처럼 두들겨 맞고 어쩌면 살이 낀 손에 맞아 죽음을 당할지도 모를 일이다. 눈으로 봐도 못 본 척 욕을 해도 못들은 척해야 하는 무서운 세상이다. 철이 덜 들어 그러려니 생각해도 결국엔 부아가 치밀고 만다. 손을 쓸 수 없이 망가진 아이들을 고칠 방도가 어디에도 없어 보인다. 부모가 있을 것임에 틀림없지만 망나니 짓거리를 하는 녀석들, 도대체 그들 부모는 자식들 가르치지 않고 뭘 하고 있었을까. 옛날에는 학교 문 앞에 가 보지도 못하고 글 한자 모르는 문맹자가 그리 많았어도 도리를 저버리고 막장을 사는 사람은 보기 드물었다. 요즘처럼 배웠다는 사람들이 지천인 세상에서 있을법한 일인가? 예의와 도덕이 사라진 사회다.

'세상이 말세가 되었어야…'

노인은 허우적거리며 대문의 계단을 오른다. 계단은 언제나 무릎관절에 통증을 더 보탠다. 허리를 구부리고 아픈 다리를 주먹으로 툭툭 두드린다. 어둠이 채가시지 않은 이월의 새벽공기는 차다 못해 칼로 찌르는 듯 살을 엔다. 털을 덧댄 벙거지 모자는 바람막이는 되지만 강추위라 전연 따뜻하지 않다.

그는 스포트라이트를 받고 있는 현판을 존경스런 눈으로 올려다보며 마음속 인사를 보낸다. 대문의 정면을 돌고 계단을 오르며 주머니에서 비닐봉지를 꺼낸다. 사람들이 아무렇게나 내버린 종이나 음료수 깡통, 술병들, 스티로폼 컵과 비닐 과자봉지, 신문지 같은 것을 주워 담기 위해서다. 이곳에서 만나는 사람들마다 쓰레기들을 아무 곳에나 버리지 말아 달라고 하소연해도 세월 따라 버려지는 것들만 달라졌을 뿐 아무 곳에나 쓰레기를 버리는 버릇은 고질병처럼 고쳐지지 않는다. 옷은 잘 입어 겉은 멀쩡하고 세련되어 보여도 공중 도덕심은 아직 미개인 수준이다.

김 노인은 대문 곁에 뒹굴고 있는 소주병들을 주워 비닐 봉투에 집어넣는다. 구겨진 신문도 집어넣는다. 여자 미화원이 청소하러 오지만 그녀 한사람이 맡은 지역이 너무 광범위해서 눈에 띄는 대로 노인이 대문 주위의 쓰레기를 줍고 있다.

국보 1호로 지정된 숭례문, 노숙자들의 잠자리로 문제아들의 싸움터로 또는 오갈 데 없는 가출한 젊은이가 난데없이 찾아드는 곳, 드물지만 때로는 고독한 노인들이 외로움을 달래기 위해 찾아오는 곳, 온갖 적나라한 인간들이 오가는 숭례문을 향하여 김 노인은 오늘도 헐떡거리며 계단을 올라간다.

아무리 쓰레기를 치워도 수많은 사람이 오가니 대문 주위는 늘 헌신짝처럼 지저분하다. 사람들은 대부분 대문을 소중하게 생각지 않는다. 숭례문을 소중하게 생각하는 사람을 만난 일은 거의 없다. 그저 그곳에 서있는 것이거니 무관심 속에 가라앉은 지 오래다. 종국에는 사람들에게 버림받고 역사의 한 그림자로 누추하게 남아 있을 것이란 생각이 들면 노인의 맘은 서글퍼진다.

이 나라 겨레가 겪은 시련이 숱하듯 숭례문이 겪은 시련도 한 둘이 아니다. 왜정시대 일본인들이 이 나라의 국운을 끊으려고 조선의 명산 정상에 쇠말뚝을 박았고 국보급 유물 훔쳐가고 나라 글 없애려고 일본어 가르치고 일본인으로 만들기 위해 창씨개명을 명하고 단발령을 내리는 등 전통이나 문화를 말살하고 격하시키기 위하여 해온 일들을 생각해보면 남대문이 그대로인 것이 기적이다. 일본 황태자 방문 때 든든한 팔뚝 같은 성곽을 헐리고 동란의 포탄 속에서도 묵묵히 제자리를 지키고 섰던 대문이다. 하기야 예란 것이 땅에 떨어진지 오래고 미풍양속은 낡은 관습으로 치부한지 오랜 지금 숭례문을 자진해서 지키는 힘없고 추레한 늙은이가 국보로 지정된 건물기둥에 대고 오줌 싸고 침 뱉는 몰지각하고 파렴치한 부랑아들을 무슨 수로 변화 시킬 수 있을까.

"세상이 말세야. 그래도 내 눈이 살아있는 한, 네놈들의 짓거리들을 용서 못하지. 죽는 한이 있어도 네놈들을 막을게야. 천하에 고연 것들."

노인은 마지막 계단에 올라선다. 다리에 바람이 든 듯 시큰거리고 뻐근하다. 찬바람이 볼을 깎아낸다. 돌아서서 올라온 계단 아래를 내려다본다.

고요하다.

도시는 희뿌한 여명 속에서 아직 곤한 잠에 취해 있다. 노인은 발길을 돌려 동쪽 협문 안으로 들어선다. 세월의 때가 묻어 고색이 도는 문루의 단청이 불빛을 받아 무지개처럼 아름답다. 노인은 뒷짐을 지고 누각을 거닐 듯 천천히 걷는다. 그런데 어디선가 흘러오는 담배 냄새가 노인의 후각을 찌른다. 노인의 코가 벌렁거린다. 그는 사방팔방을 휘둘러보며 발걸음을 멈춘다. 냄새의 출처를 따라 발걸음이 빨라진다. 출입금지 팻말이 분명히 있는데도 밤이면 대문을 호텔 객실처럼 찾아드는 손님들이 있다. 기둥을 치는 소리가 들린다. 노인은 긴장한 채 조심스럽게 대문의 서쪽 모퉁이를 돈다. 냄새의 출처가 바로 눈앞에 나타난다. 누각 바닥에 담요를 덮어쓰고 누운 놈이 둘, 저쪽 기둥 곁에 자는 놈이 셋, 일어나 앉아 있는 두 놈이 담배를 피우고 있다. 그들 주변에는 술병과 안주 삼았던 스낵 봉투들이 너저분하다. 한 녀석이 막 담뱃불을 대문의 기둥에 짓눌러 끄고 있는 중이다. 일순에 화염 같은 노염이 확 일어난다. 노인은 애써 노염을 꿀꺽 넘기며 입을 연다.

"여보게 젊은이들, 이 대문은 나라 국보 제 일호야. 기둥에다 담뱃불을 끄면 쓰나. 우리 것은 우리가 지켜야지 그리고 여긴 출입금지 구역이라네. 누구든 안으로 들어오는 건 금지되어 있다네. 팻말이 앞에 있지 않던가?"

노인은 조곤조곤 말한다. 담배를 피던 두 녀석이 갑자기 나타난 노인을 노려본다. 담요를 뒤집어쓰고 자던 녀석 하나가 깨어났는지 눈을 찡그리고 담요 밖으로 얼굴을 내민다.

"아이 씨, 새벽부터 재수 없게…"

짜증난 목소리다. 담배를 들고 있는 녀석이 칵 침을 내뱉으며 전혀 동요하지 않고 김 노인을 째려본다. 녀석이 다시 침을 뱉고 일어나더니 김 노인 앞으로 다가 온다. 얼굴에 여드름이 숭숭 나있고 뺨에서 귀 옆까지 칼에 벤 상처가 있는 험상궂은 얼굴이 노인 앞에 턱 버티고 선다.

"이봐 영감탱이야, 이게 니 집이라도 된다는 거야? 뭐야? 아침부터 재수 없게 다리몽둥이 분질러 버리기 전에 썩 꺼져."

순간 노인의 인내는 바닥을 치고 번개처럼 사라진다.

"뭐라? 네 이놈, 네놈은 부모도 없느냐. 그래 당장 다리몽둥이 한번 분질러 봐라. 천하에 몹쓸 후레자식 같은 놈, 다리몽둥이를 어쩐다고? 아하 천지에 이런 고약한 놈 봤나."

참았던 노인의 분노가 폭발한다. 노인은 노염으로 부르르 살을 떨면서 녀석 앞으로 거침없이 썩 나선다. 노인이 그렇게 세게 나오리라고는 예상치 못했던지 녀석은 뒤쪽으로 잠시 엉거주춤 물러선다.

"시발, 이 영감탱이가 죽을라고 환장했나."

갑자기 녀석이 호랑이 앞발 같은 큼직하고 두툼한 손으로 김 노인의 배를 민다. 노인은 본능적으로 뒤로 물러섰지만 안전하게 발을 놓지 않아 비틀거린다. 아무리 오래 운동을 해왔어도 나이는 속이지 못한다. 몸의 유연성이 떨어진데다 순발력이 제대로 발동하지 않는다. 공격하면 맞을 수밖에 없다. 노인은 잔뜩 긴장한 채 주먹을 불끈 쥐고 방어태세를 취한다. 해볼 수 있을 때까지는 해 봐야지.

"어쭈, 이 영감탱이 봐라."

녀석이 주먹을 휘두른다. 노인은 용하게 주먹을 피한다. 이게 바로 운동을 오래한 경륜이라는 거지. 두 번을 피했지만 결과는 헛 펀치를 휘두른 녀석의 성질만 돋우고 만다. 성질 난 녀석의 주먹이 노인의 어깨를 친다. 네 번째 주먹에 오른쪽 배를 맞고 노인은 주저앉아 버린다. 두꺼운 내의에다 두터운 두벌의 스웨터, 거기다 솜으로 누빈 조끼를 입고 두툼한 겨울 방한복을 걸쳤으니 망정이지 그 주먹에 정통으로 맞았다면 곧바로 별 수 십 개는 수월찮게 보고 하늘로 가는 마차를 탔을는지도 모른다. 주먹을 피하는 것만으로도 온몸에 땀이 후끈 솟는다. 녀석은 노인이 주저앉자 다가와서 발길질을 한다. 노인은 눈을 질끈 감으며 본능적으로 팔로 머리를 감싼다. 뭐라고 말을 해야 속이 시원할 것 같은데 재갈을 물은 것처럼 말을 할 수가 없다.

"이 늙은 것이, 오늘 잘못 걸렸어. 얘들아 이 늙은 영감탱이 손 좀 봐야겠어. 시발, 한방이면 저 세상으로 보내줄 텐데 어때, 오늘 저세상 귀신 한 마리 만들어 볼까?"

녀석이 김 노인의 멱살을 쥐고 일으켜 세운다. 김 노인은 비틀거리며 기둥을 얼싸안는다. 대문아, 대문아 날 좀 살려다오. 숨이 가빠 말은 할 수 없고 노인은 속으로 부르짖는다. 녀석은 곧 노인의 옆구리에 주먹을 다부지게 꽂는다.

"아이쿠!"

주먹을 날린 녀석이 갑자기 비명을 지른다. 사색이 된 얼굴이 꽉 짠 걸레다. 휘두르던 주먹을 감싸 쥐고 뛰고 굴리며 오도방종을 다 떨더니 몸을 새우처럼 오그린다. 김 노인은 놀란다. 대명천지에 무슨 이런 일이? 아이구, 대문님이 나를 도왔구먼!

"어이 집게, 왜 그래?"

다른 녀석이 일어나 집게라 불린 부랑아의 손을 잡는다. 그는 그 손을 뿌리치고 고통에 겨운 얼굴로 바닥에 주저앉는다. 노인은 영문을 몰라 엉거주춤해서 쳐다본다. 담배를 피우고 있던 검누런 얼굴이 일어나 노인에게 다가온다. 노인은 그에게 다시 멱살을 잡힌다. 기둥을 놓지 않으려고 노인은 안간힘을 쓰지만 녀석은 기둥을 붙잡고 늘어진 노인을 한여름 느티나무의 매미 떼어내듯 냉큼 떼어낸다. 그 바람에 둘은 바닥에 함께 넘어진다. 노인은 녀석 위에 벌렁 누운 꼴이다.

"이 영감탱이가 우릴 잡네."

녀석이 노인을 바닥으로 왈칵 밀쳐내고 엉덩이를 문지르며 게거품을 문다. 그리고 일어나기 바쁘게 달려와 넘어진 노인의 목을 누른다. 노인은 몸부림을 친다. 잠에서 깬 또 다른 두 녀석이 부스스 일어나 앉으며 입을 커다랗게 벌리고 웃는다.

"야, 너, 밖에 누가 오나 살펴 봐."

검누런 얼굴이 막 잠에서 깨어나 눈을 부비고 있는 소년티가 가시지 않은 녀석에게 말한다. 어린 녀석은 얼른 담요를 감싸 안고 일어나 밖으로 나간다.

"저 늙은 새끼를 오늘 죽여 버려야겠어."

노인을 주먹으로 쳤던 집게가 아직도 아픈 주먹을 펴지 못하고 볼멘소리로 소리친다.

"야! 어떻게 할까 이런 늙은 것은 내 주먹 한방이면 갈 텐데 어때?"

노인의 멱을 쥐고 있는 검누런 얼굴이 웃고 있는 일당에게 말한다. 말하느라 잠시 목줄을 쥔 손이 느슨해진 틈을 타 노인은 발악 하듯 소리친다.

"이놈들, 이 천하에 몹쓸 놈들…. 네놈들은 애비, 에미도 없는 놈들이지."

"입 닥치지 못해. 똥을 쳐 넣기 전에 닥치고 있어."

검누런 얼굴이 눈을 부라리며 노인의 뺨을 이리저리 후려친다.

"이 후레자식, 이 천하에 몹쓸 놈, 네놈들을 모두 철창 속에 쳐 넣고 말 것이야."

"잘도 나불거리네."

녀석은 히죽 웃으며 노인의 벙거지 모자를 벗겨 던져버리고 하얀 머리카락을 한 움큼 불끈 쥐고 흔들어댄다. 노인은 분기가 탱천하다 못해 기가 막혀 말도 나오지 않고 숨도 제대로 쉴 수 없다. 그때 한참 제 주먹을 주물럭거리던 집게 녀석이 노인을 노려보며 슬슬 다가온다. 녀석의 호된 공격이 시작될 것 같다. 위기촉발 전이다. 중상을 입을지도 모른다는 절망감이 싸늘하게 몸을 감싼다. 달아나는 것은 꿈도 꿀 수 없다. 노인은 부질없는 일인 줄 알면서도 방어를 어떻게 할지 생각한다. 휴면 상대들이 너무 많은 것도 탈이고 머리카락을 붙잡고 있는 놈부터 처치를 해야 하는데 머릿속이 하얘지며 노인은 한 녀석도 감당하지 못하리라는 것을 절실하게 느낀다.

'대문아! 부디 날 좀 살려다오.' 노인은 절절한 마음으로 속으로 부르짖는다.

"이리 나와. 내가 이 새끼를 오늘 아주 죽여 버릴 거야."

집게의 말이 떨어지자 노인의 머리카락을 움켜쥐고 있던 녀석이 손을 놓는다. 집게는 검누런 얼굴에게 물러가라는 손짓을 하며 발로 바닥을 탁탁 차댄다.

'녀석이 영판 싸움판에 나온 투견 같구먼.'

무서운 바람이 불 것 같다. 노인은 몸을 부르르 떤다. 그때 바닥에서 담요를 쓰고 누워 꼼짝하지 않던 녀석 하나가 얼굴을 내밀며 집게를 부른다.

"야 집게, 너 새벽부터 노인네 붙들고 뭐하자는 거야?"

옳거니, 부랑아 중에도 저런 애들이 하나씩 껴있기 마련이지. 대문님이 날 도우시는구나. 노인은 천군만마를 얻은 듯 반갑다. 돌아보는 집게 얼굴이 알루미늄 깡통처럼 구겨진다.

"몰라서 물어? 새꺄, 이 영감탱이가 껴들었잖아, 난 손을 다쳤어."

"다친 것은 네 잘못이지. 노인네가 널 친 것은 아니잖아."

"뭐라고? 야! 임마, 너 말 다했어? 밤새 해골을 잘못 놓고 잤어. 한판 붙고 싶다면 일어나 이 개자식아."

노인을 향해 걸어오던 집게가 획 돌아선다. 금방이라도 저들끼리 한판 벌어질 기세다. 집게의 발이 다시 바닥을 탁탁 내리친다. 노인의 편을 들던 응원군은 아직 담요 속에 엎드린 채다. 그의 눈이 기민하게 반짝이며 움직인다. 만만찮은 얼굴이다. 갑자기 그가 담요를 걷어내고 벌떡 일어난다.

“형! 저기 순찰 경찰 둘이 올라오고 있어.”

갑자기 망보러 나갔던 녀석이 허겁지겁 뛰어 들어오며 소리친다. 불량배들의 얼굴에 당황함이 스친다.

“빨리 튀어.”

“개새끼들! 재수 없게.”

그들은 일사분란하게 흩어진다. 모두 꽁무니가 빠져라 도망간다. 순식간에 대문 안은 텅 빈다. 멀리서 누군가 악을 써는 고함소리가 들린다. 노인은 넘어진 채 그냥 누워 있다. 긴장감으로 뻣뻣하던 몸이 매듭 풀어지듯 늘어진다. 노인은 드러누운 채 사방을 훑어본다. 아무도 없다. 긴박했던 순간을 생각하며 안도의 숨을 깊이 내뱉는다. 그리고 천천히 팔을 들어 뼈들이 다치지 않았는지 움직여 본다. 다리도 이리저리 흔들어 보는데 다행하게도 별일 없는 것 같다. 얼얼한 뺨을 어루만지고 통증이 남아있는 배를 쓸고 머리카락을 쓰다듬는다. 장갑에 은실 같은 흰 머리카락이 제법 묻어 나온다. 몸을 피하는 바람에 살짝 훅을 먹은 배가 아프지만 다른 곳은 별다른 느낌이 없다. 하지만 손자뻘 되는 부랑아들에게 주먹질과 발길질

당하고 머리카락 오득오득 뜯기고 뺨을 맞았다는 황당함을 감내하기는 힘들다. 아이가 어른을 때리는 세상을 직접 겪다니 아연해진다. 노인은 바닥에 누운 채 천정을 멍하니 바라본다.

'이만한 것도 다행이지. 운수가 좋은 게야. 다른 사람 같았으면 구급차에 실려 갔을걸.'

노인은 천천히 몸을 가누고 일어나 앉으며 혼자 말을 한다.

'예전엔 저런 불량아 몇쯤은 너끈하게 해치우고도 힘이 남았는데 세월을 이기는 장사가 없구먼. 늙은것이 한이로다.'

노인은 점퍼에 묻은 먼지를 털며 중얼댄다. 대문으로 들어오던 젊은 경관이 땅바닥에 퍼질고 앉은 노인을 발견하자 잽싸게 달려와 노인을 일으키려고 양팔을 붙든다.

"할아버지 어떻게 된 일이세요? 다친 곳은 없어요?"

"아이구! 마침맞게 와주어서 고맙네. 잠간 날 그냥 놔주게. 하마터면 그 부랑아 녀석들에게 골로 갈 뻔 했다네"

"곧 어느 녀석이든 잡힐 겁니다."

경관은 노인을 위로한다. 노인은 경관이 묻는 대로 자초지종을 풀어놓는다.

노인은 대문을 내려와 주변을 천천히 걷는다. 가끔 하늘을 바라보며 공중에다 대고 불량배들에게 악담을 퍼부으며 길

바닥에 뒹굴고 있는 음료수 깡통을 주워 쓰레기 봉지 속으로 던져 넣는다.

"두꺼운 옷을 입기 망정이지…"

노인은 문득 불량배 녀석들이 먹인 펀치를 막아낸 두꺼운 점퍼의 가슴 쪽을 장한 듯 툭툭 친다. 옷이 완충역할을 했지만 젊은 녀석들의 모진 주먹이라 헛쳤어도 아프다. 그래도 노인은 헐떡거리며 바람에 날아가는 과자봉투를 따라 어기적거리며 쫓아간다.

가냘픈 아침 햇살이 부채 살처럼 서서히 누리에 퍼지고 있다. 아침 출근하는 자동차들이 거리를 질주한다. 노인은 황금빛 햇살이 희미하게 비치는 대문에서 물러나 화단 곁에 걸터앉는다. 커다란 점퍼 주머니에서 작은 보온 물병을 꺼낸다. 불량배가 손을 오그리고 주저앉던 것이 생각난다. 노인의 입에 회심의 미소가 떠오른다. 녀석이 스테인리스 물병을 주먹으로 친 것이 확실하다. 아하, 보온 물병이 한몫 단단히 했군. 녀석의 주먹 뼈가 나갔는지도 모르지. 싸지 싸, 함부로 주먹을 휘두르면 그런 봉변을 당하게 마련이지. 내 고마운 보온 물병. 노인은 장한 듯 물병을 손바닥으로 툭툭 두드린다. 그리고 다른 주머니에서 야채 고로께를 꺼낸다. 아뿔싸! 비닐봉지에 싸인 빵이 볼

품없이 뭉개져 터진 배를 내보인다. '내가 땅에 구를 때 이놈이 부상당한 거여.' 노인은 비닐봉투를 열고 고로께를 싼 종이를 벗긴 뒤 보온병을 열어 뚜껑에다 보리차를 붓는다. 김이 모락모락 오른다. 뜨거운 찻물을 훨훨 불어가며 목을 적신다. 그리고 뭉개진 빵을 한입 베어 먹는다. 아침으로 가끔 먹는 것이지만 이질적인 식감과 맛으로 오래 입에 붙지 않는 음식이다. 든든하기로 친다면 이만한 것이 없다. 하루종일 전연 배가 고프지 않으니까. 노인은 문득 아내의 슬픈 얼굴을 떠올린다. 그리고 학교와 학원을 다니느라 제 부모만치 눈코 뜰 새 없이 바빠진 손자 둘을 생각한다. 먼발치에서 바라본 손자들은 지 할애비 얼굴을 기억이나 할까? 노인은 다시 빵을 한입 문다. 그 맛이 언짢다. 좋아하지 않으면서 구태여 고로께를 먹는 이유를 노인 자신도 모른다. 식어버린 컵에 다시 따끈한 보리차를 붓고 기름기로 느끼해진 입안을 씻는다. 겨울 찬바람에 뜨거운 보리차는 금방 미지근해져 버린다. 조금 전까지 느끼지 못했던 통증이 스멀대며 나온다. 노인은 건너편 차도로 바쁘게 지나가는 차량의 행렬을 바라본다. 아내가 죽고 난 뒤 아들은 발걸음을 하지 않는다. 노인은 아들 가족을 만난 기억이 까마득하지만 그들이 오지 않는다고 아내처럼 가슴을 끓이지는 않는다. 세상이 변한 것을 뼈저리게 느끼고 있으니까. 갑자기 속이 메스껍다. 노인은 눈을 활짝 연다. 못을 박는 듯 심한 통증과 함께 가슴이 조여 온다. 노인의 손에서 고로께가 떨어진다. 으윽, 노인은 단발마를 내지르며 가슴을 움켜쥔다. 정신이 혼미 해진다.

'오늘 아들이 온다고 했어….'

아들의 얼굴이 스치고 지나간다. 노인은 하늘로 향해 손을 뻗쳤다. 옛날처럼 아들의 부드러운 볼을 만지고 싶다. 노인의 몸이 기우뚱거리며 얼어붙은 화단으로 쓰러진다.

옛날 옛적
갓날 갓적에

유선은 갑자기 몸이 오싹해지며 자신이 작은 아이 같이 한없이 오그라져 가는 느낌을 받았다. 눈앞에 흰 천을 덮고 누운 사람이 자신과 오늘 혼례를 올린 사람이라는 것을 도무지 믿을 수가 없었다.

옛날 옛적
갓날 갓적에

– 평생을 돈 한 푼 벌지 않고 술독에만 빠져 살았던 무책임한 어떤 가장은 자신을 삶으로 건져낸 아내에게 평생 가족의 생존을 책임 지우고 온갖 고생과 파란을 선물했다.

"나리 마님 큰일 났습니다."

유선의 혼례가 끝난 첫날밤 축시에 접어들 무렵 정창순과 김씨 부인은 집사 이 서방의 새된 목소리를 들었다. 읍내 유곽에서 친구들에게 볼모로 붙잡혀 있는 신랑을 데려오라고 정창순이 아무도 몰래 이 서방에게 삼백 원을 쥐어 보낸 지 두 식경이 지났을 즈음 평소 같지 않은 이 서방의 화급한 목소리를 들었던 것이다.

"뭐라?"

정창순과 그의 부인 김 씨는 방문을 열고 대청으로 달

려 나갔다. 이 서방이 새신랑을 업고 뜨락에 서있었다. 인사불성인지 새신랑은 이 서방의 등에서 혼을 놓은 자처럼 축 늘어져 있었다.

"아무리 깨워도 정신이 없으신지라 그냥 모시고 왔습지요."

이 서방은 취해 쓰러진 신랑을 소달구지에 뉘어 실어왔다고 정창순에게 고했다.

"이렇게 추운 밤에?"

섣달 춥고도 추운 겨울의 한복판이었다. 혹한 속에 정신을 잃은 사람을 달구지로 시오리 길을 내달아 왔으니 신랑의 몸이 온전할 리 없었다. 술에 녹초가 된 신랑은 동태처럼 얼어 있었다. 정창순은 이 서방에게 사랑채 건넌방으로 우선 신랑을 들여 눕힐 것을 명했다. 힘깨나 쓰는 젊은 머슴들이 달려들어 돌덩이처럼 싸늘한 시형을 들어다 건넌방에 눕혔다.

"여보게 이 무슨 일인가? 얼른 좀 깨어나 보게."

김씨 부인은 의식이 없는 사위를 보자 놀라서 말했다.

"새 서방님. 새 서방님. 정신을 차리십시오."

이 서방이 신랑을 일깨우려 조심스레 몸을 흔들어 보았지만 아무 반응이 없었다. 정창순과 부인도 사위를 부르며 흔들어 깨우려 했지만 김시형은 죽은 듯 감응이 없었다. 정창순이 먼저 신랑의 양복단추를 풀고 심장의 박동을 확인해 보았지만 어떤 소리나 움직임을 감지할 수 없었다.

"영사를 가져오너라."

정창순의 화급한 목소리가 뜰을 울리고 머슴들이 명을 받고 달음질쳐 나갔다. 금방 기별이 갔는지 닫혀졌던 방문들이 열리고 혼인잔치에 와있던 일가친척과 일 보던 사람들이 놀라 뛰어나왔다. 소식은 순식간에 잠든 상객일행에게 까지 알려져 모두 허둥지둥 사랑채 건넌방 대청으로 몰려왔다. 유모가 영사를 갠 꿀물을 가져와 신랑의 입을 숟가락으로 조금 벌리고 흘려 넣었으나 영사꿀물은 새하얗게 변한 신랑의 입가로 줄줄 흘러내리기만 했다. 숨을 쉬지 않는다는 증거였다.

"빨리 의원을 불러오게."

신랑이 영사를 갠 꿀물을 넘기지 못하자 정창순은 이 서방에게 황급하게 소리쳤다. 상객으로 온 신랑의 형님인 김시우가 건넌방으로 들어오자 그는 신랑 김시형의 뺨을 이리저리 치고 몸을 흔들고 물을 가져오게 하여 얼음같이 찬물을 시형의 얼굴에 끼얹었으나 여전히 신랑은 나무토막처럼 아무 감응 없이 늘어져있었다. 그곳에 모인 사람들이 모두 한마디씩 사람이 깨어날 수 있는 별의별 수를 다 동원했지만 결과는 마찬가지였다. 처음에는 모두들 신랑이 너무 취했다고 생각했으나 돌아가는 상황이 이상한지라 사람들은 당혹해했고 점점 얼굴들이 굳어져갔다. 의원이 올

동안 그들은 할 수 있는 모든 방법을 동원해 김시형을 일으키려 했지만 모든 시도가 수포로 돌아 간 것을 알았다.

이윽고 이래라 저래라 훈수를 놓던 사람들마저 굳게 입을 다물었고 정창순과 상객 일행을 제외하고는 두려운 듯 신랑 곁에서 모두 한 발짝씩 물러나 어찌할 바를 몰랐다. 그들은 어쩌면 불행한 일이 일어날지도 모른다는 생각을 하기 시작했다. 정창순과 상객 일행만이 잔뜩 긴장한 채 주검같이 싸늘한 새신랑을 일으켜 보려 팔과 다리를 주무르며 희망의 끈을 놓지 않고 있었다. 의원이 왔다. 신랑의 늘어진 팔목을 잡고 맥을 짚어 가던 의원의 얼굴이 점점 어두워졌다. 불려온 마을 의원마저 머리를 가로 저으며 물러났다. 기이하고 섬뜩한 침묵이 돌았다. 정창순의 가족들과 상객일행의 얼굴에 황당하고 무서운 절망감이 에워쌌다. 모두 얼이 빠진 얼굴을 하고 주저앉았다.

"이 무슨 해괴한 일인고!"

정창순이 하늘을 보며 탄식했다. 새신랑이 죽었다. 아무도 입 밖으로 그 끔찍한 소리를 내지는 않았지만 의원의 가로젓는 머리를 보자 누구라 할 것 없이 부정할 수 없는 죽음의 그림자가 집안에 들었음을 알고 경악했다. 사람들은 모두 넋이 빠진 듯 움직이지도 않았다. 그 광경을 보고 서있던 김 씨 부인이 탄식하더니 돌연 기절해 쓰러졌다.

"아이구! 마님."

마침 바로 곁에 섰던 유모가 쓰러지는 김 씨 부인을 허리로 재빨리 부축해 안았다. 조금 떨어져 섰던 영산 댁과 친척 부인네 몇이 보고 달려와 유모를 도와 쓰러진 김 씨 부인을 부축해 대청에서 안방으로 모셔갔다.

"허어! 어찌 이런 일이…."

부인이 쓰러지자 정창순은 비탄에 젖어 소리쳤다. 마른 하늘에서 날벼락이 떨어진 듯 했다. 그는 대청마루에 서서 한참을 고개를 숙이고 망연자실하게 서 있었다. 그의 얼굴은 참담하게 일그러졌고 미간의 주름은 더욱 깊이 파였다. 단 한명 외동딸의 새 날이 악운으로 열리는 것을 목도해야 하는 고통을 그는 견디기 힘든 듯 분노인지 슬픔인지 알 수 없는 오열을 꾹꾹 눌러 삼켰다.

이윽고 고개를 든 그는 맨 먼저 모여 서있는 가솔들에게 입단속부터 시켰다.

"모두 함구 하렸다."

그의 착잡하고 무거운 명이 뜰을 울렸다. 혼례 날 신랑이 죽은 수치스런 일이 외부에 알려지는 것은 시간문제였지만 그는 촌음이라도 아껴 소문이 퍼지는 것을 늦추고 싶었다. 소용없는 일인 줄 알면서도 그는 그러고 싶었다. 딸아이를 위해서.

"오호라……."

형극 같은 일이 딸에게 닥쳤다는 것이 믿기지 않아 그는 송장처럼 누워있는 사위 김시형을 자꾸 돌아보았다. 식솔들과 상객들과 집에 남아있던 일가친척들은 기가 막혀 쇠말뚝처럼 그 자리에서 움직일 줄 몰랐다. 정창순의 얼굴은 상객 김시우의 얼굴보다 더 침통했다. 청천벽력이 아니고 무엇이랴. 정창순은 고개를 숙였고 신랑의 형님인 김시우의 얼굴은 붉으락푸르락 변화무상하더니 창백하게 변했다.

마침내 김시형의 핏기가 가신 창백한 얼굴위로 하얀 무명천이 덮여졌다. 사람들이 허리를 굽히고 몇 발작 더 뒤로 물러났다.

"의원이 다녀갔지만 사람이 깨어나지 못했소. 이미 혼례를 올렸으니 예를 다하도록 분부하리다. 날이 밝는 대로 사돈께서 절차를 밟으시면 우리가 따르리다."

정창순이 상객인 김시우에게 말했다.

"아! 정말 이 무슨 변괴인지…. 마땅하신 말씀입니다. 동행한 제 숙부님과 의논을 해서 결정을 지어 올리겠습니다."

김시우는 입술을 덜덜 떨며 말했다. 정창순은 이 서방에게 가까운 곳에 대령해 있으라 하고 사람들 앞을 떠나 부인이 있는 안방으로 무거운 발을 옮겼다. 그리고 유모와 소실을 불러들였다.

길고도 긴 하루가 아직도 끝나지 않은 채 어둠 저편으로 이어져 있었다. 밤바람 소리가 대청을 훑고 지나갔다. 달빛이 그린 벌거벗은 나무의 선명한 그림자가 격자문 창호지에 격렬하게 흔들리고 있었다. 방안은 따뜻했다. 유선은 소리죽인 숨을 길게 내뱉었다. 거추장스런 예복을 벗고 편안해 지고 싶었다. 몇 시나 되었을까? 신랑을 데리고 나간 우인들 일행은 아직 돌아오지 않은 것일까? 어머니 김씨의 얼굴이며 아버지와 오빠 창의 얼굴과 저녁상 앞에서 퍼뜩 본 신랑의 반듯한 모습이 졸음과 함께 주마등처럼 지나갔다. 유선은 나른한 몸을 곧추 세우고 격자문에 내린 달빛과 바람이 만들어 내는 수묵화 같은 흔들리는 나목을 망연히 바라보며 생각에 잠겨 있었다. 얼마나 많은 밤들을 꿈을 꾸며 잠이 들었던가. 안개 속 같은 알 수 없는 미래였지만 어딘가에 행복이 숨어 있으리라는 기대가 있었다. 선생이 되려고 꿈꾸었던 적이 있었지만 허무히 무너지고 대신 평범한 부인으로 살아갈 길이 바로 코앞에 펼쳐져 있었다. 나쁠 것도 없었다. 꿈이 있든 없든 누구나 때가 되면 결혼을 하였으므로 그녀 역시 부모님의 뜻을 따랐다.

"시부모님이 계시지 않아 시집살이는 면했지만 맏형이 부모 노릇을 했으니 부모 공경하듯 형님 내외를 공경하여

라. 동서들 간에 의좋게 지내야 할 것은 말할 것도 없거니와 형제간의 우애는 집안에 들어오는 여자들로 인하여 깨어지기도 하고 돈독해지기도 하니라. 절대 말을 조심하고 조신한 행동을 하며 경거망동 하지 말아야 한다. 윗사람에게는 순종하고 아랫사람에게는 자애로워야 한다. 늘 무슨 일에나 앞서려 하지 말고 겸양해야 하고 양보하는 맘으로 임하면 어려운 일은 없을 것이야. 혼례를 치르고 시집가면 그 집 귀신이 되어야 하느니라. 이제부터 부모 정을 떼어다 서방님께 붙이고 살아야 하니라. 그리고 칠거지악을 범치 말아야 한다. 첫째로 부모에게 순종하고 둘째는 가문의 대를 이어야 할 아들을 낳고 셋째는 음행하지 않아야 하고 넷째는 질투를 하지 말 것과 다섯째는 나쁜 병을 앓아서는 안 된다. 여섯째는 말이 많아 친척을 이간질해도 안 되고 일곱째는 시가의 물건을 훔쳐서는 안 된다. 너는 스스로 소박을 맞는 미욱한 짓을 하지 않을 줄 내가 믿으니 뼈대 있고 이름 있는 가문의 딸인 것을 한시도 잊지 말아라. 일곱 가지 악 중에서 오로지 네가 돌아오는 것을 내가 용납을 할 수 있는 것은 둘째와 다섯째다. 둘째는 삼신님이 하는 일이고 다섯째는 사람이 다스릴 수 있는 일이 아니니 그 둘만 용납을 해서 너를 받으리라. 그 외는 네가 우리 집에서 배운 대로 행동하여라. 혹이 어떤 어려움이 오면 참는 것은 어려울지라도 참으면 모든 일이 쉬이 지나

가니라. 시집살이 아무리 맵다 해도 무엇이든 끝이 있느니라. 가슴에 참을 인을 새기고 살아라. 하나를 참으면 둘을 참을 수 있고 셋을 참으면 열을 참을 수 있느니라. 그리고 백을 참을 수 있으면 모든 것을 너의 치맛자락에 넣을 수 있느니라."

어머니 김씨 부인의 당부가 유선의 귀에 쟁쟁하게 남아 있었다. 조선의 여자면 모두 받아 들여야 하고 또한 언제든 어디서고 적용되는 칠거지악이었다. 여자들이 가슴에 새겨 범치 않아야 하는 것들이었다. 동네에 소박맞은 아낙이 있었기에 그것이 무엇을 의미하는지 유선도 알고 있었다. 시집가는 딸에게 소박댁이 되서 돌아오지 말고 그 집 귀신이 되라는 딸을 시집보내는 부모의 간곡한 부탁이기도 했다.

몇 시가 되었을까?

신방을 엿보기 위해 모여있던 아낙들의 소근거림이 밤바람 속에 잦아들고 발소리도 사라진지 오래 되었다. 바깥에는 외로운 바람 소리만 가득했다.

시간이 가면서 긴장이 풀리는지 점점 졸리기 시작했다. 유선은 졸린 눈을 감았다 떴다를 반복했다. 대례복 때문에 몸이 불편했고 여니 때 같으면 이미 깊이 잠들었을 시간이었다. 그녀는 졸음을 쫓으려 이 생각 저 생각 했지만 피곤함이 범람하는 강물처럼 몰려들어 그녀를 잠의 세계로 몰아갔다.

'아가, 내 딸아!'

그녀는 어머니의 목소리를 들었다. 사방을 훑어보았으나 어머니의 모습은 어디에도 보이지 않았다. 대신 사람들의 웅성거림이 일었다. 산 너머에서 세찬 회리바람이 일더니 그녀가 섰는 마당으로 몰려오고 있었다. 댓돌과 마당에는 벗어놓은 수많은 짚세기와 양화들이 보이고 그녀는 돌연 멍석이 깔린 마당에 나와 앉아있었다. 지체 높은 분께서 친히 집에 들르셨다고 하는데 무슨 일이 일어났는지 집안은 어수선 해 보였다. 그녀는 왜 자신이 마당의 멍석에 앉아 있는지 몰랐다. 곧 알 수 없는 사람들이 그녀를 에워쌌다.

"어머니 무슨 일이 있는가요?"

사방을 둘러보며 어머니를 찾았으나 어머니 김 씨의 모습은 어디에서도 찾을 수 없었다. 대신 누군가 간드러지게 웃는 소리를 들었다. 높고도 요사스러운 웃음의 출처를 찾느라고 그녀는 사방을 두리번거리다 눈을 번쩍 떴다.

그 사이 꿈을 꾼 모양이었다. 피곤함과 긴장된 시간이 계속되고 있는 까닭에 이상한 꿈을 꾸고 있다고 그녀는 생각했다. 바람소리만 들리는 사방은 여전히 적막했다. 신랑은 언제 돌아올지 알 수 없었다. 머리에서 생각들을 지워버리면 긴장감과 피곤이 또다시 몰려왔다. 그녀는 다시 반수면 상태에 빠졌다.

방문이 풀썩 열리고 누군가 방으로 엎어지듯 들어왔다. 신랑은 아니었고 분명 치마를 입은 여자였다. 하마터면 방바닥에다 코방아를 찧고 쓰러질 뻔 했던 사람의 얼굴이 희미했다. 그러나 그 얼굴을 어디서 본 듯한 기분이 들었다. 저 사람이 누구지? 유선은 더욱 희미해지는 여자의 얼굴을 기억해내려 애를 썼다. 여자를 어디선가 본 적이 있어. 전연 낯설어 보이지 않는 저 사람은 누굴까?

그녀는 비몽사몽 눈에 보이는 환상의 인물을 확인하려 들었다. 그 때 갑자기 혹독한 찬바람이 온몸에 끼쳐들어 그녀는 퍼뜩 정신이 들었다.

밖에서 작은 기침소리가 났다. 순간적으로 신랑인가 하여 긴장했으나 신방의 문을 열고 말없이 들어선 이는 작은 어머니 주씨였다. 뒤이어 유모가 들어왔다. 따뜻하던 방안에 한기가 훅 끼쳐들었다. 그녀는 갑작스런 두 사람의 방문에 놀라서 일어서려다 너무 오래 앉아 있었던 탓에 중심을 잡지 못하고 도로 주저앉았다.

"그냥 앉아 있거라."

주씨가 말하자 유모가 황급히 유선을 부축해 자리에 앉혔다.

"이 밤에 두 분께서 어인 일이십니까?"

유선은 옷매무새를 고치고 앉으며 물었다. 두 부인이 하나같이 아무 말을 못하고 섰는데 금방이라도 울음이 터질 것 같은 얼굴이었다. 유선이 재차 묻자 작은 어머니 주씨가 말을 꺼냈다.

"선아. 내말을 듣고 놀라지 말아라. 네 신랑이 지금 쓰러졌다. 술을 과하게 마셔서 기절을 했다는데 어찌될지 모르겠구나. 너의 예복 벗는 것을 도와주마."

유선은 작은 어머니가 무슨 말을 하는지 알 수 없었다. 주씨가 신부에게 다가가서 먼저 유선의 화관을 고정시킨 머리줄을 빼냈다. 화관을 벗겨내는 작은 어머니의 손이 가늘게 떨리고 있는 것을 유선은 느꼈다. 분명 예복은 신랑만이 벗길 수 있는 것이었다. 유선은 하나씩 풀어져 내리는 장신구를 멍하니 바라보기만 했다. 유모는 작은 어머니가 내려놓은 화관과 댕기와 와잠과 손 가리개를 한쪽에 앉아서 개키며 울음을 참느라 끄윽 끄윽 소리를 냈다.

"신랑이 쓰러졌단 말인가요?"

유선은 두 어른들에게 확인하듯 반문했다.

"그렇단다."

주씨가 머리를 땋아 올려서 비녀를 꽂아주며 대답했다. 유선은 그들의 눈에서 떨어져 내리기 시작한 눈물의 뜻을 알지 못했다. 뭔가 의미심장한 일이 일어난 것은 틀림없었다. 유모의 입에서 울음이 먼저 새어 나왔다. 순간 유선은 생각보다 더 좋지 않은 일이 생겼다는 것을 느꼈다. 그러나 유선은 아무 말 하지 않았다.

"유모. 아이를 부축해 주시게."

작은 어머니가 유선의 한쪽 팔을 붙들며 말했다. 유모는 저고리 고름으로 눈물을 닦으며 유선의 팔을 부축해 일으켰다. 작은 어머니는 소리 없이 눈물을 떨구며 유선의 활옷을 동여 맨 비단 끈을 풀어 내렸다. 그들은 울음을 참느라고 가끔 일하던 손을 놓았다. 원삼이 벗겨지고 흰 저고리와 치마가 대신 입혀졌다. 유선은 자신에게 입혀지고 있는 옷이 흰옷인 것에 점점 혼란스러워졌다. 신방에 앉아있을 동안 대체 밖에서는 무슨 일이 일어났단 말인가. 흰옷은 상복이 아니던가. 그녀는 영문을 몰랐을 뿐 아니라 두려운 맘이 들어 감히 입을 열어 물어 볼 수도 없었다.

"아버님께서 부르시니 얼른 사랑채로 가도록 하자."

작은 어머니가 눈물을 훔치며 유선의 팔을 끌었다.

"어머니는 어디 계신가요."

"안방에 계신다."

유모가 등롱을 들고 방문을 열었다. 칼끝 같이 차고 매서운 바람이 유선의 가슴에 훅 밀려왔다. 그녀는 움찔했다. 댓돌을 내려오자 사랑방 쪽 마당에서 사람들의 기척과 불빛이 희미하게 비쳤다. 그들은 천천히 사랑으로 향해 걸어갔다. 거센 찬바람이 한차례 불어 닥쳤다. 등롱의 불이 꺼질 듯이 바람에 펄럭였다. 헐벗은 나뭇가지 사이로 매서운 북풍이 휘파람 소리를 내며 달려갔다. 바람은 그녀를 공중으로 날려 보낼 듯 맹렬했다. 유선은 바람에 한없이 나부끼는 흰 치마 자락을 붙잡으려 안간힘을 썼다. 가슴이 쿵쿵 뛰기 시작하더니 몸이 조금씩 떨리기 시작했다. 그녀는 혼란스런 마음을 누르느라 마른 입술을 꼭 다물고 있었다. 그들은 말없이 사랑으로 올라갔다.

정창순의 명으로 신랑 김시형은 흰 무명천에 덮인 채 사랑채의 대청 북쪽에 뉘어져 있었다. 유선이 나타나자 그 곳에 모여 앉아있던 사람들이 모두 일어났다. 그들은 어둡고 참담한 얼굴로 유선을 바라보며 자리를 비켜주었다. 아버지 정창순은 유선을 보자 고개를 돌려 외면했으나 그 얼굴은 참을 수 없는 괴로움으로 가득 차 있었다. 작은 어머니와 유모가 이미 아버지의 명을 받은 듯 유선을 데리고 곧장 늘어서 있는 사람들 앞을 지나갔다. 작은 어머니가 유선을 신랑이 누운 곳에서 서너 발 떨어진 곳에 앉게 하고 유선의 올렸던 머리를 풀어 내렸다. 흑진주같이 검고 빛나는 머리카락이 그녀의 흰옷 허리께서 흩어졌다. 그녀는 그제야 깨달았다. 유선은 갑자기 몸이 오싹해지며 자신이 작은 아이 같이 한없이 오그라져 가는 느낌을 받았다. 눈앞에 흰 천을 덮고 누운 사람이 자신과 오늘 혼례를 올린 사람이라는 것을 도무지 믿을 수가 없었다. 얼굴 마주 한 적 없고 눈 한번 마주친 적 없는 낯선 주검 앞에 올리지도 않은 머리를 귀신처럼 풀고 첫날밤을 보내야 하는 미친 덫에 걸려 있는 자신을 보았다. 가슴이 빠르게 박동하여 몸속의 모든 피가 솟구쳐 오르는 용암처럼 그녀의 머리 위로 벅차오르더니 곧 땅밑 끝 수렁으로 꺼져 들어갔다. 그녀는 긴장감으로 파죽이 된 몸을 간신히 지탱하고 있었다.

"이것을 깔고 앉거라."

작은 어머니 주씨와 유모가 거들어서 그녀를 반쯤 안아 일으키고 방석을 깔아주었다. 방문 고리가 지남철처럼 쩍쩍 올라붙는 추위였는데 유선은 찬 대청에 앉아서도 추운 줄 몰랐다. 그녀는 대청에 앉은 사람들이 모두 자신만 바라보는 듯 했고 그 시선이 그녀에게 한없는 모멸감을 안겨 주었다. 그녀는 부끄러워 어디라도 달아나서 몸을 감추고 싶었다. 차라리 엄동설한 속에 앉았다가 얼어 죽기라도 한다면 신랑 시형과 함께 저승으로 갈 수도 있으련만 혼례 날 지아비를 잃고 쏟아지는 날 시선들을 어떻게 견딜 것이며 어떻게 구차한 삶을 이어 나가야 할지 앞 일이 아득하고 처량했다. 그녀는 알 수 없는 무서운 힘이 자신을 억누르고 결박하는 느낌에 몸서리를 쳤다. 고개를 숙이고 등롱의 불빛 아래 희미하게 비친 대청만 바라보고 있는데 낯선 사람들이 소리 없이 움직이고 몰려갔다 몰려왔다 하면서 알지 못할 말들을 했다. 사람인지 허깨빈지 모를 것들이 그녀 곁을 바람같이 휙휙 날라 다니는 것 같았다.

'정신 차려. 정신을 차려야 해. 오, 신령님 저를 도와주세요.'

그녀는 자신에게 소리쳤다. 그녀는 지푸라기라도 붙잡고 싶은 심경으로 기도했다.

'신령님 진정 신령님이 계신다면 저 누운 사람을 일으켜 주소서.'

신령이든 귀신이든 무엇이든 붙들고 사정해서 저 주검을 저 자리에서 일으킬 수 있다면 그녀는 얼마가 걸리든지 그러고 싶었다. 그녀는 자신의 운명 앞에 초라하게 앉아 있을 수 없었다. 던져진 운명이라고 받아들이기에는 너무 황당했고 억울했다. 그녀는 들끓는 마음의 동요를 재우려 조용히 앉아 정신을 집중하려 애쓰고 있었다.

달빛이 대청에서 저만치 나가 앉은 것을 보아 꽤 시간이 흘렀다. 유선은 미동도 하지 않고 그대로 앉아 있었다.

"잠시 방에 들어가서 몸을 녹여야 견딜 수 있지요. 이러다간 몸이 상해요. 잠시 방으로 들어가세요."

근심어린 눈으로 유선을 지켜보고 있던 유모가 몇 차례나 유선에게 방에 들기를 권했지만 유선은 물리쳤다. 상객들과 일가친척들도 조심스레 그녀에게 몸을 녹이기를 권고했지만 유선은 끄떡도 하지 않았다. 유모가 뜨거운 차와 숭늉을 유선에게로 가져갔다. 무엇이라도 마시울 참이었다.

"저녁도 뜨는 둥 마는 둥 하고 이러다 쓰러지면 큰일이지요. 부모님들도 생각하세요. 뜨거운 숭늉이라도 조금 들어야 해요."

"고맙습니다. 그곳에 두세요."

유모는 유선이 무엇이라도 마실 때까지 물러날 생각이 없었으나 유선은 아무것도 입에 대지 않았다. 그녀의 눈은 오직 김시형에게 머물러 있었다. 몇 날 몇 밤이 지나 그녀가 얼어 죽는 한이 있어도 김시형이 살아나기만 한다면 얼음덩이 위에라도 앉아 기다릴 수 있었다. 대청의 달빛은 저만치 더 물러갔다.

'신령님! 저를 이 자리에서 저 사람과 함께 데려가시든지 아니면 저 사람을 일으키든지 신령님 도와주소서. 저 이의 삶을 일깨우지 못하면 저는 여기서 한발도 움직이지 않고 저 이와 함께 죽음을 받겠습니다.'

온갖 단상들이 빠른 물살처럼 그녀의 머리를 헤집고 지나갔다. 살아서 수치스런 것보다 죽어서 잊혀지는 것이 낫다는 생각이 들자 그녀의 마음이 갑자기 착잡해지며 담대해졌다.

'나는 저이와 살든지 저이와 함께 죽든지 하리라.'

커다란 소용돌이로 파문이 일던 마음이 갑자기 폭풍이 그친 들판처럼 고요해졌다. 그녀는 앉은채 조용히 눈을 감고 어둠속에 잠겨갔다.

섣달 보름달이 검푸른 하늘에 얼음조각 같은 흰 얼굴을 내밀고 서편 하늘로 흘러가고 있었다. 살기 어린 바람이 채찍을 휘두르며 달려가고 달빛이 가득한 세상은 온통 알 수 없는 소리로 가득 차 있었다.

유선은 자신의 눈앞에 서 있는 눈이 크고 피부가 고운 지아비를 바라보았다.

'왜 그곳에 서 계시지요? 당신은 나의 지아비가 아니신가요?'

'그렇소만 난 지금 갈 길이 바쁘다오. 당신을 두고 가니 미안하오.'

흰 두루마기를 입은 김시형이 누운 자리에서 홀연히 일어나더니 하얀 무명천을 밟고 서서 말했다.

'어디로 가시렵니까? 저도 데려 가소서. 혼례를 올렸으니 어디로 가시든 저를 데려 가소서.'

'미안하구려. 내 지금 촌각도 머물 시간이 없으니 당신은 나중에 오시오.'

'안됩니다. 저를 버려두고 가지 마소서. 저를 데려가주옵소서.'

'허어. 저기서 사람들이 나를 기다리고 있는즉 나는 바쁩니다. 어서 떠나야 하오. 재촉을 하는구려. 미안하오.'

김시형이 가르치는 곳을 바라보니 벌판에서 말을 타고 달려온 키 큰 사자들이 네댓 마당 앞에서 서성이고 있었다. 유선은 떠나려는 김시형 앞을 가로막고 나서서 사자들에게 냅다 큰소리로 외쳤다.

'사자님들 이 분을 데려 갈 수 없습니다. 이 분은 나의 지아비니 나와 함께 있는 것이 마땅하오이다. 그대들은 그대들의 볼일이나 보러 가시오. 나는 이 분을 당신들과 함께 보낼 수 없소이다. 만약 꼭 데려 가야 한다면 나도 데려 가시오. 죽어도 나는 지아비를 여기서 보내지 않을 것입니다.'

달빛 아래 서있던 사자들이 서슴없이 성큼 그녀에게로 다가왔다.

'어서 그 사람을 내 놓아라. 시간이 없느니라.'

'당돌하다. 우리 앞을 가로막다니 어서 비키지 못할까!'

사자들이 성화를 부렸다. 그들이 타고 온 말들이 달빛 가득한 마당에서 허연 콧김을 내뿜으며 사자들이 돌아 갈 시각을 재촉하듯 말발굽으로 땅바닥을 두드리고 있었다.

'안됩니다. 어서 돌아가시오. 절대 내 지아비를 데려 가지는 못할 것이오. 데려가려거든 나도 함께 데려 가시오. 그리 못하시면 지체 말고 얼른 돌아서 가시오.'

유선은 주저함 없이 사자들을 향해 말했다.

'그리는 못한다. 어서 길을 열고 네 신랑 김시형을 내놓아라.'

사자들은 험상궂은 얼굴을 검은 날개로 가리고 명령했다. 유선은 들은 척도 하지 않고 팔을 벌려 그들의 접근을 막았다.

'네가 아무리 애원해도 소용없는 일인 줄 모르는 모양이구나.'

'그러니 원컨대 나도 데려가 주소서.'

유선은 하늘을 향해 팔을 벌리고 기꺼이 그들을 따라나설 참으로 무릎을 꿇었다.

침묵을 지키고 있던 커다란 검은 깃발을 든 우두머리 사자가 긴 끈 하나를 내밀며 말했다.

'네 원이 그러하다면 이 끈으로 내기를 하자. 만약 네가 나를 이긴다면 내가 네 낭군을 살려서 예 두고 가리라. 네가 내기에서 지면 네 낭군은 우리와 함께 갈 것이야.'

'내가 내기에서 진다면 저도 함께 데려 가소서. 그것을 약속하면 내기에 응하겠습니다.'

'그건 안 될 말이다. 어서 내기를 하겠느냐? 말겠느냐? 이 길 밖에는 지금 아무 길이 없다.'

사자는 단호했다. 유선은 사자가 내민 끈을 와락 움켜쥐었다. 촉감이 익은 부드러운 비단 끈은 바로 사주단자를 쌌던 청홍보자기였다. 유선이 끈을 잡자 끈은 힘이 난 듯 갑자기 팽팽해졌다. 유선의 연약한 몸이 가차 없이 사자 쪽으로 끌려갔다. 죽을힘을 싣지 않으면 승산이 없는 싸움이었다. 첫날 밤 신랑을 잃은 팔자 센 여자가 이 생사를 가르는 끈을 놓치면 그녀의 인생은 끝장나는 것이었다. 살아도 산목숨이 아니요 기구하고 참담한 인생이 펼쳐질 터였다.

'사자들이여 제발 돌아가시오. 제발. 돌아가소서. 오! 온 하늘과 땅 끝을 감찰하시는 천지신명이시여. 저를 불쌍히 여기소서. 불쌍히 여기소서. 저 사람을 자리에서 일으키시고 이 내기에서 저를 이기게 하소서.'

유선은 간곡히 기도를 올리며 사력을 다해서 끈을 붙잡고 늘어졌다.

얼마나 시간이 갔는지 알 수 없었다.

'사자님들은 제발 돌아가시오. 나는 내 지아비를 죽어도 보내지 아니하리다.'

'죽을힘을 쏟아내고 차라리 나는 이 자리에서 이대로 쓰러져 죽으리라.'

그녀는 이를 악물고 극도로 팽팽해져서 곧 찢어져 버릴 것 같은 비단 끈에다 온몸과 온정신을 다 실었다. 저 죽음의 사자와 내가 사력을 다해 당기고 있는 저 가녀린 비단 끈이 끊어진다면, 그러나 끊어질듯 한 끈은 끊기지 않고 바람 안은 돛처럼 굳세고 팽팽하기만 했다. 시간이 갈수록 유선의 몸에서 기운이 조금씩 빠져 나갔다.

'죽어도 이 끈을 놓지 아니하리라.'

유선은 이를 악물고 젖 먹던 힘까지 내서 버텼다. 땀이 온몸을 적시고 또 적셨다. 어느 결에 지아비와 자신의 생사를 건 끈을 잡고 있는지 놓아버렸는지 그녀는 알 수 없게 되었다. 자신의 몸에 힘이라고는 더 이상 조금도 남지 않은 느낌이 들었으나 그 미력마저 그녀를 떠나고 있었다.

'저는 지아비와 함께 갈 것입니다.'

갑자기 유선은 너무 편안해졌다. 사자가 그녀에게 김시형과 동행 할 것을 허락하였는지도 몰랐다. 아이 때처럼 발이 땅을 박차자 몸이 하늘을 향해 둥실 떠올랐다. 그녀의 손에 쥐어진 끈이 어디론가 사라지고 없었다. 그녀는 하늘위에서 그녀가 태어나고 살았던 집을 한참 바라보았다. 대청에서 가물거리던 붉은 불빛이 점점 커지고 있었다. 그녀는 담담한 마음으로 불을 응시했다. 내기를 하던 사자들이 말머리를 돌리는 것이 보였다. 그들 속에 김시형이 끼었는지를 확인하려 했으나 안개가 그들을 감싸 잘 보이지 않았다. 사자들은 말을 몰고 달빛과 안개가 가득한 들판을 달려가더니 강 건너 어둠 속으로 사라져 갔다. 그녀는 허둥대며 김시형을 찾았다.

'오! 신령님. 저기 누운 사람이 정녕 나의 낭군님인가요?'

시형이 대청에 누워 있는 것이 유선의 눈에 들어왔다.

'여기는 왜 이렇게 춥소? 몸이 얼어 추워서 죽을 지경이오.'

한 번도 들어본 적 없는 목소리가 유선에게 말했다. 그녀는 소리가 들린 곳을 찾아 사방을 둘러보았다. 대청에 누워있던 김시형이 무명천을 걷어내고 자리에서 일어나 앉아 아이처럼 팔을 가슴에 포개고 유선을 쳐다보고 있었다.

'춥다고 하셨습니까?'

김시형이 고개를 끄덕였다.

'오! 천지 신령님께서 저를 도와 주셨습니다. 제 낭군님을 살려 주셨습니다. 오! 천지를 관장하시며 천지에 살아있는 것들의 죽음과 삶을 관장 하시는 신령님께서 나를 불쌍히 여겨 이런 광영을 보여 주셨으니 감읍하고 감읍하옵나이다.'

그녀는 엎드려 신께 오래 감사했다. 그리고 고개를 들어 앉아있는 김시형을 바라보았다. 그는 술에 취해 나른해 보였고 흰 얼굴은 그녀를 마주 바라보고 있었다. 꿈인지 생시인지 유선은 구별할 수가 없었다.

멀리 절간에서 인경 소리가 은은히 바람을 타고 들려

왔다.

유선은 깊은 잠에서 깨어나듯 홀연이 눈을 떴다. 그녀는 정신이 들자 김시형이 누운 자리부터 쳐다보았다. 무명천은 여전히 싸늘하게 그를 덮고 있었다. 아무것도 달라진 것은 없었다. 그녀는 자신의 손에 작은 어머니 주씨와 유모가 입혀 주었던 흰 무명 저고리 고름이 단단히 말려 있는 것을 보고 사자와 내기를 했던 것이 머리에 떠올랐다. 비몽사몽 중에 일어나 앉아있던 신랑 김시형의 모습도 생생하게 살아났다.

'꿈을 꿨구나. 분명 춥다고 말했었지. 꿈속에서는 저이가 살아났는데 신령님! 제가 지금도 정녕 꿈을 꾸고 있는 게지요.'

'사람이 죽어도 금방 혼백은 떠나지 않는다지.'

그녀는 가까운 곳에 서있는 영산 댁을 살그머니 불렀다. 부질없는 줄을 알면서 두꺼운 이불 한 채를 더 가져다 달라고 말했다.

"무엇을 하시리까?"

귀 밝은 유모가 그 말을 듣고 다가와 유선에게 물었다.

"저 이가 추운 것 같으니 이불을 더 덮어줄까 합니다."

유모는 어리둥절한 얼굴로 유선을 쳐다보았으나 가엾은 맘이 들어 청하는 대로 영산 댁을 시켜 이불을 가져오게 하였다.

'가엾은 아기씨.'

유모는 유선이 보는 앞에서 시신에게 이불을 다독여 덮어주고 물러나오며 가슴이 짠해져 눈물을 쏟아냈다. 젖어미로 들어와 여태까지 유선을 자신의 친자식처럼 길러왔던 유모는 유선이 당면한 현실에 가슴이 저미는 듯 했다. 그녀는 슬픔을 참지 못해 사람이 드나들지 않는 뒤뜰로 가서 치마폭에 얼굴을 묻고 한바탕 흐느껴 울었다.

천지는 달빛으로 가득했다. 한겨울 바람은 꽁꽁 얼어붙은 벌판과 나무사이를 질주 해가며 서러운 울음을 토해냈다. 눈물을 쏟아 낸 유모는 추위에 몸을 덜덜 떨며 마음이 진정되기를 기다려 유선의 곁으로 돌아갔다. 유선이 행여 쓰러질까 감기 들까 걱정이었고 김씨 부인도 걱정이 되었다.

김씨 부인은 혼절에서 깨나긴 했지만 도무지 입을 열지 않고 멀뚱하니 천정만 쳐다보고 있는 것이 넋이 나가 버린 듯 했다.

"세상에 혼례식 날 우째 이런 일이…."

"하늘님이여! 굽어 살피소서. 제발 아기씨를 도와주소서."

유모는 간절하게 기도했다.

인경소리가 울린 지도 한참이 지났지 싶었다.

'내가 잘못 본 것일까?'

착각일 수도 있었다. 유선은 희미한 등롱 불빛아래 누워있는 시신에서 조금 전에 작은 움직임을 본 듯했다. 그렇게 믿고 싶었을까? 분명히 시형이 덮고 있던 이불이 조금 흔들렸다. 비몽사몽간에 사자를 만났고 그녀의 마음은 김시형이 일어나리라는 믿음이 이미 들기 시작했다.

생각할수록 분명 이부자리가 움직였다. 유선은 그 미동을 믿었다. 그녀는 더 이상 그대로 앉아 있을 수가 없었다. 김시형의 생존을 확인하기 위해 자리에서 일어나야 했다. 그러나 살을 베는 추위 속에 너무 오래 앉아 있었던 탓에 오금을 펼 수가 없었다. 두 세 걸음이면 시형의 곁으로 갈 수 있는데 몸이 말을 듣지 않았다.

"무엇을 하시리까?"

눈을 부릅뜨고 유선을 지켜보고 있던 유모가 다가와서 거들며 낮은 목소리로 물었다.

"유모. 저를 저 사람 곁으로 데려다 주십시오."

"어인 까닭이요?"

"그냥 조금만 저를 부축해 일어서게 도와주십시오."

"가엾은 아기씨, 사람들 눈이 있는데."

"개의치 마시고 얼른 그리 좀 해주십시오."

한층 낮은 대화가 이어지고 난 뒤 유모는 더 이상 캐묻지 않고 유선의 팔을 부축하여 신랑 앞으로 바싹 다가앉을 수 있도록 도와주었다. 곧 유선은 이불자락을 걷고 명주처럼 부드럽고 희고 고운 손을 신랑의 입술과 인중께로 조심히 가져갔다. 유선은 눈을 크게 떴다. 놀라운 일이었다. 그녀의 손가락에 감지 된 것은 훈기였다. 살아있는 사람의 호흡이었다. 따뜻하고 부드러운 들숨날숨이 분명했다. 유선의 가슴이 두 근반 세 근반 뛰었다. 그녀는 저만치 물러나서 유심히 자신을 바라보고 있는 유모를 손짓해 불렀다. 유모는 얼른 다가갔다. 유선은 허리를 구부린 유모의 귀에 대고 조용하면서도 생기 찬 목소리로 말했다.

"유모! 물을 가져오십시오. 서방님이 살으셨습니다."

유모가 그 말을 듣더니 엉덩방아를 찧고 주저앉아 일어나지 못했다. 곁에 앉았던 상객들과 몇의 일가친척이 영문을 몰라 유모와 유선을 슬픈 눈으로 바라보기만 했다.

"아이고! 이 무슨 천지개벽인고. 신랑이…."

유모는 멍하니 유선을 바라보더니 말끝을 맺지 못하고 나둥그러졌다. 사람들은 화들짝 놀라 일어났지만 연이어 일어나는 사고에 경황이 없어 무엇을 해야 할지 몰라 허둥댔다. 그중 몇 사람이 얼른 유모 곁으로 가서 그녀를 방으로 옮기는 것을 도왔다. 드난살이 하는 여인이 황급히 떠온 물을 마시우자 유모가 간신히 눈을 떴다.

"신랑이 살아났대요. 신부가 새신랑을 살렸어요. 새 각시를 얼른 신방으로 들여보내세요. 신랑도 얼른 신방으로 모셔야지요."

정신이 들어 말문이 터진 유모가 다급하게 소리치자 사람들은 깜짝 놀라서 안고 있던 유모를 내동댕이치고 대청으로 달려 나갔다.

"아이고 사람들아! 내 허리 부서지겠네."

"신랑이 살아났다네."

"신랑이 깨어났어."

삽시간에 집안은 흑암에서 밝은 곳으로 미끄러져 나왔다. 온 집안이 기쁨이 가득한 웃음으로 행복한 눈물로 술렁거렸다. 닭이 홰를 쳤다.

"어찌 이 날을 그냥 보내리오."

안방마님 김 씨 부인은 그 소식을 듣자 기뻐서 벌떡 일어나며 소리쳤다. 그리고 아미타불을 뇌며 자리를 걷고 곧장 김시형이 있는 대청으로 향해 나갔다.

그 날 매섭게 춥던 첫날 밤 목숨을 건진 신랑은 신방으로 옮겨져 따뜻한 방에서 오래도록 깊은 잠을 잤다. 죽었던 신랑이 살아났다 하여 이른 아침부터 정 부잣집의 굴뚝에서 뭉게구름 같은 연기가 쉴 새 없이 푸른 하늘로 피어올랐다. 새로 음식 하는 냄새가 온 동네를 휘돌았고 부엌과 과방은 새로 음식들을 만들고 차려내느라 분주했다. 잔칫집을 기웃거리던 걸인들과 아이들의 손에는 여러 가지 먹거리들이 푸짐하게 들려졌다. 마을 사람들은 영문도 모른 채 이어지는 잔치에 가서 배부르게 먹고 마당에서 춤을 추며 흥겨워했다.

일을 마친 두 여인이 잔치 집에서 챙겨준 음식 바구니를 들고 아래 마을로 돌아가고 있었다.

"어제 초례청에 내놓은 장닭이 주둥이를 술잔에 푹 쳐박고 있는 것을 안순이가 봤다카더라. 그기 참말로 영험하제."

두 아낙네 중 한 아낙이 말했다.

"어제 신랑이 죽었다 살아났다메! 그런데 암닭은 쌀을 쪼고 있었다 카데."

다른 아낙이 대답했다.

"각시가 평생 먹는 걱정은 안할랑갑다."

"아이고 니는 모르는가베! 사람 팔자, 그거는 아무도 모르는기라. 한치 앞을 못 보는 기, 우리 인생 아이가."

진도 6.3

사람의 영혼을 흔들어 놓는 무서운 재난은 욕망이나 욕심을 덧없게 만든다. 단지 살아야 하는 것만 중요해서 모든 것을 던져 버리고 밖으로 뛰쳐나가는 인간들. 그곳에는 우월감이나 열등감을 가릴 일이 없고 욕심과 시기심을 부릴 일도 없고 애증을 느낄 여유도 없으며 부자나 가난한 이의 격차를 둘 일도 없다. 완전한 평등 평화다.

진도 6.3

타르르르- 우지끈- 흔들흔들… 삐거덕- 굉음이 온천지를 진동한다.

"지진이다."

온갖 것이 요동치는 느낌에 나도 모르게 고함을 지르며 잠자리에서 후다닥 일어난다. 옆에서 잠들었던 어린 딸이 깜짝놀라 일어나 엄마를 부르며 가슴에 풀썩 안긴다. 어둠 속에서 나는 거의 본능적이게 아이를 안고 더듬더듬 문이 있는 쪽으로 발을 옮기며 큰아이를 부른다.

"엄마 나 책상 밑에 있어."

학교에서 지진 대비 훈련을 받아 온 초등생 아들의 목소리가 건넌방에서 조그맣게 들린다.

"잘 했다. 거기서 안전해 질 때까지 나오지 말아라. 얘야, 절대 나오면 안 돼."

아들에게 거듭 소리친다. 깜깜한 어둠속에서 나는 놀란 가슴을 쓸며 무엇을 해야 할 것인가를 잠시 생각한다.

사방이 칠흑이다. 벽을 더듬어 스위치를 눌러보지만 전기는 이미 끊어져 있다.

놀란 딸은 연신 몸을 부르르 떨며 나를 끌어안는다.

흔들흔들, 또다시 집이 파도치는 물위에 뜬 배처럼 통째로 기우뚱거린다. 딸아이는 비명을 지른다. 나는 아이를 놓칠세라 품으로 바싹 끌어 들인다. 이게 사람들이 말하던 빅원 인가? 세상이 끝나려는 징조? 지진은 아파트를 송두리째 내려앉힐 것 같이 무섭게 흔들어댄다. 나는 극도의 공포감 속에 빠진다. 순간 건넌방 책상아래서 떨고 있을 아들이 생각난다.

"데니야, 아직 거기 있니? 이리 와 엄마한테 와."

흔들림이 잠시 진정이 되자 나는 아이를 부른다. 아무래도 내 손이 닿는 곳에 아이들이 있어야지. 엄마가 곁에 있으면 아이들이 덜 무서워 할 거야. 그리고 나는 이런 상황에서 내가 아이들을 위해 해야 할 일이 무엇일까 하고 잠시 생각한다. 이 공포스런 재앙에서 아이들을 지킬 수 있다면 무슨 일인들 못할까. 건넌방에 있던 데니가 달려오고 난 뒤 다시 땅이 진동한다. 제발 지진이 빨리 멈추어 주면 좋겠다. 더운 여름도 아닌데 온몸에서는 땀이 흐른다.

진동이 가라앉자 나는 먼저 불 밝힐 라이터를 찾기 시작했다. 그렇게 흔하게 뒹굴던 남편의 가스 라이터는 어디로 갔는지 아무리 눈을 부릅뜨고 찾아 봐도 보이지 않는다. 하필이면 이런 때 남편은 출장을 가고 없다. 아 참! 제수용으로 사 넣어 둔 양초. 그곳에 성냥도 있다.

"데니야, 부엌 싱크 왼쪽 서랍장 맨 밑 칸에 양초와 성냥이 있어."

내 말이 끝나기가 바쁘게 아들이 잽싸게 부엌으로 내달린다.

"조심해." 나는 아이에게 소리를 지른다.

칙- 하고 부엌에서 금방 성냥불이 타올랐다. 불빛을 보니 공포가 조금 가신다. 치맛자락을 붙들고 있는 딸아이를 데리고 부엌으로 가 양초에 불을 붙인다. 은박지로 양초 손잡이를 만들어 아이들에게 하나씩 쥐어주고 나는 회중전등을 찾기 시작한다.

또 다시 집이 흔들리기 시작한다. 나는 아이들을 황급하게 부르며 문설주 밑에 서라고 외친다. 우리가 문설주 밑에 모였을 때 여진은 다시 거짓말처럼 갈앉았다.

회중전등을 겨우 찾아냈을 때 그것은 잠시 켜지더니 이내 꺼지고 말았다. 충전용 회중전등인데 충전을 해 놓은지 오래라 제대로 작동되지 않는다. 데니가 다른 회중전등을 찾느라 벽장을 뒤지는 동안 나는 아들의 곁에서 양초를 들고 서있다. 아들은 장난감 같은 회중전등을 겨우 찾아냈지만 그마저도 배터리가 없다. 꾀돌이 아들은 탁상용 시계에서 배터리를 빼내 회중전등을 밝히고 여기저기를 비춰보며 방들을 대강 살핀다. 다행히 파손된 것은 없는 것 같다.

"엄마, 또 지진이 올지 모르는데 엄마는 문설주로 가있어요."

아직 열 네 살 밖에 되지 않은 아들이 아빠가 없으니 남편대신 나를 보호하려든다. 아무려면 내가 너희들을 보호해야지.

"데니야 창가로 가지마. 창유리가 깨지면 다칠 수 있어. 커튼은 열지 말아라."

아들은 막무가내 창문에서 커튼을 조금 젖히고 회중전등으로 열심히 이리저리 밖을 비춘다.

"엄마 사람들이 모두 밖으로 뛰쳐나왔어요. 저것 봐요."

"얘야 얼른 창에서 물러나 이리로 와. 다칠라. 그 사람들도 다들 놀란 거지."

"우리도 밖으로 갈까요. 엄마." 아들이 창의 위험지역에서 물러나며 말한다.

"난 무서워 안 갈래."

딸은 창백한 얼굴로 내 등 뒤에서 아직도 덜덜 떨며 나가기를 거부한다.

"그래 여기가 낫다. 전기가 나갔으니 엘리베이터도 작동을 하지 않을 거고, 비상구는 깜깜할 거야. 낮에도 불 켜지 않으면 지옥처럼 깜깜한 곳인데 내려가는 도중에 또 지진이 나면 어쩌겠니."

우리는 다시 문설주에 모였다. 쿠킹호일을 감은 양초를 아이들에게서 되받아 마른 물컵에다 놓는다. 아무래도 우리는 문설주 밑에서 날이 밝기를 기다려야 할 것 같다. 새벽의 한기와 지진 공포로 인해 몹시 추워 보이는 아이들에게 이불을 끌어다 몸을 덮어주고 나는 작은 담요로 몸을 감싸고 아이들과 함께 문설주 밑에 앉는다.

"엄마 양초를 켜면 안 된대요. 집이 흔들리다 초가 넘어지면 불이 난다고 그래요."

라디오 리시버를 귀에 꽂고 있던 아들이 말했다.

"너희들이 어두우면 무서울까봐 그러는 거지. 한 개만 켜놓자. 이제 손전등도 있으니 지진이 다시 오면 그때 끄기로 하자. 이건 엄마가 지키고 있을게."

어둠 속에서 양초 하나가 삶의 희망처럼 타오른다. 막내는 하필이면 이런 때 친구네 집 슬리핑 파티에 가고 없다. 아이가 걱정이 된다. 남의 집에서 얼마나 놀랐을까.

갑자기 누군가 밖에서 우리를 부른다. 누굴까?

"집 안은 위험하니까 밖으로 나오시래요. 더 큰 지진이 올지도 모른대요."

맞은편 아파트에 사는 조카의 목소리다.

'뭐라고 안이 바깥보다 더 위험하다고? 그리고 더 큰 게 온다고? 맙소사 어쩌면 좋아 오 하나님! 우리를 데려 가시려면 온전히 데려 가시잖고 왜 이런 재앙으로 비명횡사를 시키시려는지요. 나 같은 사람이야 이만 살아도 그 뿐이지만 이 어린 아이들을 어쩌시렵니까. 하나님.'

나는 결국 아이들을 데리고 회중전등 불빛을 의지해 밖으로 나간다.

"야! 니네들 괜찮니?"

아파트 3층에 사는 커다란 안경을 쓴 백인 소년이 애완견을 껴안고 아이들에게 묻는다.

"너무 무서웠어." 딸이 말한다.

캘리포니아로 온 이래 이렇게 많은 사람이 같은 시간에 이 거리를 꽉 메운 일은 이번이 두 번째다. 둘 다 지진 때문이었지만 전자의 지진은 날이 밝은 아침시간이었고 지금은 한밤중 암흑 속이다. 사람들은 우왕좌왕 어떻게 할 바를 몰랐고 어떤 이들은 막연하게 어디든 떠나 보려고 차들을 끌고 나왔지만 거리 한 복판에 차를 세운 채 갈 곳을 정하지 못하고 있다. 지금 상황에선 어디로 갈지라도 칠흑이고 땅은 흔들 것이라 공포만이 거리에 가득하다.

다른 여진 없이 시간이 조금 흐르자 사람들은 나름대로 행동할 바를 정한 듯하다. 어떤 이들은 행선지도 없이 차를 타고 떠나고 더러는 빅원이 올지도 모른다고 식구들을 데리고 공원으로 떠난다. 집안보다는 바깥이 낫다고 삼삼오오 보도블럭에 주저앉고 나머지 사람들은 죽어도 집안에서 죽겠다고 다시 집으로 들어간다.

"얘들아 우리도 집으로 들어가자. 방에서 날이 밝기를 기다리든지 잠을 자든지 하자."

아이들은 군말 없이 따른다. 우리는 다시 깜깜한 방으로 돌아왔다. 더 이상 땅은 흔들지 않는다. 하지만 조그만 것이 떨어지는 소리에도 가슴은 금방 쿵쾅거린다. 이렇게 지진 후유증이 생기는가 보다. 아들이 라디오를 들어다 준다.

"엄마가 지켜줄 테니 너희들은 잠 좀 자렴."

아이들을 잠자리에 들게 하고 나는 잠시 회중전등을 들고 거실과 방안을 살핀다.

"아이구! 아까워라."

아까는 못 보았지만 벽에 걸어놓고 즐기던 세라믹 앤틱 접시가 떨어져 깨져 있다. 꽃 그림이 아름다워 거금 백 불을 주고 사놓고 내 재산 목록 1호라고 누구도 손대지 못하게 호들갑을 떨던 때가 언제던가! 깨진 접시 앞에 서서 나

자신이 가소로워 실소를 금치 못한다. 깨진 조각들을 주섬주섬 주워 쓰레기 통속에 넣고 의자에 가서 앉는다. 까짓게 무슨 소용이야. 내 가족과 내가 다치지 않고 살아있음을 감사해야지. 대자연의 어마어마한 힘에 속수무책이던 너무나 미미한 존재인 나를 발견한다. 사람의 영혼을 흔들어 놓는 무서운 재난은 욕망이나 욕심을 덧없게 만든다. 단지 살아야 하는 것만 중요해서 모든 것을 던져 버리고 밖으로 뛰쳐나가는 인간들. 그곳에는 우월감이나 열등감을 가를 일이 없고 욕심과 시기심을 부를 일도 없고 애증을 느낄 여유도 없으며 부자나 가난한 이의 격차를 둘 일도 없다. 완전한 평등 평화다. 그래 사는 것이 얼마나 중요한 것이냐. 형제와 불화하고 이웃과 단절되고 사회를 어지럽게 만드는 온갖 악습을 버리지 못하고 이해관계에 얽매여 살아가고 있는 이 세대다. 오늘 지금 이 순간부터 삶의 태도를 바꿔야겠다. 오로지 살아있는 것만을 감사하고 모든 허튼 생각과 행동을 버려야지. 그래 세상의 온갖 혼탁한 가치관에 물든 영혼을 씻고 존재의 소중함을 생각할 일이다.

라디오 스위치를 누르고 뉴스 채널을 돌린다.

진도 6.3 지진. 엘에이 일대 모두 정전. 신호등과 전화 불통. 학교 등교 하지 말 것. 길바닥에 쓰러진 전신주와 전선 조심. 가로등 부서짐. 틈이 벌어진 차도 조심. 유실된 길 조심. 혹시 올지 모르는 여진 조심.

무서운 악마가 지나간 듯 했다. 아나운서의 흥분된 목소리에 나의 몸은 나른해진다. 그래 산다는 것은 얼마나 피곤하며 또 얼마나 소중한 것인가. 그리고 인간은 얼마나 미미하고 가소로운 존재냐. 하지만 재앙은 가장 확실한 방법으로 나를 가장 인간적이게 만든다.

테라

'너도 섭섭하구나. 그래 테라가 오지 않은 것은 나도 서운해. 하지만 테라는 지금 올 수 없어. 지금쯤 힘겨운 수술을 하고 있는지도 몰라. 오래 같이 지냈던 주인을 볼 수 없으니 너도 서운했구나!'

고양이가 알아듣든 말든 말을 건넨다. 고양이는 테라가 돌아올 때까지 혼자 방에서 지낼 것이다.

테라

"바이."

자동차의 열려진 창문으로 눈부시게 젊고 탱탱한 세 아이들의 하얀 얼굴이 활짝 웃고 있었다. 주노가 차창 밖으로 얼굴을 내밀고 손을 흔들었다.

"건강하게 잘 지내세요. 곧 다시 뵐게요."

유쾌한 목소리로 고함치는 주노의 얼굴이 더없이 밝았다. 마노와 주노를 태운 데릭의 자동차가 천천히 경사진 차도로 매끄럽게 내려갔다. 그들의 손사래도 시야에서 사라졌다. 자동차는 팜트리 나무가 길게 늘어선 내리막길에서 천천히 모습을 감추었다.

"이제 어른들이 다 되었구나."

나는 흔들던 손을 내리고 차가 사라진 곳을 멍하니 바라보았다.

바로 엊그제 독립 기념일 연휴가 든 날 테라를 제외한 세 아이가 집으로 왔다. 당초 그들의 계획대로라면 데릭이 독립 기념일 전에 테라에게 프로포즈를 하기로 되어있었고 그들은 그 이벤트에 함께 하기로 했던 것이다. 디데이 하루 전 날 밤 테라의 급작스런 전화가 오기 전까지 그들은 동부 뉴욕에서 펜실베니아에서 속속 도착했다. 데릭의 실망이 얼마나 컸을까. 그는 참 오래 테라를 기다려 왔다. 참을성이 많은 데릭의 얼굴에 스쳐가는 실망감을 읽으며 테라의 무심함에 나도 화가 날 지경이었다. 테라는 이 년 전에도 이 오랜 연인을 매몰차게 버리고 알바니로 떠났다. 그러나 데릭은 자신보다 일을 택한 그녀를 버리지 못했다. 데릭은 인내심이 많은 대범한 청년이었다. 그는 다음 프로포즈 기회로 노동절 휴가를 들었다. 그때는 수술실에 가서라도 프로포즈를 진행하리라고 해서 모두 눈물이 나도록 웃었다. 참 마음이 넓은 데릭이었고 테라가 마음만 먹으면 정말 훌륭한 배우자를 만난다는 생각이 절로 들었다. 케이도 요즘 세상에 보기 드문 젊은이라고 했다. 테라가 저 애를 놓치면 어쩌나. 마음이 조마조마했다. 그의 사랑은 어떤 어려움이나 괴로움, 고난을 모두 극복했다. 참 놀라운 사랑이었다. 나는 데릭의 편이었지만 테라에게 강요할 수는 없었다. 결정과 선택은 그녀의 권리였고 순전히 그녀만의 인생이었으므로. 주인공 없는 이벤트는 피지도 못하고 무산되었다. 테라가 오지 못하는 것을 아쉬워했지만 어쩔 수 없었다.

나의 아이들, 내 아이들임에는 틀림없지만 남의 자식처럼 아이들에 대해서 나는 아는 것이 없었다. 특히 테라를 전혀 알지 못했다. 얼마나 무심하게 살아왔는지 테라가 어떻게 컸는지 어떤 특징이 있었는지 기억이 통 없다. 허구한 날 일하느라 밖에서 살았으니 아이들에 관해서 까막눈이는 당연했다. 바쁘다는 핑계 대고 아이들 독립심을 기르게 한답시고 아이들로 하여금 각자의 일들을 스스로 해결하게 한 까닭도 한몫 했을 것이다.

아이들은 스스로 자신들을 키워 나갔다. 텅 빈 집보다 학교에서 더 많은 시간들을 보내던 아이들은 부모의 문화가 아닌 다른 문화를 배워갔고 우리에게 영영 익숙해지지 않을 것 같은 이곳 언어에 서서히 잠식 되어갔다. 시간이 갈수록 일 나가는 부모와 대화가 줄고 언어소통이나 관습이나 생각들이 지각변동을 일으켰다. 아이들은 특히 테라는 자신의 개인적인 일은 물론이고 학교생활 교우관계에 문제가 있어도 부모에게 절대 상의하는 일이 없었다. 한번은 운동장 풀밭에 앉아 축구를 보다가 공이 날아와 머리를 맞혀 기절해 쓰러져 학교에서 난리가 났는데 테라는 그 일을 우리에게 함구했다. 무엇이 그 아이의 입을 막았을까? 그 이야기는 후에 주노에게서 들었다. 그 후로도 우리는 오래 아이들에 대해서 아무것도 알지 못했다. 그럼에도 불구하고 아이들이 올 곧고 바르게 커주었던 것은 큰 축복이었다. 비행소년들이 방황하는 것을 볼 때마다 내팽개쳐 두었던 자식들 때문에 가슴을 쓸어내리면서도 먹고 살려면 어쩔 도리가 없다고 체념 했다. 아이들을 위하여 시간 한번 내 볼 생각조차 하지 못했던 우리는 무정하고 무책임한 부모였다. 태어난 것부터 사는 땅을 바꾼 것까지 그들의 의도로 행해진 것은 하나도 없었다. 그것 때문에 나는 가끔 죄의식에 시달리곤 했다. 어쨌든 나는 일에 쫓겨 시간이 없는데다 향수 판매하는 일은 사람들에게 시달리는 일이라 늘 피곤했다. 일을 마치고 돌아오면 잡다한 집안일들이 기다리고 있었고 아이들이 각자 자기 맡은 일을 한다 해도 장을 보고 음식 장만하는 일 등 내가 해야 할 일이 있었다. 그러니 아이들을 돌보지 못하는 것은 물론이고 아이들 양육을 방관할 수밖에 없었다. 내 아이들은 어른들의 가르침이나 소통 없이 고아들처럼 저들 스스로 자랐다. 내가 생각해봐도 나는 엄마자격이 없다.

아이들은 학교에서 돌아오면 창문의 커튼을 내려놓고 방 안에서만 지냈다. 싸우거나 큰 소리를 쳐서는 안 되고 시끄럽게 놀아도 안 되었다. 누가 와서 문을 두드리면 죽은 듯 가만있어라 했고 절대 문을 열어주지 말 것을 주문했다. 보호자 없이 어린이들을 집에 두는 것은 위법이라는 것을 알고 난 뒤 아이들에게 내린 조치였다. 가끔 낮에 아이들이 싸우고서 가게로 전화를 했다.

"그런 일로 전화하면 안 돼. 엄마 직장이잖아. 너희들이 자꾸 전화하면 엄마가 직장에서 잘릴지 몰라. 어떻게든 돈을 벌어야 너희들 맛난 것도 사줄 수 있고 책도 사고 옷도 살 수 있지."

아이들이 전화를 하면 공연히 매니저 보기 미안하고 눈치가 보였다. 그런 이유로 비상시를 제외하고는 아이들에게 전화하는 것을 금지 시켰다.

학교에서 돌아오면 저희들 일을 각자 알아서 해야 했다. 나는 아이들이 간단하게 식사를 해결할 수 있도록 시리얼과 우유, 샌드위치를 만들 수 있는 먹거리를 사다 놓기만 하면 되었다. 내가 아이들과 함께 할 수 있는 때는 아침에 학교 앞까지 걸어서 등교 시키는 것뿐이었지만 늘 촉박한 아침 시간은 나를 초조하게 만들었다. 어느 날 마노가 저희들끼리 걸어서 등교하겠다고 선언했다. 날마다 시간에 쫓기던 나는 대견한 생각을 한 마노가 일찍 철이 든 것 같아 고맙고 흐뭇했다. 그래서 아이들을 등교 시키는 수고까지 덜었지만 대신 내가 얻은 것은 아이들과 소통이 끊어져 버렸고 아이들의 동향을 전연 알 수 없게 되어 버렸다. 그때 나와 아이들과의 관계, 그 소중한 것들을 잃는다는 생각을 나는 추호도 하지 못했다.

십오 년 직장생활을 그만 둘 때까지 시계추처럼 집과 가게만 오가며 나는 까맣게 아이들을 잊어버렸다. 일주일에 딱 하루 쉴 수 있는 일요일엔 일주일동안 밀린 집안일로 하루 종일 씨름하고 주중 내내 갇혀있던 아이들은 새장을 벗어난 새들처럼 밖에 나가 노느라 코빼기도 볼 수 없었다. 이래저래 아이들과의 조우는 불가능해졌다.

아이들이 어릴 때는 한데 뭉쳐 울고 웃고 떠들고 싸우며 야단법석이었는데 마노와 주노는 대학을 가더니 황소처럼 묵직하고 점잖아졌다. 껍질 콩을 씹으며 마노가 이른 나이에 벤처사업에 뛰어들어 성공한 친구 이야기를 했다. 아이들은 돈을 버는 것에 관심이 많았다. 자본주의 사회에서 그것은 당연한 관심이었다. 주노는 데릭과 마노의 이야기에 열심히 귀를 기울이고 있었다. 다른 아이들도 마찬가지였지만 주노는 어릴 때 돈을 몰랐고 돈에 관심도 없었다. 특히 돈만 있으면 친구들과 함께 다 써버리거나 돈이 필요한 친구가 있으면 주머니를 홀랑 뒤집어 동전 한 푼까지 모두 줘 버리곤 했다. 그랬던 애가 대학에 가더니 무슨 일이 있었던지 헤픈 버릇을 단번에 고쳤다.

"테라는 어떻대?"

"테라는 지금 대기 상태라고 들었어, 캐더린의 수술이 곧 있을 모양이야. 참 묘한 인연도 다 있지. 어떻게 거기서 그들이 다시 만날 수 있었는지, 언제 날짜가 떨어질지 몰라서 기다리고 있는 것 같아. 곧 확정될 것이라고 하더군. 오늘 아님 내일. 어쩌면 이미 수술실로 들어갔는지도 모르지."

테라는 오래전에 절친이었던 캐더린을 병실에서 우연히 만났던 것이다. 나중에 주노를 통해 안 일이지만 캐더린은 암에 걸려있었고 테라가 근무하는 병원으로 검사 왔다가 둘은 십여년 만의 해후를 한 것이었다. 테라는 캐더린의 수술이 곧 있을 것이란 것을 알게 되었다. 캐더린은 테라의 환자가 아니었고 그녀를 수술할 팀에 소속하지도 않았으나 테라는 일생에 단 한번 있을지도 모를 이벤트가 있을 휴일을 반납하고 (그녀는 당시 그 계획을 전연 모르고 있었지만 그래도 마찬가지였을 거라고 그녀는 후에 말했었다) 자청해서 캐더린의 수술에 합류하기로 결정했다. 캐더린은 친구가 곁에 있다는 것에 상당히 고무되었고 테라가 곁에 있는 것을 무척 기뻐했다.

아이들과 함께 지낸 며칠간이 마치 꿈결 같았다. 오랜만에 만나 왁자하게 떠들던 세 아이들이 일요일 오전, 한

꺼번에 그들의 자리로 떠났다. 떠들썩하고 활발한 기운이 꽉 찼던 집안이 커다란 가구를 들어낸 것처럼 갑작스레 텅 비고 적막해졌다. 거실 바닥에 아이들이 신던 실내 슬리퍼들이 이리저리 흩어져 있었다.

"애들이 가고나니 집이 무덤같이 적적하구나."

케이는 거실로 들어서며 쓸쓸한 얼굴로 혼잣말을 했다.

나는 다섯 식구가 득실대던 어질러진 집안을 치우기 시작했다. 슬리퍼를 정리해서 신발장에 넣고 여기저기 흩어진 잡지와 옷가지들, 무릎덮개, 책, 악기들을 정돈해서 제자리에 갖다 놓았다. 케이가 아래 위층 바닥을 모두 쓸고 물걸레질까지 해 주었다. 그가 쉬겠다며 거실로 내려 간 뒤 나는 혼자 테라의 방으로 들어갔다. 거리가 내려다보이는 두 창문의 커튼은 내가 아침에 젖혀놓은 그대로였다. 침대머리 벽에는 테라가 고등학교에 다닐 때 걸어 놓았던 초록 바탕에 흰 초롱꽃 그림 한 점이 걸려 있었고 책꽂이 위에는 붉게 동이 터오는 새벽 바다 그림이 있었다. 해바라기를 그린 작은 액자가 두 창문 사이에 갓 피어난 듯 걸렸다. 테라가 읽다 페이지 표시를 하느라 엎어둔 책은 금방 읽던 것처럼 침대 옆 스탠드 탁자 위에 옛날처럼 그대로 엎혀져있다. 황갈색 책장에는 테라가 좋아하는 책들이 가지런히 꽂혀 있고 하얀 시트가 곱게 접혀져 있는 침대는 깔끔하게 정돈 되어 있다. 결벽증에 가까운 깨끗함이라니 테라는 내가 전혀 몰랐던 깔끔하고 야무진 데가 있었다.

사실 테라가 사춘기였을 때 테라의 방은 눈살이 저절로 찌푸려질 만치 난장판이었다. 침대는 물론이고 가방, 책, 옷, 곰 인형 등 온갖 것들이 뒤죽박죽이 되어 바닥에 제멋대로 어질러져 있었다. 아무것도 제자리에 놓여 있는 것이 없었다. 아이는 침대에 앉아 머리를 빗고 옷을 여기 저기 아무렇게나 벗어 던졌고 때로는 학교에서 돌아와 옷을 벗지도 않은 채 잠을 잤다. 책상위에는 손으로 만든 귀걸이와 비즈 팔찌들이 어지럽게 널려있었다. 가방은 하교 후 방구석에 던져놓은 그대로였다.

"방을 청소하고 깨끗이 하면 기분이 좋잖아. 꾸미는 것은 못하더라도 정리해 놓기만 해도 얼마나 좋으냐. 엄마가 힘들어서 매일 청소 할 수 없는 것이 어제 오늘 일이 아닌데 그만큼 컸으면 네 방이라도 깨끗이 정리할 수 있어야지. 이러고서 공부가 제대로 머리에 들어오기나 해?"

"엄마 제발 날 이대로 가만 내버려 둬. 나 지금 공부하고 있거든."

테라는 이어폰을 귀에 꽂은 채 책을 들여다보며 말했다.

"세상에, 이어폰 들으면서 공부가 머리에 들어오니?"

"엄마 이러고서 공부해도 어떤 애는 일등하거든."

언젠가부터 테라는 말대답을 하고 무엇이든 삐딱하게 받아들였다. 뒤늦게 사태를 깨달은 나는 대책 없어 보이는 아이를 고쳐 보겠다고 일에서 돌아오면 끊임없이 잔소리를 했다.

테라는 학교 수영 훈련이 없을 때는 책을 읽거나 잠을 잤고 아니면 고양이와 함께 놀았다. 나는 방을 치우라고 야단을 치고 일을 나갔지만 야단이나 질책이 아무 소용없었다. 테라는 절대 고치지 않았다. 싸우는 것이 지겨워 그냥 내버려 두기로 맘을 먹고 나서 잔소리를 그만 뒀다. 그러다 테라는 멀리 대학으로 떠났다. 일 년 기숙사 생활을 하고 난 뒤 아파트 스튜디오를 얻어 나왔다 했지만 우리는 가 볼 시간이 없었다. 일에 매인 몸인데다 차를 타고 가도 왕복 열여섯 시간 이상 걸리는 거리라 가 볼 엄두도 내지 못했다. 테라의 졸업식 때 딸이 사는 아파트에 가지 않았다면 테라에 대한 나의 고정관념은 죽을 때까지 달라지지 않았을 것이다. 테라는 밖에서 사는 동안 놀랄 만치 달라져 있었다. 그녀의 스튜디오 아파트는 군대 내무반 사물함처럼 깔끔하게 정리되고 깨끗하게 청소 되어 있었다. 세상에, 백팔십도 달라졌다는 말을 실감한 순간이었다. 나는 방안을 돌아보며 입을 다물지 못했다.

우리 집 테라의 방 옷장 안에는 테라가 두고 간 짐들이 상자에 담겨 차곡차곡 쌓여 있다. 모든 것이 테라가 정리해 놓은 그대로 깨끗하고 말쑥하게 정돈되어 있다. 나는 아무리 사소한 것이라도 테라의 방에 있는 것은 내 맘대로 옮길 수 없다. 주변을 깨끗하게 하고 정돈하면서 신경질적이게 변한 테라는 누구든지 제 물건 건드리는 것을 좋아하지 않았다. 제 것을 건드렸다가는 그 히스테리를 감당할 수 가 없었다. 고도의 신경을 소모하는 외과의 직업 때문이지 않을까 생각해 보지만 내 생각일 뿐이다. 아이들은 집에 와서 테라의 방문을 열어보기만 할뿐 아무도 테라의 방으로 선뜻 발을 들여놓지 않았다. 내가 몰랐던 그 아이의 성격처럼 얼음물로 닦은 듯 차고 깨끗한 분위기 때문일까?

무심히 작은 발코니가 있는 문을 열었더니 난데없이 놀란 고양이가 화들짝 집으로 뛰어 들어왔다. 얘가 언제부터 거기 있었지? 녀석은 나를 흘끔 흘겨보더니 꼬리를 휘이 한번 젓고는 유유히 침대 밑으로 들어갔다. 고양이의 수명이 참 길기도 하다. 재가 여기 온지 도대체 얼마나 되었지? 테라가 열세 살, 팔 학년 때 데려온 녀석은 나보다도 더 오래 딸과 함께 지냈다. 고양이는 테라가 대학으로 가면서 함께 집을 떠나 샌프란시스코에서 몇 년 지내다 졸업을 한 뒤 잠시 집으로 돌아와 일 년 가량 집에 머물렀다. 그러다 다시 동부 대학원으로 가서 삼년을 지내고 졸업하자 곧장 채용되어 캘리포니아 오렌지 카운티로 내려왔다. 직장 가까이 집을 얻고 그 집에 제일 먼저 들어간 것은 고양이였다. 직장에서 일을 한지 이년이 넘었을 때 테라는 삼년정도 홍콩에 머물면서 일을 했다. 그때 처음으로 녀석은 테라와 이별을 해야 했다. 케이가 고양이를 싫어하는데다 나도 별 달가워하지 않은 까닭에 녀석은 아예 처음부터 주노에게 맡겨졌다. 원래 그의 아파트는 동물을 받아들이는 곳이 아니었지만 테라와 친했던 주노는 불가한 청을 받아들였다.

어느 날 아파트 매니저가 시설물 점검 때문에 왔다가 고양이를 발견하고 내보내라는 경고문을 주노에게 보냈다. 주노는 동물을 받아들이는 아파트를 구해 이사를 하겠다고 했지만 공부하며 일하는 것도 버거운데 고양이 때문에 집을 옮겨야 하는 것은 무리다 싶어 극구 말리고 우리가 고양이를 받아들이기로 했다. 연구에 몰두해야 할 주노의 금쪽같은 두 시간을 축내가며 고양이가 우리 집으로 이사 왔다. 테라는 고양이가 제가 기거하던 방에서 살기를 바랬다. 그래서 고양이는 테라가 기거하던 방에 둥근 헝겊침대를 들여놓고 덩그러니 혼자 살았다. 케이는 가끔 딸의 방문을 열고 거기 양지바른 창가에 앉아있는 고양이를 물끄러미 바라보며 한참을 서 있곤 했다. 옛날에는 고양이가 눈에 보이기만 해도 매일같이 패대기치겠다고 난리치던 양반이, 그의 말대로라면 몇천 번 내동댕이쳐져서 이미 죽고 없어졌을 고양이였다. 하지만 오래 살다보면 상상 할 수조차 없었던 변화가 일어난다. 바로 케이를 두고 하는 말이다. 케이는 딸의 손때 묻은 것들을 바라보며 양지 바른 곳에 쪼그리고 앉은 고양이에게 사람 대하듯 말을 걸곤 했다.

"키티, 너 혼자 거기서 뭐하냐?"

발을 제 가슴 쪽에 묻고 등을 구부리고 천연덕스럽게 앉아 있던 고양이는 바짝 긴장을 한 눈으로 케이를 바라보더니 순식간에 벌떡 일어나 케이의 시선을 피해 도망갔다. 고양이는 무서운 사람을 오래 기억하는지 케이 앞에는 절대 얼씬거리지 않았다. 키티는 케이의 목소리만 들어도 질겁했다. 꼬리를 바짝 아래로 내리고 슬금슬금 숨을 곳을 살피다 침대 밑이나 커튼 뒤로 후다닥 몸을 숨기거나 케이가 보이지 않는 곳으로 달아나기 일쑤였다.

"당신 많이 변했어요. 고양이와 그렇게 앙숙이더니만…."

나는 고양이의 빈 둥지를 쳐다보고 서있는 케이를 놀렸다. 케이는 멋쩍게 웃으며 딸의 방문을 슬그머니 닫았다. 아! 케이도 이제 늙었구나.

어릴 때부터 테라는 강아지든 고양이든 살아있는 동물을 무척 키우고 싶어 했다. 이곳 대부분의 아파트가 애완동물 키우는 것을 허용했지만 우리는 살기가 바빠 애완동물 입양 따위는 안중에도 없었다. 어릴 때 테라는 수시로 고양이를 키워도 되는지 아빠에게 물었는데 케이는 절대불가라는 답을 했었다. 케이는 정말 고양이를 지독하게 좋아하지 않았다. 테라는 학교 친구들과 어울리면서 애완동물 이야기는 더 하지 않았다. 이웃에 캐더린이라는 백인 친구와 친하게 지내던 테라는 캐더린의 집에서 자주 벌리던 슬러머 파티를 좋아했다. 제 이불과 베개를 들고 잠옷 바람으로 친구와 함께 밤을 보내는 것을 누구보다도 기뻐하고 즐겼다. 더욱이 그 집에는 예쁜 고양이와 테리어종인 애완견이 있었다.

"엄마 이것 봐. 캐더린의 할머니가 이 고양이 공짜로 줬어. 이불도 주고 밥도 줬어. 나한테만 공짜로 줬어. 내가 고양이를 잘 키울 것 같대."

팔 학년이 된 테라가 어느 일요일 아침 회색 실 뭉치처럼 생긴 조그만 고양이를 안고 집으로 돌아와서 말했다. 캐더린네 고양이가 새끼를 낳자 할머니가 마을 신문에 고양이를 판다는 광고를 낸 것을 보고 그동안 모은 용돈을 들고 간 것이었다.

"아빠가 안 된다고 했는데 너 어쩌려고 고양이를 데려왔니. 크게 야단나겠다."

"엄마가 아빠한테 말해줘. 내가 키울 수 있게. 이것 봐 얼마나 예쁜 고양인데 아빠도 보면 좋아할걸."

"아빠는 고양이가 아무리 예쁘게 생겨도 절대 좋아하지 않아, 엄마 말도 소용없어. 아예 허락하지도 않을 거고… 고양이 키우는 것은 안 돼. 아빠가 오시면 야단 날 거다."

나는 모질게 잘랐다. 테라는 기가 죽어 거실 카펫에서 뒹굴고 있는 고양이를 끌어안더니 슬며시 제방으로 들어가 버렸다. 말은 그랬지만 어쩐지 아이의 뒷모습이 짠했다. 아무래도 케이를 설득해 봐야 할 것 같은 맘이 들었다.

"아빠가 오시기 전에 들키지 않게 고양이를 숨겨둬라. 아빠가 알면 난리 나니까 화장실 안으로 꼭꼭 숨겨. 이건 약속이다. 약속은 꼭 지켜야 하는 거야 알았지."

결국 나는 테라의 편이 되어 주기로 했다. 테라가 좋아서 펄펄 뛰었다.

아이들이 쓰는 화장실 구조가 특이해서 고양이 숨기기에는 적격이었다. 화장실과 샤워실은 각각 두 개의 문이 있는 독립된 공간이어서 고양이가 들킬 염려는 전혀 없었다. 게다가 아이들 방에 딸린 곳이고 아이들만이 사용하는 곳이라 케이가 들락거릴 확률은 전무했다. 처음으로 케이를 속이기 위한 딸아이와 나의 공범 관계가 이루어졌다. 고양이와 거실에서 놀다가도 아빠가 돌아올 시간이면 어김없이 고양이는 화장실 안에 가두어졌다. 아이들은 약속을 충실히 지켰다. 거의 한 달이 지날 때까지 케이는 전연 눈치 채지 못했다.

새끼 고양이는 몇 주가 지나자 작은 실 뭉치 같았던 것이 제법 고양이 꼴이 났다. 그런데 아이들과 노는데 재미가 붙은 고양이는 점점 화장실로 들어가는 것을 싫어했다. 아이들이 화장실 문을 닫으면 고양이는 문을 다닥다닥 긁으며 울어댔다. 그래서 아이들은 문 긁는 소리가 들리지 않도록 화장실 맨 안쪽에 있는 샤워장으로 고양이를 옮겨 가두었다.

그날은 아이들 학교 성적표가 날아온 날이었다. 일에서 돌아와 씻고 난 케이에게 테라의 성적표를 내밀었다. 훑어보던 케이는 곧장 아이들 방으로 들어갔다. 테라의 역사점수가 갑자기 뚝 떨어져 있었기 때문이었다.

"너 역사 점수가 왜 이렇게 갑자기 떨어졌어? 좀 열심히 해. 학생일 때는 공부를 열심히 해야지. 아빠와 엄마는 열심히 일하고 있잖아. 너희들은 공부를 열심히 해야 하는 거야."

야옹 야옹…

하필이면 그때 고양이가 울었다.

"이게 무슨 소리지?"

귀 밝은 케이가 사방을 살피며 말했다. 깜짝 놀란 아이들의 얼굴에 당황한 기색이 역력했다. 다시 고양이가 울었다.

야옹 야옹…

"이거 고양이 우는 소리잖아, 고양이가 어디서 우는 거지?"

"아빠 옆집에 고양이 키워요. 걔가 이 근처를 늘 어슬렁거리는데요."

주노가 누나를 돕고 싶었던지 능청을 떨었다. 사실로 아파트 안에 고양이가 더러 살고 있긴 했지만 울음소리를 들어 본 적은 없었다.

"바로 근처에서 들리는데."

"옆집에 고양이가 울고 있겠죠."

니에옹…냐옹… 응냐옹…

세상에 고양이가 온갖 울음소리를 내다니 주노가 아빠의 관심을 돌리려 얼결에 창문을 열고 옆집을 훑어보고 있을 때 확실한 고양이 울음소리와 함께 샤워장에서 무엇인가 넘어지는 소리가 들렸다.

"화장실에서 들리는 소리잖아."

케이는 단박에 화장실 문을 열어 젖혔다. 테라가 부들부들 떨며 내게 뛰어들었다.

"엄마 아빠가 알아버렸어요."

놀란 얼굴이 자못 심각했다. 아이는 내 가슴팍에 얼굴을 묻었다. 급작스레 일어난 일이라 나는 대책 없이 아이의 머리를 안고 멍하니 서 있기만 했다. 고양이가 뛰쳐나왔다. 화가 난 케이가 화장실에서 금방 해방된 고양이를 쫓아 거실로 나왔다. 염치없는 고양이는 좋아라 거실을 이리저리 막 뛰어다녔고 케이는 고양이를 잡으려고 뒤따라 뛰어다녔다.

"저놈의 고양이 쫓아내지 못해."

번번이 잡을 기회를 놓치자 케이는 화가 머리끝까지 나서 천둥 같은 고함을 질렀다. 주책 맞은 고양이는 케이의 다리 밑을 미꾸라지처럼 두 번이나 빠져 나가 소파로 올라갔다. 케이가 몸을 날려 고양이를 잡으려는 순간 고양이는 소파 뒤로 뛰어 내리고 케이는 소파 옆으로 나가떨어지고 말았다. 쳐다보고 있던 주노가 배꼽을 잡고 웃어댔다. 태라와 나도 덩달아 웃었다.

"고양이 잡을 생각은 않고 웃어."

케이가 우레같이 소리쳤다. 우리는 웃음을 멈췄다. 결국 테라가 고양이를 붙들었다. 주눅이 든 테라는 잡은 고양이를 안고 덫에 걸린 쥐처럼 아빠 앞에 초라하게 서 있었다.

"누가 허락해서 고양이를 데려왔어? 아빠가 고양이 안 된다고 했지. 당장 주인에게 도로 갖다 줘. 돌려주지 않으면 고양이를 패대기 쳐버릴 거야. 알았어? 내일 당장 돌려줘야 한다. 고양이는 절대 안 돼."

정색하고 섰는 아이들에게 케이는 고함소리로 다그쳤다. 아이들이 침실로 들어가고 케이는 늦은 저녁 식사를 끝냈다.

"너무 반대만 하지 말고 아이들이 좋아하니 그냥 두어 보는 게 어때요? 아이들이 학교에서 돌아오면 적적할 텐데, 내 생각은 키우게 하면 좋을 것 같아요."

"안 돼."

"그 구두쇠 할머니가 맘먹고 준 것을 도로 갖다 주기도 어려워요. 우린 아이들한테 잘한 것 하나도 없어요. 어린 것들을 학교 등교 한번 제대로 시켜 주지도 않았고 가르치지도 못했고 가지고 놀 변변한 장난감 하나 사주지 못했잖아요. 게다가 아이들 데리고 놀이동산 한번 가주지도 못했던 부모잖아요. 그냥 그거라도 허락해줘요."

나는 남편에게 뒤집어씌우듯 우리의 약점인 아픈 곳을 콕콕 찔러가며 며칠이고 끈질기게 눌어붙었지만 그는 역정만 냈다. 케이는 고양이털이 날아다니면 알레르기를 일으키고 건강상 좋지 않은데다 냄새나고 좌우간 실내에 짐승이 있다는 것을 용납할 수 없다고 단호하게 말했다. 아무리 간곡하게 청해도 그는 바위처럼 꿈적 하지 않았다.

"어째 엄마가 아이들과 한 통속이 돼서 그래! 아이들 건강은 생각하지 않고. 어쨌건 절대 안 되니까 돌려주라 그래. 돌려줄 수 없으면 그냥 내보내."

케이는 결코 고집을 꺾지 않았다.

직장과 가정생활에 고단한 나는 고양이까지 껴드는 것

을 절대 환영하지는 않았지만 나도 어린 시절 짐승을 무척 좋아했던 적이 있어 아이들과 공감대를 가지고 있었던 것 같다.

이튿날 걱정하는 아이들에게 고양이를 아빠에게 보이지 않도록 더욱 조심하라고 주문했다. 처음으로 아이들을 위해서 버텨볼 생각이었다. 아이들은 내 허락을 받은 것만으로도 좋아서 고무공처럼 뛰었다. 그래서 고양이는 우리 집에 억지로 정착하게 되었다. 거의 일 년여의 끈질긴 애걸 끝에 결국 케이는 백기를 들고 말았지만 고양이만 눈에 띄면 호랑이같이 고함을 질러 고양이의 혼쭐을 빼놓았다. 고양이는 절대적으로 케이를 무서워했다. 거실에서 꾸벅이며 졸던 고양이가 갑자기 벌떡 일어나 번개처럼 몸을 감추면 나는 케이가 집 가까이 오고 있다는 것을 알았다. 고양이는 내가 듣지 못하는 케이의 먼 발자국 소리를 감지하고 재빠르게 몸을 숨겨 케이의 박대를 피했던 것이다.

테라가 10학년이 되었을 때 절친 단짝이던 캐더린이 노스캐롤라이나로 이사를 갔다. 그녀가 떠나고 난 뒤 전화로 가끔 안부를 주고받았지만 테라는 한참 외로움을 탔던 모양이었다. 후에 주노에게 들은 말에 의하면 테라는 학교 갈 때 캐더린이 살던 집 앞을 지나칠 때마다 눈물을 짓곤 했다고 했다. 감수성이 예민한 사춘기 나이에 죽고 못 살던 친구를 멀리 떠나보냈으니 오죽했으랴. 그때부터 테라의 고양이에 대한 집착은 더욱 강해졌지 싶다. 고양이와 친구를 연관 시켜 고양이에게서 캐더린 냄새가 난다고 하던 말을 나도 들은 적이 있었다. 나는 그저 그 나이에 친구에 대한 그리움의 다른 표현이거니 생각했다. 테라는 고등학생이 되면서 아르바이트를 시작했다. 첫 주급을 타서 고양이에게 필요한 것들을 사는데 돈을 다 썼다. 칫솔, 빗, 벼룩약, 샴푸, 바디와이퍼, 장난감. 발톱깎이, 쿠션, 이빨에 좋은 간식 등 벼라 별 것들을 다 사들였다. 아르바이트해서 번 돈 거의 절반 이상이 고양이를 위한 물품 구입비로 나갔다. 테라와 고양이는 언제나 함께 잠자고 테라가 밖에 나가지 않는 한 둘은 늘 껌처럼 붙어 있었다. 테라가 학교 가고나면 고양이는 테라가 돌아올 때까지 늘 현관 앞에 앉아 테라를 기다렸다. 테라는 집에 들어서기 바쁘게 고양이를 끌어안았다.

세월이 가고 아이들이 독립해서 떠나면서 케이도 조금씩 달라졌다. 언제부턴가 더 이상 고양이에게 으르렁대지 않는데도 늙은 고양이는 아직 케이의 발자국 소리를 무서워한다.

"키티 이리 나와 봐."

침대 밑을 보고 손짓을 해도 고양이는 웅크리고 앉아

꿈쩍도 않는다.

'너도 섭섭하구나. 그래 테라가 오지 않은 것은 나도 서운해. 하지만 테라는 지금 올 수 없어. 지금쯤 힘겨운 수술을 하고 있는지도 몰라. 오래 같이 지냈던 주인을 볼 수 없으니 너도 서운했구나!'

고양이가 알아듣든 말든 말을 건넨다. 고양이는 테라가 돌아올 때까지 혼자 방에서 지낼 것이다. 열여덟 살이 넘은 고령인데 외양은 조금도 늙어 보이지 않는다. 하지만 키티는 지금 여러 개의 종양이 뱃속에 자라고 있다. 작년, 어느 날 고양이를 안았다가 배 중앙에 니켈 주화만한 돌기물이 하나 만져졌다. 제법 오랫동안 그것은 더 커지지 않고 그 모양 그대로 있었으나 테라가 휴가 왔을 때쯤 그것은 곱절로 커져있었다. 테라는 당장 수의사를 찾았다. 암 진단이 내렸다. 의사는 키티가 장수를 했다며 수술을 하더라도 앞으로 삼 개월 정도밖에 더 생존하지 못하리라 했지만 테라는 삼 개월을 위해 몇 천불을 지불했다. 수술 날이 잡히고 제일 큰 암 덩어리를 포함해 여러 개를 제거했지만 앞으로도 계속 작은 종양이 자랄 것이라고 했다. 얼마 지나지 않아 의사의 말이 현실로 나타났다. 암은 여러 곳으로 전이되어 육안으로 볼 수 있는 혹들이 그 작은 몸뚱이 여기저기에 나타났다. 나는 테라에게 고양이에게 새로 나타난 혹 이야기는 하지 않았다. 테라가 마음 아파하며 기를 쓰고 달려올 것이 틀림없기 때문에. 어쩌면 키티는 테라가 돌아오기 전에 죽을지도 모른다. 키티는 전연 아프지 않은 척 천연덕스럽게 제 침대에 앉아서 졸거나 잔다. 어쩜 고통을 참고 있는지도 모른다. 아침잠에서 깨어난 주인을 보고 반갑다고 지척지척 걸어오다 갑자기 쓰러져 죽어버린 친구의 고양이처럼 키티도 언젠가는 그렇게 죽을까? 키티는 중한 병을 앓고 있으니 이제 목숨이 촌각에 달렸다. 삼 개월 시한부인 것을 테라도 알고 있었다.

삼 개월은 후딱 지나갔다. 그리고 일 년이 지난 지금까지 고양이는 기적적이게 아직 살아있지만 그날이 언젠지는 누구도 알 수 없다. 부질없이 테라의 방을 서성이면서 테라의 사진을 바라본다. 사진속의 테라는 희미하게 웃고 있다.

'딸아, 미안해 엄마가 너에게 아무것도 해 준 것이 없구나.'

나는 딸의 방안을 헤매며 딸의 손때가 묻은 책들과 물건들을 만지작거린다.

언제 세월이 이만치 흘렀을까. 엊그제 백팩을 매고 학교 간다고 나서던 아이가 독립해서 졸업을 하고 직장을 다니더니 외국으로 나갔다 돌아오고 다시 먼 도시로 떠났다.

나는 아이들을 위해 아무 도움을 줄 수 없었고 수고 한 것 마저 없었다. 아이들은 고스란히 저네들 스스로 컸다. 내가 한 것은 그저 되는대로 먹이고 재운 것뿐이었지. 아이들에게 살뜰하게 해 준 것이 없었다. 지나간 시간을 아무리 들추어 봐도 아이들과 함께 한 시간이라고는 없었다. 그래서 함께한 추억도 한 조각 없다. 난 그것이 너무 슬펐다. 아무것도 가르치지 못했고 도와주지도 못했다. 사는 것이 바빠 우리는 옳은 부모 노릇 하지 못했고 그래서 내 가슴을 내가 쳐야 할 때도 있었지. 케이와 나는 일하기 바빴고 둘 다 자신들의 당면한 일에만 충실했다. 아이들은 부모의 지도나 도움을 전혀 받지 못했다. 좋은 것이든 나쁜 것이든 어른들의 영향을 전연 받지 않아 테라가 더 미국적인 사고를 가지게 되었는지 모르겠다. 그래서 더 애틋하고 미안하다. 테라 대신 고양이를 딸 보듯 바라보는 케이나 나나 때늦은 회한에 젖어 시간을 보내지만 세월은 돌이킬 수 없는 것이다.

밖에는 강한 바람이 일고 있다. 가끔 캘리포니아에는 예상치 않은 거센 바람이 분다. 가로수도 풀포기 뽑듯 쑥 뽑아버리는 거친 돌풍 말이다. 비행기의 이착륙 오 분이 가장 위험하다는데 나는 마노와 주노가 탄 비행기가 무사히 이륙할 수 있게 해달라고 기도한다.

"하나님 비행기들을 무사히 하늘로 오르고 내리도록 지켜주십시오. 애들이 돌아가는 동안 구름도 자고 바람도 자고 번개도 자고 그저 하늘이 온통 평온하게 잠들어 아이들이 무사하고 편안하게 목적지에 닿을 수 있도록 도와주옵소서. 아멘."

"아!"

내 아이들은 내가 모르는 사이 성숙한 어른들이 되어 있었다. 부모들의 도움 하나 받지 못했지만 어엿한 사회인으로 모두 우리 품을 떠났다. 그들은 앞으로 저네들이 익힌 방식대로 이 세상을 살아 갈 것이다.

오늘일지 내일일지 키티의 목숨은 경각에 달렸다. 언젠가 고양이처럼 우리도 테라 마노, 주노를 두고 떠나야 할 시간이 오리라. 그래도 빈껍데기가 되어버린 우리는 먼 발치서 세파를 헤치며 살아가야 할 아이들을 염려하며 잘되기를 염원 하며 사랑해 주지 못한 것을 미안해하며 잘 양육하지 못한 죄를 뉘우치며 그들을 한 없이 그리워 할 것이다.

젊은 날의 초상

그와 나의 명제

이것은 완벽한 연극의 각본감이고

궁극적으로 아무것도 남지 않는 허무의 덩어리일 뿐

모든 것은 게임입니다.

젊은 날의 초상

어떻게 명제를 붙일까?

주말 오후 여섯시

지붕 끝에 남아있는 오월의 햇살이 탐탁치 못한 그리고 실내를 은근히 두드리는 음악과 환풍기 소리엔 진력도 났는데

어쩌면 그 소음들 속에 더 깊이 파묻혀 있고 싶은 맘도 난다. 끈끈이 같은 여러 상념들이 오후의 권태 속에 밀물처럼 밀려든다.

테이블엔 시들기 시작한 빨간 장미와 반쯤 남은 식어버린 커피, 커피와 시든 꽃들은 곧 쓰레기 통 속에 버려질 테지

오, 버려지고 잊혀지고 티끌이 되어버릴 사랑스런 것들 슬픈 것들

안개가 낀 듯 뿌연 창문이 시야를 가린다

덧문과 창문 사이에 갇힌 붉은 꽃 기린이 내뿜은 한숨일까 눈물일까

창유리를 닦고 창문을 연다.

색 바랜 기와

반쯤 무너진 담벼락

먼지를 일으키며 지나가는 자동차

텅 비어버린 거리

낯설고 삭막하게 펼쳐져 있는 서러운 오후

어떻게 명제를 붙일까

창문을 닫고 커텐을 내린다

손가락이 따끔하다. 꽃기린 가시에 찔린 살갗에 핏방울이 맺힌다. 이 작은 생물의 비범함에 가슴이 뛴다

그와 나의 명제는 무얼까

소리없이 다가서는

시작과 끝은

난 다시 곡예사가 된 것이 아닐까

정말 넌 구제할 수 없는 바보스런 여자로군

그 야릇하고 너를 생각하는 척 하는 남자에게 서서히 다가가고 있는 얄궂은 소치…

나란 아무리 벗겨 봐도 양파껍질 벗기기지. 결국은 공허한

것이외다. 그것이 발가벗은 나외다

적색 신호등이야

솔직하게 천박한 여자란

막무가내 유행을 좇는 여자보다 정조를 헌옷처럼 버리는 여자보다 껌을 소리 나게 씹는 여자보다 사랑의 감정을 싸게 넘기는 여자란 말이다.

천박한 나

정말이지 어떻게 명제를 붙일까 한 남자와 나의 명제를 말이다

승산이 없는 줄다리기로 시간을 낭비해야 할까

겨우 백년 이내의 생명에게 어차피 시간이란 그렇게 가는 것이지만 뭔가 떫은맛이 난다

남자

반항적인 프로파일

유머 반항심 냉소 또는 자조적인 웃음 강한 끌어당김

이런 사람은 흔치 않다

남자는 처음부터 그렇게 보이지는 않았다.

첫 인상이라기보다 시간이 흐르면서 내가 만든 나의 편견일 것이다

부셔버리라고 새것으로 만들라고

진실로 그는 어떨까

나의 영웅일까

항시 내 눈은 정확하지 못했지 한쪽의 관중이 나를 야유합니다

역시 틀렸을까? 나는 항시 비틀거렸으니까

관중들이 인정하는 진정한 나 자신의 모습은 그렇습니다

헛된 이상을 좇아 뛰어가는 사람들 나도 그 중의 한 사람이지

나에게서 풍기는 석연치 않은 점이 그의 호기심을 자극했을까

호기심으로 발길을 끊지 않는 남자

중요한 문제랍니다.

영원히 의문으로 남아야할

모호한 남자와 여자의 관계

관객들

그들은 그들의 연극 때문에 상관도 충고도 하지 않는다.

현명한 관중

그들은 연극을 즐길 뿐 연극의 클라이막스만을 궁금해 하지

연극은 이미 시작되었고 모두 자신의 연기에 열중할 뿐이야

팝콘을 씹으며 심심풀이처럼 갈채를 보내기도 하면서

여러분

혼란하지 마십시오

남자와 나의 명제는

허공으로 푸르게 날아가는 담배연기처럼

아니 허탈한 웃음 같은 것인지도 모릅니다요

땅거미가 창문으로 기어들기 시작하면 소낙비처럼 내리는 무거운 우울 곧 어둠이 스며들겠지

나는 여전히 명제를 생각하며 창가에 앉아있다. 수반에 담긴 물처럼 수반에 담긴 하늘을 바라보며…

해는 하늘 한 가운데 솟아올라 휴일의 번잡한 거리를 시린 강물처럼 범람 한다

창으로 스미는 희미한 양광

나는 박쥐처럼 어둑한 실내에서 햇살을 바라본다

마치 중환자처럼 그늘에서 저 밝은 밖을 그리워한다

명제는 어떻게 변했을까

어제 밤 꿈

나는 기나긴 여행 중에 있었소이다.

아! 무섭고 지루하고 불쾌한 여행

여자들

이브들은 죄악의 원흉이라구요

근심과 친숙한

나는 분명히 명제만 생각하고 있었는데

넌 피곤해졌군 지쳤어 휴식이 필요하다구

너무나 많은 생각들이 영혼과 육체를 고문한다
나태한 동물
기분을 전환시켜요 옷을 갈아입어요
나의 옷은 온통 검정뿐인데요
검정은 금물이야
왕이시여 나는 가난합니다
여자여 너는 너의 음부를 가리는 게 꿈이지 않았느냐
용기를 내요
여자는 꼬깃하게 접어 넣었던 몇 장의 지폐를 낡은 지갑에
서 꺼내 쥐고
금방 꿈을 파는 가게를 기웃거린다.
투명하고 또는 안개처럼 흐릿하고 원색적인 세계는
설렘 꽃샘바람 같은 오만과 광포가 넘치도다
여자는 만지고 걸치고 빙빙 돌며 명제를 잊는도다
옷이란 바로 그런 것이외다
추하고 비참하고 불행한 것들을 가리는…
이 휴일
남자는 무얼 하고 있을까
어리석은 상상이여
가엾은 넋이여
시작과 끝은 같은 시점이고 그것만은 진실하답니다.

같은 점, 하나의 정점 변하지 않는 것

교향악 첫 악장은 조용하지요 때로는 영혼을 할퀴는 굉음을 내기도

합창은 아직 불가합니다. 아직도 무모한 열정에 사로잡혀 있는

마음을 잡지 못하는 음표는 제자리를 찾지 못합니다.

인생의 정점을 향해 날아가는 작은 새

무한하고 끝없는 하늘을 향해 날아가기에는 너무 작은 가냘픈 몸뚱이

날개 짓을 멈출 수 없는 운명을 지닌 것을 잊어버렸을까

아! 인생은 무덤으로 끝나는 시시한 놀이야 너도 알잖아 너 역시 재미없어 하잖아

벨 소리

누군가와 연결 되어 있는 소리는 연이어 소리친다

푸시시한 머리와 졸린 눈으로 사랑하는 사내에게 키스를 보낼 수도 있는

나를 초조하고 불안하게 만드는 것들이여

벨 소리여 담장이여 닫힌 창문이여 생소한 거리여

잠을 자고 있었을까

환상

나를 쳐다보는 눈들

투명하고 깊은 유리알 같은 눈들

그리스의 조각 같은 근육질의 몸매 흰 얼굴

사람들이 흠모하는 연극배우

그 남자가 나의 명제라구요

나는 한낱 바람개비였지만 독수리처럼 하늘을 향해 도약하려 했습니다요

그를 사랑하지만

나를 사랑하지 않는 그를 위해

늘 걱정에 휘둘리며 시간만 흘려보내고 있다오

오! 이 잘난 세상의 모든 것들에서 나는 자유로워지고 싶었다오

나를 묶어놓는 그의 쇠사슬을 끊어버리고

자유를 찾고 싶었지 어느 것에도 구속을 받지 않는

자신 있는 사랑의 포로가 되고 싶었다오

남자

조각칼과 붓

사랑

헛소리 같은 이야기로 남았는데

나는 이제 다시 태어나는 것일까 죽는 것일까

나는 누드모델이라오

알몸으로 그들에게 인생을 이야기 하게하는…

싫어도 벗어야 할 때가 있지. 지금 난 발가벗고 있다오
수많은 눈들이
나의 치부를 내 발가벗은 몸뚱아리를 쳐다보고 있는데
아 남자는 나의 무엇을 기억할까
바보스런 떨림
수많은 눈들 앞에서 벌거벗은 나를 보여야 하는 시간, 잰 눈들이 빛난다
조울증처럼 달려드는 물감 같은 시선들
찢어버리고 싶은 벌거벗은 나신
당신은 찢겨진 분홍빛 살을 탐욕의 침으로 캔버스에 바른다
사랑하지 않는 사람들을 위해 부르는 사랑의 노래
그러나 그 일은 나의 호구지책이랍니다.
남자는 왜 나를 굳이 선택했을까
어리석고 좀은 똑똑한 체 하는 이 빈껍데기 여자를 말이다
남자는 선택권이 있어요 물론 여자에게도
그는 감성을 드러내는 내 육체를 기억하는 것일까
만사를 꼬드기는 병든 내 영혼을 알고 싶을까
그러나 진실은 기분전환을 위한 심심풀이랍니다
그와 나의 명제

이것은 완벽한 연극의 각본감이고

궁극적으로 아무것도 남지 않는 허무의 덩어리일 뿐

모든 것은 게임입니다

자! 공을 던지세요 힘껏 내가 받아내지 못하게

내가 공을 잡을 땐 아무도 공을 잡지 못하게 우주로

공을 쳐 날릴 겁니다.

공은 무한대로 날아가지만 나는 당신에게로 달려 갈테지요

밤

권태와 피곤에 파죽이 된 채

아무도 없는 공터 같은 실내에 앉아

시작도 끝도 없는 명제를 생각한다

정말 견뎌낼 수 없는 일이지

소화되지 않는 음식물은 위를 상하게 하지요

연극을 즐기라고

당신에게 남은 시간은 눈 깜짝할 사이 라네

정말 답답하고 부담스런 친구로군

남자가 말했습니다

사랑하는 사람과 침대에서 발가벗고 뒹구는 것은 축복이라고

남자와 여자의 명제는 항시 달콤한 사탕을 입속에 넣은 것처럼

상쾌하고 가뿐하게

여자의 눈부신 흰 속옷을 부드럽고도 재치 있게 벗기고 싶어 하는 남자

진실한 순간의 초침은 금방 달아나 버리지요

남자들은 사냥을 즐기고 쾌락을 추구할 뿐

규칙적이게 흔들리는 시계추

영겁의 다리를 건너는 정염

오! 빙판위의 피겨 스케이터의 현기증 같은

잠자는 팽이는 깊숙한 제 육감에 스스로 소스라쳐 넘어진다

생의 행복

평화를 유지하는 저울이라고

해방감을 얻을 수 있는 날개

구애 받지 않는 진정한 자유를 만끽하라는 당신은 누구시죠

방종스럽다. 건방지고 잘난 체 하는 여자로구만

아!

모든 것이 나를 피곤하게 만드는도다

쉬게 하라구요

이 여자는 아마 곧 정신과 병동으로 가야할지 모릅니다

아무렴 명제는 여자에게 마약이랍니다. 모든 괴로움을

날려 버리는

졸린 눈을 감고 명제를 잊으려 독주로 목을 축이는 너 벌거벗은 여자여

아! 하늘을 날고 싶다 훨훨

바람개비처럼 바람을 헤치고 구름을 가르는 독수리처럼

우주의 바람을 안고 세차게 창공으로 날 수 있다면

명제를 잊을 수 있을까

날개가 다 돋으려면 억겁이 가야할지 모르는데 속절없이 솟아오른 조그만 날개

아직 날개라 할 수 없는 못난 작디작은 날개

오! 나는 아무것도 생각하고 싶지 않다.

명제를 기억하게 하는 힘마저 나를 결박시키려 하는도다

진정한 명제를 부쳐요 진정한 명제를

날아가고 싶어 하는 까닭을

내가 연극을 좋아하고 배우에게 미쳐 날뛰는 이유를 말이다

남자 때문에 긴 밤을 뜬눈으로 지새며 그를 그리워하는 감정 말이다

아니 나는 정말 날아가고 싶습니다요

수증기처럼 증발해버리고 싶습니다요

내가 날아간다면

지상최대의 거룩한 탈출일 테지

내가 앉아있는 이 답답한 배경도
그토록 좋아하는 애플파이의 달디 단 앙금도
가슴을 찢어발기는 애끓는 명제도
모두 떨쳐버리고 잊고 싶도다
자유를 찾고 싶단 말이다
평화를 갖고 싶단 말이다. 구름처럼 공허할지라도 나는 그것들을 가지고 싶다.
아니다. 난 모든 것을 초월하고 싶단 말이다
쏴아
타일바닥에 소낙비처럼 쏟아지는 물소리
잠시 나는 아무것도 생각하지 않는다 나는 너무 많은 일들을 생각했기 때문일까
회귀선
무한 진공상태에 떠있는 길 잃은 아이
사라져 버릴 생명체
누구를 위하여
무엇을 위하여
나는 여기 이곳에 명제를 구하며 머물고 있을까?
남자를 위해서?
나를 위해서?
모든 것이 아무 의미가 없도다

여물지 않고 비린내도 나지 않는 어느 사랑의 종말을 위한 협주곡의 첫 악장
비 내리는 가을 날 첼로의 무거운 소리는 음울하기만 했지
누드모델은 연기처럼 공중을 날아가고 싶었습니다
나의 명제
당신의 명제
마법에 걸린 너와 나의 명제
오! 덧없고 덧없는 수많은 날들이 흘러갔다오
나는 명제를 너무 심각하게 생각 했던 것일까
하지만 연극은 시작하기도 전에 끝장이 났지요
여자는 그토록 원하던
명제 자유 평화 어느 것도 풀 수 없고 가질 수 없었지
허무했어

안녕
여자는 철저하게 잃기만 했지요
남자도
사랑도 명제도 모두
여자는 그토록 명제를 풀고 싶어 했는데

비상 할 거예요 높이 훨훨

안녕

다시는 그들을 마주치지 않을 날을 향해 여자는 뛰어갈 것입니다

어쩜 더 공허할지도 모를 명제 없는 세계로 날아갈지 몰라요

먼 훗날

내가

당신을 까맣게 잊어버리고 그냥 내 길을 가고 있을 때

어느 이름 모를 거리 모퉁이에서 문득 당신을 만난다면

난 그때 담담히 당신을 바라 볼 수 있을까요

굿바이

나의 젊음을 송두리째 바쳤던 나의 명제여

봄 바람처럼 설레던

젊은 날의 나의 연인이여

사랑했던 내 젊은 날의 초상이여

굿바이

내 사랑

영원한 사람이여

•

신문지

그는 잠시 서서 목걸이의 푸른 알을 막연하게 들여다보았다. 먼지와 때가 묻어 우중충했던 목걸이가 수난을 당하는 동안 닦여져 제법 그럴싸한 것으로 보였다. 이십오 전짜리 주화만한 깊은 바다의 물빛 같은 푸른 유리알은 모조품 치고 꽤 세공이 섬세하고 정교해 보였다.

신문지

마리의 푸른 눈이 엘모를 바라보고 있었다. 그녀는 두 무릎을 가지런히 좌우로 눕히고 등을 꼿꼿이 세운 채 땅바닥에 앉아 플루트를 불고 있었다. 금방이라도 눈물이 쏟아질 것 같은 그녀의 젖은 눈을 엘모는 안타깝게 마주 보았다. 손에 닿을 것 같이 가까운 곳에 그녀가 있었지만 엘모의 발이 땅에 붙은 듯 움직여 지지 않았다. 그는 꼼짝하지도 않는 다리를 옮겨보려고 몸부림을 쳤다.

"마리…."

그는 큰소리로 그녀를 불렀다.

"일어나. 이 자식아. 일어나란 말이야."

누군가 그의 다리를 걷어차는 바람에 그는 깜짝 놀라 눈을 떴다. 강열한 햇살이 눈을 쏘았다.

"대낮에 잠꼬대까지 하는군. 일어나. 임마."

그는 거친 목소리의 주인공이 누구인지 알 수 없었다. 태양을 쳐다본 바람에 금방 눈을 뜰 수 없었다. 눈에서 현란하고 강열한 색채들이 춤을 췄다.

"대체 어떤 놈이야?"

그는 찡그린 얼굴로 엉거주춤 반쯤 몸을 일으키고 손으로 햇살을 가리며 전방을 살폈다. 노숙자 깡패 디의 얼굴이 눈에 들어왔다. 너저분한 카키색 자켓을 걸친 디는 허리에 손을 얹고 엘모의 다리 밑으로 더러운 구둣발을 디밀은 채 그를 내려다보고 있었다.

"너 가진 돈, 몽땅 내놔."

"무슨 소리야? 돈 없어."

"잔소리 말고 내놔. 한방 먹기 전에 몽땅 내놔."

디는 털북숭이 주먹을 엘모의 코앞으로 내밀며 한 손으로 그의 옷깃을 낚아챘다. 그 바람에 엘모는 잔디밭에서 시멘트 바닥으로 미끄러졌다.

"돈 없어…."

"내 놔."

순간 디는 엘모의 멱을 잡아 바닥에 끌어 누이고 목을 눌렀다. 엘모는 숨이 막혀 몸부림을 치면서도 재빨리 자신의 포켓을 움켜쥐었다. 덩치 크고 싸움군인 디를 대항해 싸운다는 것은 엘모에게 불가능했지만 그는 주머니에 있는 것을 빼앗기지 않으려 입을 앙다물고 버텼다. 엎치락뒤치락 할 사이도 없었다. 전세는 애초부터 걸렀다. 눈 깜짝할 사이에 엘모는 제압당했고 포켓을 모두 털렸다. 지폐는 물론 동전 한 닢까지 몽땅 디의 손아귀로 들어갔다. 엘모는 돈을 쥐고 있는 디의 손목을 붙잡고 늘어졌지만 디가 그의 팔을 비트는 바람에 그는 비명을 지르며 손을 들고 말았다.

"몇 푼 되지 않는 것 가지고! 치사하게 구네. 이건 뭐야? 와우! 다이아몬드 목걸이잖아! 몇 백만 불짜리는 실히 되겠군. 이건 특별히 돌려 줄 테니 잘 챙겼다가 마린가 뭔가 하는 네 애인에게 갖다 줘라."

디 가 빈정거리며 주머니 속에서 꺼냈던 목걸이를 엘모의 다리위로 풀쩍 던지자 엘모는 화가 나서 씨근거리며 일어섰다.

"절대 안 돼. 내 돈 내놔. 넌 번번이 내 것을 강제로 빼앗아 갔잖아 이번엔 절대 안 돼."

참고 참았던 분노가 터졌는지 엘모는 정신없이 디에게 달려들었다. 그리고 방심하고 서있던 디의 얼굴을 주먹으로 막무가내 갈겼다.

"어… 이 새끼가 나를 쳐! 이놈이 지옥을 맛보고 싶은 모양이군."

디의 말이 떨어지기 무섭게 엘모에게 주먹이 날아들었다. 곧 이어 소나기 같은 펀치가 쏟아졌다. 엘모는 숨 쉴 사이도 없이 맞고 술 취한 주정뱅이처럼 비틀거렸다. 주먹을 막으려고 팔로 얼굴을 감쌌지만 코피가 옷소매 사이로 뚝뚝 떨어졌다. 그리고 훅을 한방 먹자 숨도 제대로 숨도 쉬지 못하고 땅바닥에 털썩 주저앉고 말았다. 그래도 엘모는 디의 바짓가랑이를 움켜쥐었다. 그나마 디의 거센 발길질 한 번 에 나가떨어지고 말았지만.

"함부로 대드는 것을 보니 이 새끼가 정신이 나갔군. 네 주머니에 아무리 소중한 것이 있어도 그런 것은 아예 네 것이 아니란 것을 알아야 해, 멍청한 놈. 이쯤 해두는 것을 고맙게 생각 해. 알았어!"

디는 엘모의 다리를 한 번 더 걷어찬 뒤 허수아비처럼 서 있던 신출내기 부하를 데리고 그곳을 떠났다. 엘모는 곧장 일어나지 못했다. 코와 뺨이 어디로 떨어져 나간 듯 얼얼하고 감각이 없었다. 배도 아팠다. 입술과 뺨으로 뜨뜻하게 흘러내리는 코피를 손으로 쓱 닦고 콧구멍을 두 손가락으로 막은 채 그는 십 여분을 땅바닥에 그대로 드러누워 있었다. 생각할수록 분했다. 빼앗긴 돈 이십 오불을 생각하자 그는 발작적이게 땅바닥을 박차고 일어났다. 그리고 디가 사라진 쪽을 향해 피가 섞인 침을 칵 뱉었다.

"개새끼, 나쁜 놈, 벼룩 간을 내먹는 놈."

코피는 더 이상 흐르지 않았다. 그는 부풀기 시작한 오른쪽 광대뼈를 어루만지며 시멘트 바닥에 팽개쳐진 그의 백팩을 찾아 들었다. 그는 디가 사라진 곳을 향해 주먹을 휘두르며 욕지거리를 했다. 그때 시든 잔디 위에 내 던져졌던 목걸이가 햇빛에 반사되어 그의 눈을 쏘았다. 그는 눈살을 찌푸리며 목걸이를 냅다 걷어찼지만 목걸이는 신발 끈에 걸려 도로 그의 발에 감겨들었다. 화가 난 그는 도로 주저앉아 분풀이라도 하듯 신발 끈에 감겨있는 푸른 돌이 박힌 목걸이를 풀어내 잔디 저쪽으로 던지며 욕설을 퍼부었다.

"야 빈대 같은 새끼야. 내 돈 긁어가서 네가 잘 될 것 같아? 하이에나 같은 놈, 뭘 하든지 재수 옴 붙어라. 이 망할 강도 놈아…."

그는 한참을 욕과 저주를 퍼부으며 혼자 떠들다 결국 지쳐버리고 말았다. 배가 고팠다. 빈 털털이로 지내는 것은 익숙했지만 배고픈 것은 아직도 참을 수가 없었다. 다시 욕지기가 올라왔다. 식당에서 저녁을 얻어먹으려면 바쁜 시간이 되기 전에 서둘러야 했다. 그는 일어섰다. 눈부신 강열한 빛이 잔디에서 그의 눈을 쏘았다. 그는 걸음을 멈추고 눈살을 지프리며 무심코 광채를 내는 것을 집어

올렸다. 그가 내던져버렸던 목걸이였다.

"이건 정말 참 질긴 인연이로군."

그는 잠시 서서 목걸이의 푸른 알을 막연하게 들여다보았다. 먼지와 때가 묻어 우중충했던 목걸이가 수난을 당하는 동안 닦여져 제법 그럴싸한 것으로 보였다. 이십오 전짜리 주화만한 깊은 바다의 물빛 같은 푸른 유리알은 모조품 치고 꽤 세공이 섬세하고 정교해 보였다.

"그럴 듯 해 보이는데."

이틀 전 거라지 세일에서 담요를 사고 오십 전 거스름이 없다면서 딴 것을 하나 더 가져가라고 노파가 부추기는 바람에 얼결에 눈에 띈 푸른 유리알 박힌 목걸이를 집어 들었다.

"그건 1불을 더 내야 해."

노파의 말에 그가 목걸이를 내려놓자 노파는 선심 쓰듯 그냥 가져가라고 했다. 사실 오 십 전 짜리 목걸이를 살 생각은 추호도 없었다. 다만 팬던트의 푸른 돌을 봤을 때 그는 마리가 생각났다.

지난해 가을 적지 않은 사망자를 낸 유행성 독감이 도시를 휩쓸었을 때 그는 가을비가 치적치적 내리는 길바닥에서 독감을 앓았다. 인적이 드문 역의 부속 건물 통로 벽 아래 누워 열에 들떠 헛소리를 하고 있는 그를 보고 사람들은 술주정뱅이로 여겼는지 무심히 지나갔다. 발열과 오한으로 그는 몸을 조금도 움직일 수 없었고 목은 타는 듯 말랐다. 오로지 물을 마시고 싶다는 생각밖에 없었지만 아무도 그를 도와주는 이가 없었다. 아픈데다 굶주려 눈에 헛것이 보였다. 정체모를 이상한 검은 그림자들이 오락가락했고 그들과 알 수 없는 이야기를 주고받았다. 그가 혼수상태로 빠져들 무렵 지나가던 여자가 앓고 있는 그를 발견하고 구원의 손길을 뻗었다. 그녀는 구급차를 불렀고 그에게 물을 먹여주었다. 입술에 물방울이 닿자 수호신 같은 그녀를 보기위해 그는 눈을 크게 떴다. 그러나 그는 급작스레 혼수상태에 빠져들고 말았다. 거의 열흘 동안 그는 급성 폐렴으로 콤마상태에 있었다. 그가 겨우 눈을 떴을 때 낯선 사람이 그의 침대 곁에 서있는 것을 보았다.

"깨어 나셨군요."

금발머리를 포니테일로 묶고 짙푸른 셔츠를 입은 푸른 눈의 여자가 그에게 말없이 웃음을 보내며 인사를 건넸다. 간호사를 통해 그의 생명을 건진 사람이 바로 그녀란 것을 알았다.

눈을 뜬 후 그는 두 번 더 그녀를 볼 수 있었다. 그동안 그녀의 이름이 마리라는 것과 그녀의 토트백에서 불쑥 솟아올라 있던 플루트가 담긴 조그만 악기상자만 기억에 남았다. 회복 가능성이 확실 해졌을 때 그녀는 홀연히 떠나버렸다. 그녀에게 고맙다는 인사를 하지 못한 것이 목에 걸린 생선 가시처럼 남아 있었다. 그때부터 그는 그녀를 위해 무엇인가를 해야 한다는, 빚쟁이 같은 기분을 떨쳐낼 수 없었다. 그는 그녀를 꼭 다시 만나고 싶었다. 마리를 만난 이후부터 푸른색을 볼 때마다 그는 그녀를 생각했다. 그녀를 다시 만날 수만 있다면 무엇이라도 할 작정이었고 어떤 희생이라도 치러야 한다고 생각했다.

'개자식, 네 말대로 이게 진짜 몇 백만 불짜리 목걸이라면 얼마나 좋겠어. 그런 행운이 내 포켓에 들어온다면 네깟 놈들 보기 싫어서 당장 이곳을 떠나버릴 거야. 그래 좋아 네가 내 돈으로 무엇을 하든지 당장 잊도록 하지. 아무리 생각해도 돌아오지 않을 것이잖아. 날강도 개자식 같으니.'

그는 목걸이를 포켓에 넣고 다운타운을 향했다. 배고프고 목이 말랐다. 당장 마실 물 한 병 살 돈이 없었다. 주머니가 텅 빈 줄을 알면서도 손은 주머니 속을 공연히 들락거렸다.

오후 내내 그는 식당과 거리를 배회하며 구걸에 나섰으나 동전 한 닢 얻지 못하고 셸터에서 제공하는 빵 한 조각과 수프 반 그릇으로 저녁을 때워야 했다.

기차가 마지막 손님들을 내려놓고 난 뒤 푸–욱 쉬–익 하고 선로 깊숙이 들어설 때면 잠시도 조용할 것 같지 않던 역사에도 깊은 적막이 깔렸다. 역으로 들어가는 지하도 끝자락에서 엘모는 기나긴 터널 같은 그곳을 바라보았다. 회백색 벽면에는 창백한 할로겐램프가 벽에서 희붐한 빛을 내고 있었다. 그 차가운 벽 아래 집 없는 사람들이 유령처럼 소리 없이 잠자리를 펴고 누워 있었다. 늘 새달 초가 되면 집 없는 사람들의 수가 줄었다가 중순쯤 되면 셸터에서 더 이상 잠을 잘 수 없는 사람들이 다시 거리 잠을 잤다. 그들은 엘모처럼 다시 터미널로 돌아왔다. 그는 혹여 마리를 만날 수 있을지도 모른다는 기대를 버린 적이 없었다. 하릴없이 역사를 오가는 행인들 사이를 누비다 밤이 이슥해지면 지하도로 돌아오곤 했다. 일 년이 넘도록 똑같은 일을 되풀이 하며 밤이면 무위로 끝난 하루를 접으며 처량한 맘이 되곤 했다.

"그녀를 다시 만날 수 있을까?"

역사의 서쪽 끝 지붕만 있다뿐이지 찬바람이 끊임없이 불어 닥치는 곳에 그는 단 하나 소유물인 검은 백팩을 내려놓으며 생각했다. 그는 마리의 얼굴을 머릿속에 그려보았다. 푸르고 큰 눈, 오뚝한 코, 도톰한 입술, 마르지만 보기 싫지 않은 아담한 체격을 가진 평범한 그녀의 모습이 생생하게 뇌리에 남아 있었다. 그는 리오 영감이 누워있는 바람 부는 지하도 계단 끝자리에 지친 몸을 뉘며 그녀의 모습을 머리에 그리고 있었다.

밤이 되면서 살을 에는 혹독한 바람이 지하도 아래로 불었다. 낡고 때 묻은 더러운 옷과 담요를 포개 덮고 띄엄띄엄 쓰레기 더미처럼 누워 잠든 거리 친구들을 쳐다보며 그는 몸을 부르르 떨었다. 참을 수 없는 심한 냉기가 바닥에서 올라왔다. 겨울이 되고 수은주가 떨어지면서 빙판 같은 바닥을 견디다 못해 일어나고 눕는 것을 수없이 반복하다 아침을 맞는 날이 허다했다. 그는 졸음이 쏟아질 때까지 웅크리고 누워있었다. 가끔 미친 듯 속력을 낸 자동차가 폭풍처럼 지나가는 소리가 들렸고 다시 세상이 끝나 버린 듯 고요가 찾아들면 무섭도록 맹렬한 한기가 몸을 파고들었다. 밤이 깊어갈수록 그의 몸은 구운 오징어처럼 오그라들었다. 몸부림치던 그는 마침내 벌떡 일어나고 말았다.

"도저히 잠을 잘 수 없어…."

그는 절망에 찬 목소리로 중얼거렸다. 온몸이 추위에 곧아 뻣뻣했다. 그는 몸을 풀어보려고 주먹으로 온몸을 두들겨 댔다. 곁에 자던 리오 영감이 바튼 기침을 하며 누더기를 머리 끝까지 끌어올렸다.

"엘모, 이 신문지로 몸을 감싸봐, 이게 이래 뵈도 바람을 막아 주는데 그만이야. 이불처럼 따뜻하지는 않아도 바람은 막아주지."

노인은 느릿느릿 팔을 뻗쳐 머리맡에 뒀던 신문꾸러미를 엘모에게 들이밀며 말했다. 리오 영감은 늘 신문뭉치와 씨름을 했다. 그는 신문으로 온갖 것을 만들었다. 신문을 이불처럼 몸을 감싸고 발싸개와 모자, 머플러를 쓴 그를 보면 그가 사람인지 신문 무더기인지 분별할 수 없었다. 오랜 노숙생활 때문인지 나이 오 십 여섯이었지만 그는 칠십 노인처럼 보였다. '하찮은 신문지 따위가 강추위를 막는다고?'

엘모는 터무니없다고 생각했지만 노인에게 내색하지는 않았다. 잠들기는 틀린 것 같았다.

"정말 따뜻한 방이 너무 그립군. 더 필요한 것도 없는데. 아무래도 소원이 이루어질 것 같지 않아. 이 늙은이에게 거리 생활은 너무 비참하고 혹독하지 않아!"

"젊을 때는 아무것도 없어도 새처럼 자유롭고 신나게 살았어. 추위만 아니면 아직도 자유롭긴 하지. 그때처럼 신나지는 않지만…."

"난 오늘 그 날강도 같은 불량배 디에게 다 털렸어요. 돈을 빼앗기지 않았다면 모텔에 가서 잘 수도 있었을 텐데…."

"빌어먹을 못된 자식. 남의 것을 마치 제 것처럼 말이야. 내가 알지. 강도 놈들의 소행을, 나도 많이 빼앗겼어.

그 놈들 마지막은 어떨까? 요즘 놈들이 영역 다툼을 하고 있다 하데. 너무 상심 말게. 우리 빈털터리 좋잖아. 진짜 강도가 덮칠 일 없고. 하지만 사람 운은 모르는 거야. 내일 자네가 지미처럼 큰돈을 주워 벼락부자가 될지 어찌 알아. 그땐 잊지 말고 날 좀 기억해줘."

"제게 그런 행운이 온다면 따뜻한 방에 평생 재워 드리죠."

엘모는 리오 영감이 낄낄거리는 바람에 피식 웃고 말았다. 길바닥 생활에서 떠날 수 있는 기미는 전연 보이지 않지만 정말 리오를 따뜻한 방에 재워주고 싶었다. 잠들면 얼어 죽을 것 같은 정말 지독하게 추운 밤이었다.

이년 전, 거품 경제가 빠지면서 사회는 깊은 불황에 빠져들었다. 그 불똥이 튀지 않은 곳은 거의 없었다. 예산부족인 학교와 파산으로 치닫는 기업들과 문을 닫는 가게들은 실업자 제조기처럼 실직자들을 만들어냈다. 하루에 수백 수천 명씩 해고되었다. 거리는 직장을 잃고 방황하는 사람들이 넘쳐났다. 이민자들에게 영어를 가르치던 엘모의 책상에도 악마의 해고 통지서가 날아들었다. 해고된 이튿날부터 일 년 내내 일 할 곳을 찾아 헤매고 다녔으나 직장을 다시 잡지 못했다. 최소한의 돈으로 하루하루를 넘기며 버텼으나 집세를 육 개월이나 내지 못하자 결국 어느 여름날 아침에 그는 거리로 내쫓기고 말았다.

거리로 나온 처음 얼마 동안은 어디로 갈지 몰라 허우적댔다. 며칠째 잠이 오지 않았고 그 다음 며칠은 시도 때도 없이 잠이 와서 아무 곳이나 앉았다 하면 잠이 왔다. 거리의 소음에 놀라서 황급히 눈을 뜨면 밀물처럼 안겨드는 상실감과 소외감과 고독에 시달렸다. 그의 손에 마지막 남은 돈, 이백 십 불은 아끼고 아껴서 세달 동안 오로지 먹는 것에만 썼다. 그는 매일 하릴없이 걸었다. 그 일은 지금까지 계속되고 있는 일이지만 걷다 밤이 되면 빌딩숲 한적한 구석에 들어가 밤을 새고 어느 날은 텅 빈 공원에 우두커니 앉아 있었다. 돈을 버는 동안은 시간이 바로 돈이었는데 어느새 시간은 무용지물이 되어 있었고 무료와 권태로 바뀌어 있었다. 돈이 남김없이 다 떨어지고 난 뒤 배가 고팠을 때 그는 새로 당면한 현실에 당황했다. 처음으로 이틀 반을 굶었다. 다리가 부들부들 떨렸고 하늘이 노랗게 보였다. 그때 그는 참을 수 없는 것이 있다는 것을 알았다. 굶주림이 어떤 것인지 알고 나서 부끄러움은 느닷없이 사라졌다. 그는 배가 고프면 식당이나 햄버거 가게의 드라이브 스루에 서서 음식주문을 하는 손님에게 잔돈푼을 구걸해 음식을 사먹었다. 사람들은 대개 무심하게 지나갔다. 불친절한 사람들은 도와주지도 않으면서 얼굴을 찌푸리고 욕만 해댔다. 구걸도 쉽지 않고 맹물 한 병 살 돈도 얻지 못할 때가 있었다. 가끔 인심 후한 사람을 만나 횡재를 하는 날이 있긴 했지만 그런 일은 정말 드물었다.

그날 그는 밤을 뜬눈으로 보내고 이튿날 저녁에는 역으로 돌아가지 않았다. 따뜻한 잠자리를 찾으러 이리저리 헤매다 술집과 바 들이 늘어 서있는 선셋 힐 거리 모퉁이에서 그는 꽁꽁 얼어버린 밤을 또 맞았다. 그리고 신문 가판대가 즐비한 거리 모퉁이에서 잠이 들었고 꼭두새벽에 눈을 떴다. 몇 날 밤을 잠을 설쳤는지 추위에 몸서리를 치면서도 잠이 들었던 것이다. 그는 추위에 진저리를 치며 일어나 신문 가판대 기둥에 오줌을 싸고 그 위에 누군가 얌전히 올려 둔 공짜 신문을 들여다보았다. 하얀 모자에다 아직 소년티가 가시지 않은 정복을 입은 장병이 성조기 옆에 서있었다. 그 아래 그의 스무 살의 짧은 역사가 짤막하게 인쇄되어 있었다.

아프가니스탄에서 정찰 중 폭발사고로 전사한 봅 히긴스, 스물한 살. 공부를 계속하기 위해 군에 지원했다가 전쟁에 투입된 학구열에 불타던 가난한 학생, 봅은….

엘모 보다 열두 살 어렸다.

'맙소사! 이렇게 새파란 나이로 인생의 막을 내리다니….'

그는 중얼거리며 옆의 기사로 시선을 옮겼다. 중동의 한 어린아이가 폐허가 된 집터에 쌓여진 쓰레기 더미에서 무엇인가를 찾고 있는 모습이 담겨있었다. 어린아이의 한쪽 팔은 뭉둥하게 잘려나가고 없었다. 전사한 청년과 아이를 한참이나 바라보던 그는 한숨을 내쉬었다. 그리고 사회면 섹션을 가판대 아래 던져버렸다. 경제면은 펼쳐보지도 않고 내던졌다. 컬러로 인쇄된 문화면이 펼쳐졌다.

사라져버린 보석 부루 다이아몬드 '호프'는 어디에 있는가?

머리기사 아래 아름다운 푸른 보석 사진이 커다랗게 실려 있었다. 그는 사진을 무심히 들여다보았다. 어디서 본 듯한 낯익은 느낌에 그는 머리를 갸웃거리며 기사를 읽기 시작했다. 호프는 희귀성과 색깔, 크기, 세공부분에서 어떤 보석도 따라 갈수 없는 아름다움과 특별함을 가지고 있다고 했다. 게다가 엄청난 가격이 매겨진 보석이었다. 호프는 이름과는 달리 지니는 사람에게 불행을 가져다주었는데 돈 많은 여러 사람들의 손을 전전하는 동안 소유주들이 불운을 맞거나 불행하게 죽게 되면서 어느 틈에

행방불명이 되어버린 보석이었다. 부자들이 가지기를 꺼리게 된 불행한 보석, 기사를 쓴 기자는 부유한 사람들에게 불행한 보석이라면 가난하고 불행한 사람에게 나눠주면 그 이름값을 하지 않겠느냐고 적고 있었다. 그는 기자가 그럴듯한 코멘트를 했다고 생각했다. 사진을 볼 때부터 어딘지 눈에 익은 보석은 그의 기억의 창고를 더듬게 했고 그는 자신의 자켓 주머니에서 목걸이를 꺼냈다.

"세상에 이럴 수가…."

둘은 쌍둥이처럼 똑 같았다. 순간 엘모의 가슴은 놀라움으로 퉁탕거렸다. 숨이 멎을 것 같았다. 그는 눈을 부비며 숨을 크게 내쉬고 신문의 사진과 보석을 몇 번이나 꼼꼼히 대조해 보았다. 아무리 봐도 둘은 판에 박은 듯 모양이 똑 같았다. 틀림없었다. 그는 잠시 멍하니 서서 하늘을 바라보았다. 행방불명이 된 값비싼 보석을 손에 거머쥔 놀라운 행운에 그의 온몸이 와들와들 떨리기 시작했고 심장은 제멋대로 쿵쿵 뛰었다. 그는 흥분한 나머지 공중으로 펄쩍펄쩍 뛰어 올랐다.

"오! 하나님."

엘모는 기쁨과 감격에 들떠 소리쳤다. 페가수스를 타고 하늘을 나는 기분과 함께 어질어질한 어지럼증이 왔다. 몸을 가누려고 그는 한참이나 가판대에 기대 서있어야 했다.

이윽고 그는 기사가 실린 신문 전면을 소중히 접어 주머니에 넣고 목걸이를 자켓 안주머니에 깊숙이 넣은 다음 그곳을 떠났다. 무겁던 다리가 날개 달린 것처럼 가벼웠고 기쁨에 들떠 추위도 잊었다. 그러나 길을 걷는 동안 한껏 고조 되었던 기분이 서서히 걱정으로 바뀌고 있었다. 나쁜 사람들이 그가 가진 행운을 알게 된다면 그는 틀림없이 편안하지 못하리라는 생각이 들기 시작했다. 디가 목걸이를 보았던 것도 마음에 걸렸다. 그가 우연히 신문기사를 읽고 목걸이를 기억해 낸다면 행운은 끝장이었다. 게다가 소문이 퍼지기라도 하면 그는 단번에 악한들의 과녁이 될 것이 틀림없었다.

'어쩌면 모조품일지도 몰라! 이게 정말 호프가 맞을까?'

갑자기 보석의 진위에 대한 의심이 구름처럼 일었다. 그는 역에 돌아와서도 리오 곁으로 가지 않고 외딴 청사의 한적한 곳에 앉았다. 그는 목걸이를 꺼내 몇 번이나 신문의 것과 대조를 해보며 생각했다. 설사 모양이 똑같다 하더라도 신문의 보석과 다를 수도 있었다. 모조품도 있을 것이고 디의 말마따나 거라지 세일에서 일불도 되지 않는 가격으로 샀으니 싸구려 가짜 액세서리일 수도 있었다. 그 값비싼 것을 노파가 오십 전에 팔 리 없었다. 감정을 받아보지 않는 한 믿을 것이 못 된다는 사실을 그는 비로소 깨달았다. 보석의 진위를 알아보지도 않고 좋아 날

뛰었다는 생각이 들자 정신이 들었다. 하지만 가짜라고 하더라도 닦을수록 푸른 유리는 빛을 발했다. 마치 맑은 밤하늘 속에 비친 깊은 바다 같았다. 버뮤다의 검푸른 파도라고 해도 부족했다. 마리의 푸른색 셔츠 같은 보석은 영롱한 빛을 내며 그의 마음을 현혹했다. 그는 며칠을 펜던트를 들여다보며 진위 여부를 꼭 가려보고 싶은 마음을 굳혀갔다. 그리고 드디어 그는 결심했다. 역 앞에도 보석가게가 있었지만 역에서 십 마일 정도 떨어진 '다운 힐' 로드의 보석가게를 찾기로 결정했다. 혹여 목걸이가 진짜라면 행운을 잡았고 신변안전도 염두에 두어야 했다.

며칠 후 엘모는 공중화장실에서 말끔하게 수염을 밀고 배낭에서 제일 깨끗한 옷으로 갈아입고 버스를 타고 '다운 힐' 로드의 보석상을 찾아갔다. 그가 보석가게 부저를 눌렀을 때 안에서 눈매가 사나운 흑인 경비원이 문을 열었다.

"무슨 일로 오셨소?"

덩치가 큰 흑인 경비원은 문을 턱 가로막고 서서 물었다.

"보석 감정 가격을 알아보러 왔소."

그는 목걸이를 꺼내보였다. 경비원은 의심스런 눈을 풀더니 엘모를 가게 안으로 안내했다.

상아빛 대리석이 깔린 보석가게 안은 화려했다. 조명을 받아 반짝거리고 있는 쇼케이스 안의 온갖 휘황찬란한 보석을 보고 주눅이 든 그는 불안한 마음으로 경비원을 따라갔다. 그는 매니저에게로 엘모를 인도했다. 매니저는 곧 보석 감정사에게로 엘모를 안내했다. 살찐 보석 감정사 역시 무뚝뚝한 얼굴로 목걸이를 받아 들었다. 미간의 주름이 깊게 팬 좀 진지해 보이는 감정사가 서랍에서 도구를 꺼내는 동안 그는 얼어붙은 듯 진열장 곁에 서서 감정사의 얼굴만 쳐다보았다. 감정사는 목걸이에 박힌 유리알을 얼핏 들여다보더니 엘모의 얼굴을 힐끗 한번 쳐다보고는 목걸이를 내려놓고 내실로 들어갔다. 갑자기 걱정과 후회와 불안이 밀려들었다.

'혹시 모조품이면 어쩌지? 가만있자. 난 어쩌자고 이걸 들고 이곳까지 올 생각을 했을까? 감정사는 왜 갑자기 내실로 들어갔지?'

갑자기 엘모는 제 정신이 든듯했고 불안해졌다. 그냥 밖으로 도망치고 싶었다. 감정사가 몽둥이라도 들고 나올까봐 전전긍긍하며 자신이 들어왔던 보석상 출입문을 바라보았다. 험상궂게 생긴 흑인 경비원은 흰 이를 드러내고 웃고 있었다. 진퇴양난이었다. 감정사가 다시 엘모 앞에 나타났다. 그는 깨끗한 천으로 목걸이를 닦은 뒤 확대경을 푸른 돌에 들이댔다. 감정사가 확대경을 보고 있는 동안 엘모는 가슴이 바짝바짝 탔다. 감정사가 갑자기 확대경을 눈에서 확 뗐다. 얼굴은 거의 경악에 차서 왕방울 같은 그의 눈이 금방이라도 튀어나올 것 같았다. 엘모의 가슴이 철렁 내려앉았다. 어쩐지 감정사가 몹시 화 난 듯 보여서 간이 콩알만 해졌다. 다리는 놀란 사슴처럼 어딘가로 튀고 싶은 욕망으로 덜렁대기 시작했다. 감정사의 입에서 튀어나올 욕지거리를 생각 하니 온몸에 진땀이 배어나며 정신이 아득해졌다. 심장은 쿵쾅거리고 마음은 조마조마했다. 그러나 감정사는 곁도 돌아보지 않았고 다시 확대경을 눈에 대고 자신의 눈을 의심하듯 다시 목걸이를 들여다보았다. 그는 엘모의 기분 같은 것은 안중에도 없어 보였다.

“이것은! 내가 감정한 보석 중에서 최고를 만났소. 이런 귀한 것을 내 눈으로 감정할 줄은 상상해 보지도 않았소.”

마침내 확대경을 떼어낸 감정사가 소리쳤다. 그의 표정은 완전히 돌변해 있었고 엘모에게 이를 드러내고 활짝 웃어 보였다. 엘모는 완전히 얼이 빠진 얼굴로 감정사를 쳐다보았다. 수 분 동안에 지옥과 천국을 다녀온 것 같았다. 보석가게 안은 봄날처럼 따뜻하기도 했지만 엘모의 온몸에서 땀이 분수처럼 솟아올랐다. 뚱뚱한 감정사도 목덜미를 손수건으로 닦았다. 목걸이가 진품 호프란 것에 의심의 여지가 없었다. 엘모는 어지러웠다.

"감정비는 받지 않겠습니다. 파실 의향은 없으신지요? 이런 명품 수집을 좋아하는 사장님과 바로 대면하도록 모시겠습니다. 굉장히 반가워하실 거요."

"고맙습니다. 아직은… 팔게 될 때면 다시 들르지요."

엘모는 떨리는 손으로 목걸이를 거둬들여 주머니에 넣고 정신없이 보석상점을 나왔다. 보석가게의 사람 몇이 창문에 붙어 서서 떠나는 그를 바라보며 수근댔다.

보석이 확실한 진품이라는 것을 알고 난 뒤 그는 심각한 고민에 빠졌다. 디란 녀석이 언제 또 그의 재킷을 낚아챌 지 모를 일이었고 보석의 정체가 갱들에게 알려지기라도 한다면 보석은 물론이고 그의 목숨마저 온전히 붙어있을 것 같지 않았다. 기쁨은 잠시였고 불안감이 그를 휩쌌다. 목걸이를 지니고 있는 것은 위험천만했다. 그는 하루 종일 거리를 배회하며 보석을 숨길 수 있는 곳을 생각하고 또 생각했지만 정처 없는 떠돌이 신세라 숨길 곳이 아무데도 없었다. 온종일 그것만 생각하느라 구걸 하지 못했고 재활용품도 수집하지 못했다. 하루 종일을 굶었는데 배도 고프지 않았다. 늦은 저녁 심한 허기를 느끼고서야 일어나 햄버거 가게에 가서 벌벌 떨며 기다리다 겨우 스터핑 없는 빵을 한 개 얻어먹었다. 그는 역사로 돌아가는 길에 공중 화장실에 들어가 백팩에서 여름바지를 꺼내 포켓 하나를 뜯어냈다. 그 포켓에다 목걸이를 싸서 양말목에 숨겼다. 그러나 그는 사람들의 시선이 모두 자신의 양말목만 바라보는 것 같은 착각에 빠져 뛰다시피 걸어야 했다. 역사의 지하도로 내려가며 홈리스들의 대열에 다 달았을 때야 그는 겨우 숨을 돌렸다.

"자넨 요즘 몹시 바빠 보이네."

바닥에 누워있던 리오가 그를 보고 반색했다. 노인의 신문지 베게는 조금 더 부풀어 있었다. 리오 영감은 여전히 바튼 기침을 했다. 엘모는 백팩에서 캔디를 꺼내 노인에게 건넸다.

"기침에 좋은 사탕이에요."

누더기 속에서 나온 때에 절은 노인의 손이 덜덜 떨며 사탕봉지를 채갔다. 파킨슨 병까지 앓고 있는 노인의 손은 추위까지 겹쳐서 증상이 더 심했다. 엘모는 벽에 기대앉았다.

"고마워. 이렇게 추울 땐 뜨거운 스프나 한 그릇 먹었으면 좋으련만. 그게 제격인데."

노인은 사탕을 입에 넣고 벽 쪽으로 돌아누우며 중얼거렸다. 그는 노인의 발치에 웅크리고 누웠다. 피곤했다. 양말목을 만져보았다. 목걸이는 얌전하게 그의 발목에 붙어있었다.

아침에 그는 눈을 뜨자마자 양말목 보석부터 확인했다. 눈을 뜨면 또 어딘가로 걸어야 하고 구걸하고 요기하는 것이 전부이던 나날에 커다란 바위덩이 같은 근심이 생겼다. 양말

목이 재킷보다 안전하다고 해도 시간이 갈수록 걷기 불편하고 아팠다. 그래서 목걸이를 남몰래 양말 왼쪽 오른쪽으로 돌려놓느라 번번이 사람 눈을 피해 한적한 곳을 찾아야 했다. 그것도 성가신데 목걸이는 툭하면 양말 아래로 내려가 발목과 복숭아뼈를 갉아먹었다. 살갗이 벗겨져 따가운 것은 물론 양말에 피가 배어나올 때도 있었다. 그 후 목걸이는 그의 온 몸을 돌아다니며 상처를 냈다. 헝겊에 감아 전대처럼 지니기도 하고 다리 겨드랑이 팔뚝 허리 등을 전전했지만 모두 불편하기 짝이 없었다. 디 같은 불한당들이 날뛰는 곳에서 언제 그들을 맞닥뜨릴지 알 수 없는 상황이라 그는 밤낮없이 보석 감출 곳을 생각하느라 먹지도 잠을 들이지도 못했다.

어느 날 그는 공원 벤치에 앉았다가 벌떡 일어났다. 마침내 한 가지 묘안을 생각해냈던 것이다. 그곳이면 숨겨두기 안성맞춤이었다. 천상의 정원이었다. 그 정원을 조성한 이는 노숙자 앤소니였다. 앤소니는 버려진 황량한 빈 공터에 산성과 알칼리성 땅을 조성하고 사람들이 내다버린 화분들을 주워 모아 땅에 맞는 꽃들을 분류해서 심었다. 시들고 죽어가는 화분들이 그의 손에 들어가 다시 살아 싹을 내고 아름다운 꽃을 피워냈다. 앤소니는 온갖 정성을 들여 정원을 가꿨다. 황량하던 공터는 해가 거듭 될수록 꽃이 늘어났고 이름난 조경사가 만든 어떤 정원보다 더 아름다운 정원으로 탈바꿈을 했다. 버려진 세상의 꽃들이란 꽃은 모두 그곳에서 다시 태어나 아름다움을 한껏 뽐냈다. 겨울이라 일년초가 죽어 정원은 좀 황량했지만 계절마다 싹을 내고 꽃을 피워내는 것이 있었고 뿌리를 땅에 내린 제법 큰 상록수들도 더러 있었다.

결단을 내린 뒤, 그는 여러 날을 숨길 적당한 곳을 찾느라 넓은 정원을 뻔질나게 드나들었다. 마침내 결정한 장소, 아직 앤소니가 손대지 못한 남아있는 황량하고 얼어빠진 황무지 공터, 향나무 아홉 그루가 서있는 곳이었다. 바람이 불면 흙먼지가 자욱이 일었고 사람들이 얼씬하지도 않는 그곳 향나무 아래를 파고 목걸이를 묻어두기로 했다.

이튿날 해가 완전히 서녘으로 기울고 어스름밤이 되자 사람들의 눈을 피해 그는 천상의 정원으로 달려갔다. 어둠이 깃든 정원은 괴괴하고 춥고 황량했다. 답사 때 미리 봐두었던 아홉 향나무 중 세 번째 나무 밑을 호미로 팠다. 얼은 땅은 딱딱해서 어른 팔 하나 깊이의 작은 구덩이를 만드는데 몇 시간이 걸렸다. 이윽고 그는 준비해 온 비닐과 천을 주머니에서 꺼내 겹겹이 목걸이를 싸서 구덩이에다 묻었다. 단번에 걱정이 날아가고 살 것만 같았다. 그는 기뻐서 향나무 아래서 팔을 벌리고 펄쩍 펄쩍 뛰었다. 감쪽같이 숨겼다는 기쁨에 실실 웃어대며 우스꽝스런 궁둥이 춤까지 췄다. 그는 향나무에 아래 다리를 뻗고 앉았다. 일을 할 때는 추위를 잊었지만 공터는 죽을만치 추웠다. 몸이 벌벌 떨리기 시작했다. 백팩을 뒤져 옷을 모두 꺼내 겹겹이 껴입었지만 공터의 추위를 막을 수는 없었다. 한밤이 되면서 온몸이 나무처럼 뻣뻣해져 거의 아무런 감각을 느낄 수 없게 되자 그는 리오 영감을 생각하며 자켓 주머니에 접어 넣었던 보석기사가 실린 신문을 꺼내 고깔을 만든 뒤 머리에 뒤집어썼다. 리오의 말대로 정말 뒤통수의 찬기가 조금 가셨다. 어둠속에서 그는 뜬금없이 웃었다.

'리오 영감이 제법 똑똑한데.'

그는 검불로 위장한 구덩이 위에 웅크리고 누워 잠을 청했다.

새벽에 정원을 떠나 역사로 돌아왔을 때 엘모는 알았다. 불안하기는 매 한가지란 것을. 불한당들 때문에 보석을 땅속에 숨기긴 했지만 그곳을 지키지 않는 한 목걸이의 안위가 궁금해서 견딜 수가 없었다. 누가 우연히 발견하지 않을까? 갑자기 시에서 그 땅을 갈아엎어 버리지 않을까 하는 걱정이 끊임없이 머리에 맴돌았다. 역에서 대강 끼니를 때우자 그는 다시 천상의 정원으로 되돌아갔다. 그래서 시도 때도 없이 천상의 공원으로 달려가기 일쑤인 나날들이 시작되었다. 쉬이 잠을 이룰 수도 없었다. 온통 목걸이 생각으로 시간이 갔다. 아무도 그를 주의해서 보는 사람이 없는데도 주위 사람들을 경계했고 특히 그가 공원으로 갈 때 누군가 그를 미행하고 있지 않는지 사방을 살피곤 했다.

겨울은 점점 더 깊어갔다. 수은주가 곤두박질치는 날이 계속되었다. 세상은 다시 녹지 않을 단단한 빙하처럼 꽁꽁 얼어붙었다. 그는 역에서 잠을 설치고 추위에 몸서리를 치며 일어났다. 그리고 먼동이 트기도 전에 천상의 정원으로 달려갔다. 얼어붙은 정원에서 그는 도둑처럼 주위를 살피며 향나무 밑으로 숨어들었다. 하늘로 뻗은 향나무 수를 세고 세 번째 나무 앞에서 목걸이를 묻은 구덩이의 안전을 확인하면 그는 편안해졌다. 추위로 딱딱하게 굳은 몸을 담요로 휘감은 뒤 향나무 아래 비닐을 깐 땅바닥에 몸을 뉘면 맹렬한 찬바람이 사방에서 달려들었다. 저절로 이빨이 딱딱 소리를 냈다. 극지가 따로 없었다. 그는 어둑한 하늘 중간쯤 희미하게 떠올라 있는 다운타운의 높은 빌딩 층수를 셌다. 하나, 둘, 셋… 스물여덟… 서른다섯… 쉰일곱…. 불이 꺼진 창, 켜진 창, 그는 잠이 들었다.

그는 오후 두 시가 가까워서야 눈을 떴다. 허기 때문에 눈을 떴는데 푸르고 깊은 하늘이 눈에 들어와 잠시 어리둥절했다. 향나무를 보고서야 밤중에 천상의 정원으로 달려왔던 것이 생각났다. 오랫동안 잠을 설쳐 온 탓인지 보석 따위는 안중에도 없이 깊은 잠을 잔 것을 알고는 아연해졌다. 처음 거리에 나왔을 때 낙심은 했지만 거추장스런 것들이 없어 홀가분했다. 매달 내야 할 빚들이 없어 좋았다. 그러나 보석을 얻고 그 진가를 알고 난 뒤부터 그는 늘 근심에 싸였고 배속은 더 가난해졌다. 주린 배는 늘 꾸르륵거리며 먹을 것을 요구했다. 보석 걱정으로 동냥을 하지 못해 주머니 속은 늘 페니와 몇 개의 다임만 굴러다녔다. 처음보다 삶은 더 피폐해지고 혼란스럽고 무거워졌다. 그는 점점 여위었고 힘도 빠졌다.

해는 중천을 지나고 있었다. 가장 많은 승객을 실은 낮 기차가 도착한지는 이미 오래되었을 시간이었다. 배에서 물 흐르는 소리가 났다. 그는 일어났다. 꾸물댈 시간이 아니었다. 짧은 겨울 해는 금방 서산을 넘을 것이다. 그는 도둑처럼 정원을 빠져나갔다.

식당과 카페들이 군집해 있는 다운타운 메그놀리아 길을 터덜터덜 걸으며 그의 머릿속은 여전히 정원보다 더 은밀하고 더 안전한 곳은 없는지 고심하고 있었다.

'땅속에 감춘 것은 방치해둔 것이나 다름없지.'

시 정부의 땅이니 용처만 정해지면 언제 어느 날 파헤쳐질 지 모른다는 염려는 물론 우연히 누군가에게 탈취될지도 모른다는 기우와 함께 그의 목걸이에 대한 온갖 상상은 시간이 갈수록 변화무쌍해졌다.

'절대 방심해서는 안 돼.'

그는 생각에 골몰해 식당들이 있는 삼 번가를 지나버린 것도 몰랐다. 자동차들의 왕래가 많고 번잡한 사거리에서 경적 소리와 함께 급정거하는 지프차의 굉음에 놀라 그는 발걸음을 멈추었다. 간발의 차로 자동차가 그를 치지는 않았지만 운전자가 차창을 내리고 그에게 고함을 지르며 욕설을 퍼부었다.

"이 미친 개자식아, 눈깔은 장식품으로 달고 다녀? 똑바로 쳐다보고 다니라고. 누굴 살인자로 만들려고… 이 머저리 같은, 정신 나간 놈아."

"미안, 미안합니다."

화가 났지만 그는 곧장 사과했다. 운전자는 험악한 얼굴로 욕설을 해대더니 뒤차들이 밀리는 바람에 마지못해 지프차를 전진 시켰다. 분이 풀리지 않은 운전자가 차창 밖으로 주먹을 내밀고 가운데 손가락을 높다랗게 들어 올렸다. 엘모는 망연히 서서 떠나는 차를 바라보며 중얼거렸다.

"내가 너에게 보내고 싶은 싸인이다."

엘모는 투덜거리며 허기진 배를 안고 오던 길을 되돌아 갔다.

"조금 더 일찍 올 것이지. 수거하는 사람이 금방 가져갔어. 바로 오 분 전에 말이야."

저녁 준비를 위해 식당 청소를 하던 남자가 빗자루로 홀을 쓸며 말했다. 오 분 전이면 사 번가까지 가지 않았더라면 충분히 음식을 얻을 수 있는 시간이었다. 그는 부아가 나서 땅바닥을 마구 발길질 해댔다. 그는 다른 식당에서 겨우 미지근한 물 한 컵을 얻어 마신 뒤 번화가로 나갔다. 역을 향해 걷는 동안 사람을 만날 때마다 손을 내밀었지만 아무도 땡전 한 닢 주지 않았다. 그가 추위에 떨며 그날 처음 음식을 입에 넣은 시간은 거의 어두워진 오후 다섯 시 무렵이었다.

그 어마어마한 보석을 버려진 땅에 묻어 놓은 것은 생각할수록 머리가 돌 지경이었다. 완전무결한 새로운 은닉처를 물색하기 전에는 생활이 결코 정상으로 돌아갈 수 없다고 그는 생각했다. 사실 목걸이를 땅에 묻고 난 뒤부터 생계를 위해서 구걸하는 시간을 제외하고는 하루 종일을 정원 곁만 맴돌다 밤이 되어서야 역사로 돌아갔다. 툭하면 꼭두새벽에 일어나 정원으로 달려가 구덩이가 온전한지 살폈고 모자라는 잠을 구덩이 옆에서 채우느라 번번이 끼니를 놓쳤다. 언제까지 이런 날이 계속될지 그는 머리가 아팠다.

기승을 떠는 추위 때문에 광장은 쓸쓸하고 호젓했다. 엘모는 새벽에 정원을 벗어나 햄버거 집에서 커피 한잔을 얻어 마신 뒤 거의 몇 시간을 광장 모퉁이의 벤치에 앉아 있었다. 일어설 때는 다운타운으로 가려고 마음먹었지만 그의 발길은 자신도 모르게 남쪽 천상의 정원으로 향하고 있었다. 그는 하루에도 몇 번이나 무심코 그 일을 되풀이 했다. 그것을 깨달을 때마다 그는 망연히 서서 하늘을 쳐다보았다. 소유물이 생기면서 그의 나날들은 단단히 결박되어 버린 것 같았다. 얼마 전만 해도 하루에 한두 번쯤 구걸을 하고 열심히 재활용품을 주워다 팔면 먹는 것은 걱정 없었고 일주일에 한 번쯤은 모텔에서 잠자고 목욕도 하는 호사를 누리기도 했는데 호프라는 목걸이 때문에 호사는커녕 폐해만 입었다. 잠이 모자라 어디든 앉았다 하면 졸았고 끼니도 제대로 먹은 적이 없었다. 커피 한잔으로 아침 겸 점심을 때우는 일이 다반사였다. 구걸마저 시원찮았다. 그는 천상의 정원으로 향하던 발길을 돌려 광장 동쪽으로 걷기 시작했다. 광장 동쪽청사 양지바른 벽에 앤소니가 다리를 꼬고 길바닥에 반쯤 누운 채

책을 읽고 있는 것이 보였다. 아무리 멀리 있어도 그는 앤소니의 때 묻은 붉은 배낭을 알아보았다.

그는 노숙자였지만 과학자고 독서광이었다. 그의 가방에는 항상 누더기 옷과 함께 두꺼운 책들이 들어 있었다. 천상의 정원, 걸작품을 만든 이의 독서를 방해하고 싶지 않아 엘모는 광장 북쪽으로 향했다. 정오가 넘자 간밤에 얼었던 등짝이 조금씩 녹아내리고 있었다. 그는 햄버거 가게로 가고 있었다. 그곳에서 한 번 더 스티로폼 컵을 들고 사람들 사이를 누빌 참이었다. 자동차를 탄 고객 서비스 창구로 가서 운전대에 앉아있는 이들에게 컵을 내밀면 거스름을 받는 이들이 가끔 잔돈을 주었다.

그가 햄버거 가게에 다다랐을 때 그곳은 평상시 같지 않았다. 노란 테이프가 햄버거 가게의 모든 출입구를 봉쇄하고 있었다. 경찰차들과 앰뷸런스가 도로를 가로막고 차량이나 사람들의 접근을 막고 있었다. 햄버거 가게 안은 텅 비어 있었다. 구경꾼들이 인도에 서서 웅성거렸다. 햄버거 가게의 마당 한복판에 앰뷸런스 구급요원이 쓰러져 있는 사람에게 응급처치를 하고 있었고 가게 옆 바깥 테이블 아래 널브러져 누운 사람 곁에 또 다른 구급요원 둘이 서 있었다. 엘모는 구경꾼들의 틈을 비집고 들어갔다. 사건 현장을 직접 목격한 멕시칸 여자가 흥분이 갈

앉지 않은 목소리로 옆의 사람들에게 자기가 본 일을 낱낱이 이야기 하고 있었다. 마침 그곳에 있었던 홈리스 흑인 죠의 이야기를 듣고 엘모는 대강 짐작이 갔다. 땅바닥에 쓰러진 사람의 얼굴에 칼자국이 있다는 소리를 듣고 엘모는 널브러져 누운 자가 제이의 부하 '디'란 것을 알았다.

"제이는 힘깨나 쓰는 놈팡이 몇과 어울려 가게 안에서 햄버거를 먹고 있었는데 지나던 티의 일당이 콕을 제이의 옷에 쏟았다고 시비가 붙었다는군. 사실 티가 계획적이게 시비를 걸었대. 티는 제이의 일당이 나타나기 전 이곳을 장악했던 갱이었지. 구역 이권싸움이야. 결국 터질 것이 터진 것이지. 가게 매니저의 요구로 밖으로 나간 그들은 처음에는 몸싸움을 했으나 누군가 칼을 빼는 바람에 총이 나왔고 곧바로 총칼이 난무하기 시작했지. 눈 깜짝할 사이에 몇이 쓰러졌다구. 내가 이 두 눈으로 똑똑히 보았어. 순식간이었지. 사람들은 혼비백산해서 도망갔어. 지금도 난 얼떨떨한 걸. 경찰차와 앰뷸런스가 출동해서 부상한 제이와 그의 부하 셋, 다른 일당 두 사람을 먼저 병원으로 실어 가고 저 마당엔 죽은 사람만 남았어."

엘모는 죠의 이야기를 들으며 땅바닥에 널브러져 누워 움직일 줄 모르는 주검을 바라보았다. 디는 꼬부라져 있었다. 그는 마치 술에 취해 잠든 자처럼 주차장 바닥에 엎어져 있었다. 그의 몸에서 흘러나온 피가 아직도 붉은 뱀처럼 느릿느릿 아스팔트 위로 기어가고 있었다.

"저기 누운 사람은 어떻게 된 거야. 티의 부한가?"

엘모는 테이블 아래 허름한 옷으로 얼굴이 가려진 사람을 턱으로 가리켰다.

"리오야. 일당과는 무관하게 죽었대. 심장마비라나. 사건이 일어난 직후에 쓰러졌는데 사람들은 칼이나 총에 맞은 갱의 일당으로 알았다는군. 오인 했지. 그가 그곳에 앉아 있는 것을 내가 보았거든"

엘모는 그 말을 듣는 순간 성호를 그었다. 가슴이 싸하게 아려왔다. 리오의 시신을 살피던 닥터가 앰뷸런스로 돌아가고 난 뒤 응급대원들이 와서 리오의 시신을 백에 넣어 들것에 실어갔고 곧 디의 주검도 옮겨갔다. 그는 리오의 들것을 향해 몇 번이나 성호를 그었다. 디의 주검을 향해서도, 그의 돈을 빼앗던 디도 이제 이 세상 사람이 아니었다. 그는 울적한 마음으로 거리를 떠나려다 간만에 인심 후한 사람을 만나 거금 오십불을 얻었다. 그 일이 그나마 그에게 위안을 주었다.

그는 역 터미널을 향해 남쪽으로 걸으며 허겁지겁 소다수를 마시고 입안이 미어지도록 빵을 베물었다. 토마토케첩이 손가락 사이로 흘러내렸다. 햄버거는 네 입 만에 없어졌다. 맛이 밍밍해진 소다수 마지막 한 방울까지 마시고 포만감으로 나른해졌지만 그는 인근 마켓에서 장미꽃 한 송이를 사고 식당에 들어가 비프 수프를 한 그릇 샀다. 그리고 역 청사를 향해 걸어갔다.

대낮 역사의 지하도에는 오가는 행인들뿐이었다. 노숙자들이 밤을 지내던 벽 밑에는 아무도 없었다. 그는 리오와 함께 밤을 보내던 자리를 찾았다. 리오의 구석 자리에는 그가 베고 자던 신문뭉치만 놓여 있었다. 진작 리오에게 국 한 그릇 사다주지 못한 것이 후회되었다. 그는 리오가 자던 자리에 스프와 꽃을 놓고 앉았다. 밝은 대낮에 그곳에 앉아보기는 처음이었다. 참으로 어색하고 부끄러웠던 자리가 이제는 따뜻하고도 정겹고 슬펐다.

'리오를 다시 못 보다니 말이 안 되지….'

그는 리오의 자리에 놓았던 국 한 그릇을 해치우고 난 뒤 차곡차곡 얌전히 뭉쳐있는 리오 영감의 신문지 베개를 끌어당겨 안았다. 리오 영감의 퀴퀴한 냄새가 났다. 다시 볼 수 없다는 생각을 하자 더없이 쓸쓸했다. 배를 채우자 나른함과 함께 졸음이 몰려왔다. 어디든 앉으면 잠이 왔다. 아무리 쫓으려 해도 찰거머리처럼 달라붙는 잠을 거역할 수가 없었다. 그의 팔에서 리오 영감의 신문지 베개가 떨어져 바닥에 흩어졌지만 아랑곳없이 그는 잠에 빠져 들어갔다.

그는 정원으로 갔다. 봄날처럼 따뜻하고 포근한 날이었다. 향기로운 장미들과 울긋불긋한 꽃들이 화려하게 피어 있었고 온갖 나비와 새들이 꽃 속을 춤추듯 날아다녔다. 푸른 하늘은 구름 한 점 없었다. 그는 한달음에 향나무 아래로 달려갔다. 그리고 보물을 묻은 구덩이를 재빠르게 파헤쳤다. 흙을 덜어내고 팔을 구덩이 속으로 넣었으나 목걸이가 손에 잡히지 않았다. 그는 깜짝놀라 구덩이를 들여다보았다. 암흑이었다. 그는 다시 팔을 깊이 넣고 손으로 더듬어 보았지만 아무것도 손에 잡히는 것이 없었다. 그는 미친 듯 구덩이를 손으로 파헤치며 고함을 내질렀다.

'내 보물, 내 보물이 어디 갔어?'

목걸이가 감쪽같이 사라지고 없었다. 그는 성난 사자처럼 고함을 질렀다.

"호프가 없어졌어! 누가 내 보물을 훔쳐갔어? 누가 내 보물을…."

그는 발광한 듯 소리를 지르다 눈을 번쩍 떴다. 지나던 행인들이 그를 쳐다보았다.

'휴! 꿈이었구나.'

그는 한숨을 길게 내 쉬었다. 꿈이라 해도 언짢았다. 당장 정원으로 가봐야 할 것 같았다. 그는 일어나 바닥에 흩어진 리오 영감의 신문을 주섬주섬 끌어 모으기 시작했다. 마지막 한 장의 신문을 주우려다 말고 그는 자신의 눈을 의심했다.

마리, 틀림없는 마리였다. 문화면 한쪽 전면에 그가 그토록 그리워하던 마리의 웃는 얼굴이 커다랗게 인쇄되어 있었다.

> 헐벗은 자들의 형제, 레드 크로스의 회원이며 드림 심포니 오케스트라 플루트 주자, 마리 베넷의 굶주리는 사람을 위한 기금모금 독주회

그는 신문을 와락 끌어안았다 그리고 다시 펼쳐서 들여다보았다. 그토록 그리워하던 정다운 얼굴, 드디어 마리를 찾았다는 기쁨으로 그의 가슴은 터질듯 했다. 그는 인쇄된 마리의 얼굴을 눈이 아프도록 오래 바라보았다. 그리고 신문을 조심스럽게 접어 안주머니에 넣고 일어섰다.

"하나님 감사합니다."

그는 하늘을 향해 손 키스를 날렸다.

오랜만에 날씨가 풀려 햇살은 벽난로처럼 따뜻했다. 그는 향나무에 기대고 앉았다. 막 구덩이에서 파낸 비닐 뭉치를 한 겹씩 풀어내고 마지막으로 레이온 포켓 조각에 싸여있는 목걸이를 살며시 들어 올렸다. 호프는 눈부신 광채를 냈다. 영롱한 푸른빛의 보석이 휘황찬란한 빛을 발했다. 그는 자유

인이 되리라 마음먹었다. 더 이상 그것을 지키려 애쓰지 않아도 되리라. 호프는 그와 함께 저녁 여섯 시면 플루트 연주회에 갈 것이다. 그리고 곧 가난한 자의 목에 걸릴 것이다. 그는 목걸이를 도로 헝겊에 싼 뒤 안주머니에 간직했다. 따뜻한 햇살이 쏟아졌다. 그는 향나무 아래 길게 몸을 뉘었다. 그 자리에 눕는 것도 마지막이라는 생각이 들자 깊은 평안이 왔다. 그는 팔베개를 하고 구름 한 점 없는 푸른 하늘을 향해 누웠다. 한잠 자고 싶었다. 햇살이 눈부셨다. 그는 안주머니에 접어 넣었던 신문을 꺼내 펼쳐서 얼굴을 가렸다. 신문 속 마리가 하늘을 향해 웃고 있었다. 대낮의 따뜻한 햇살과 함께 형언할 수 없는 행복감이 엘모의 온몸에 천천히 퍼지고 있었다.

별님이 이야기

나는 차라리 별님이를 잃은 것이 다행한 일인지도 모른다고 생각하면서도 별님이를 갑갑한 지하실에 가둬두고 재갈을 물리고 망을 씌웠던 일이 내내 생각이 났다. 아이들과 함께 시간을 보내지 못하는 엄마 아빠를 대신했던 별님이, 무슨 말로 아이들을 달랠 것이며 어떻게 미안하단 말을 할까.

별님이 이야기

별님이가 우리 집으로 오게 된 건 순전히 아이들을 위해서라는 알량한 선의를 가장한 우리들의 자격지심 때문이었는지 모르겠다.

어느 날 옆 가게에서 스포츠용 유니폼을 도매하는 잭이 자기 집에서 키우는 진돗개 백구가 새끼를 다섯 마리를 낳았는데 한 마리를 그저 주겠다고 했다. 낳은 지 한 달 반이 넘었는데 새끼들이 어미를 너무 괴롭혀 빨리 분양을 하고 싶다면서 원한다면 내일이라도 가져 오겠다는 것이었다. 실은 우리 아이들 셋 모두가 동물을 좋아해서 강아지 한 마리 사달라고 오래 전부터 졸라대고 있었지만 강아지 키우는 것이 아이 하나 돌보는 것과 매한가지였기 때문에 이 핑계 저 핑계를 대며 미뤄오고 있었던 터였다.

잭이 그저 준다고 해서 냉큼 받아들일 수도 없는 것이

아이들 한 명도 제대로 건사하지 못하면서 강아지까지 키운다는 것은 내겐 어불성설이었다. 강아지 한 마리 키우는 것이 어디 죽 먹듯 쉬운 일인가. 먹이고 배설물을 치우고 목욕시키고 때맞춰 예방주사를 맞혀야하는 등 강아지 십칠팔 년의 일생을 책임져야 하는 것을 감히 나 혼자 결정지을 수는 없는 일이었다. 나는 아내와 의논해보마고 했다.

아내는 첫마디에 대환영이었다. 아이들의 정서에 도움이 되고 온종일 밖에 나가 있는 부모로서 아이들에게 변변히 해주는 것도 없으니 그 오랜 소원은 들어주자고 했다. 그 대신 아이들에게 개의 양육을 그들 스스로 책임져야 할 것을 조건으로 세워야 한다고 했다. 아이들이 원하던 것을 들어주어 좋고 개를 기르게 한다면 책임감과 협동심도 기를 테니 일거양득이라고 했다.

"강아지에게 밥과 물을 주고 목욕은 일 주일에 한번. 그리고 걷는 운동은 매일 시켜야 한다. 똥 치우는 일도 해야 하고, 할 일이 많아. 그래도 너희들이 이 모든 일을 나누어서 잘 하겠다면 아빠가 내일 강아지를 데려 올 것이지만 그걸 못하겠다면 못 데려온다. 약속할 수 있어?"

"아빠 약속 지킬게요. 우리가 다 할게요. 내일 꼭 강아지 데려오세요."

"정말이다."

나는 아이들에게 약속을 꼭 지켜야 한다고 몇 번이나 다짐을 받고난 뒤 아이들과 새끼손가락 걸고 엄지 도장까지 찍고 나서야 입양을 결정했다.

"약속을 어기면 그 날로 강아지를 되돌려줄 거야."

아이들은 기뻐서 방방 뛰며 날뛰었다. 강아지가 어떻게 생겼느냐? 무슨 색깔이냐? 귀는 긴가? 짧은가? 꼬리는 어떤가? 그 날 저녁내내 아이들은 내 곁을 돌며 물었지만 강아지를 한 번도 만나 본 적이 없는 터라 대답을 시원하게 해줄 수 없었다.

이튿날 잭에게 입양의사를 밝혔더니 그 다음날 아침 당장 강아지가 나한테 안겨졌다. 녀석은 암컷이었는데 젖살이 올라 제법 토실토실 하고 귀여웠다. 눈부신 하얀 털에다 두 귀는 머리 밑으로 축 처져 있었다. 유난히 큼직한 갈색의 눈과 까맣게 반들거리는 코를 가진 강아지는 퍽 건강했고 호랑이 새끼같이 두툼한 앞발로 내닫고 뛰는 것이 여간 귀엽지 않아 그만하면 아이들의 호감을 사기에 충분했다.

강아지가 오고난 뒤 집안의 분위기는 더 떠들썩하고 산만해졌다. 당연히 밖에서 기르려니 생각했는데 아이들은 강아지를 집안에다 들여놓고 며칠을 서로 자기 침대에 재우겠다고 야단이었다.

"숱한 사람들이 집안에 애완견을 키워도 강아지 때문에 병 걸렸단 소리는 못 들었어요."

아내는 실보다 득이 많다며 아이들이 좋아하는 대로 받아들이고자 했다.

"안 돼, 방안에 짐승을 키우면 아이들 건강에 어떨지도 모르고 냄새 나지, 털도 날아다니고, 좋을 것은 하나도 없어."

미처 그것까지는 생각해보지 않았던 나는 애완용 동물들이 아이들에게 옮기는 바이러스와 박테리아가 있다는 것을 들은 적이 있어 걱정인데 아이들은 처음부터 그 약속은 하지 않았다고 법석을 떨었지만 강아지를 밖에서 기르지 않으면 도로 돌려 줄 것이라고 으름장을 놓자 슬그머니 꽁무니를 빼고 물러서고 말았다. 당연히 그날로 강아지는 밖으로 추방되었다. 아이들이 밖에다 강아지 잠자리를 마련하느라 들락날락 했다. 강아지는 담요를 깐 바구니에 자는 것 보다 아이들과 놀고 싶어 이리 뛰고 저리 닿고 야단이었다. 아이들은 밖에서 자야하는 강아지가 가엾어서 자는 시간을 넘기며 강아지와 놀고 있었다.

"내일 학교 가야 하는데 잠자지 않고 강아지랑 밖에서 놀면 어쩌니! 얼른 들어오지 못해."

아내가 아이들을 불러 방으로 몰아넣고 야단을 친 뒤에야 아이들은 잠자리에 들었다.

아홉시 뉴스가 끝나고 TV를 끄자 뒷마당에서 강아지 낑낑대는 소리가 들려왔다.

"어미 찾느라고 그러나 봐. 그 어린 것이 어미 품을 떠났으니."

아내가 측은한 듯 말했다.

"그러다 자겠지."

그것은 나의 섣부른 판단이었다. 그날 밤 새도록 강아지가 낑낑대고 우는 바람에 식구들 모두가 잠을 설치고 말았다. 강아지는 그 다음날 밤도 마찬가지였다. 며칠만 참으면 나중에는 그치리라 생각했는데 그게 아니었다. 밤이면 페티오로 올라와서 문을 긁어대며 낑낑거렸다. 낮이면 학교서 돌아온 아이들이 강아지를 방에다 들여다 놓고 놀다 내가 올 때쯤이면 밖에다 내놓는 바람에 강아지는 계속해서 징징거렸고 식구들은 사흘 밤잠을 설쳤다. 잠 못 자는 고문을 견디지 못한 나는 나흘 만에 깃발을 내렸고 결국 강아지는 다시 집안으로 들어오고 말았다. 그날 밤부터 고요한 밤이 된 것은 말할 필요조차 없다.

아이들은 서로 강아지 이름을 짓겠다고 다투었다. 세 아이가 내놓은 이름은 해피, 제이미, 달님이, 별님이, 니콜. 별의 별 이름이 다 나왔지만 할머니가 제안한 달님 이와 별님이중 별님이란 이름이 다수결에서 이겨 강아지의 이름은 별님이가 되었다.

별님이는 영특했다. 지어진지 며칠 되지 않아도 벌써 제 이름인줄 알고 아이들이 부르면 좋아라 꼬리를 흔들며 아이들 품속에 풍덩 뛰어들곤 했다. 별님이는 아이들처럼 잘 먹고 잘 자고 잘 뛰노는 장난꾸러기가 되었다. 온지 한 달이 조금 지나자 낯선 사람에게 제법 짖기도 하고 아내가 귀가하면 그 도톰한 앞발을 아내한테 내밀고 꼬리를 흔들며 반가워했다.

그런데 문제는 배설이었다. 이 녀석이 아무리 가르쳐도 오줌이나 똥을 아무데나 싸놓는 것이었다. 책임 진 아이들이 문제를 해결하지 못하고 그 일로 옥신각신했다. 그래서 아내가 버릇을 들여 주기로 작정했다. 아내는 신문지를 이층 화장실 바닥에 깔아놓고 배설 훈련을 시켰으나 도무지 별님이는 길이 들지 않았다. 하기는 아내가 동물 조련사도 아니고 강아지를 키운 경험이 있는 것도 아니었지만 그저 사람에게 하듯 자꾸 반복하면 되겠지 하는 막연한 생각으로 가르친 까닭도 있었다. 잭에게 방법을 물었더니 학교로 보내라고 조언했다. 학교라니? 잭은 그곳에 한두 주일만 보내도 효과가 있다고 말했다. 경기가 나빠 먹고 살기도 힘든데 개까지 학교로 보낼 돈이 어디 있느냐고 나는 일축했다. 별님이의 버릇이 고쳐지지 않자 아내가 애견을 가진 사람들에게 자문을 구했다. 그리고 어느 날 트레이닝용 강아지 과자를 사고 신문지 한 장을 또르르 말은 매를 마련하고서(나뭇가지 같은 것은 너무 아플거라고 하면서) 별님이 길들이기를 시작했다.

"왜 여기다 쉬했어? 여기다 쉬하면 이렇게 맞는 거야."

아내는 별님이가 오줌을 싸면 오줌 싼 현장에 붙들어 세워놓고 신문지 매로 개의 볼따구니를 치며 혼을 냈다. 강아지가 혹 도망이라도 갈라치면 곧장 붙들어서 깔아놓은 신문지에 내려놓고 "쉬는 여기서 하는 거야."하고 신문지 깐 바닥을 툭툭 쳤다. 그 트레이닝 방법이 영판 아이들이 어릴 때 길들이기를 하던 것과 똑같아서 나는 실소를 금치 못했다. 그래도 아내는 시간이 날 때마다 꾸준히 훈련시키는 일을 반복했다. 그것이 효과가 있었던지 어느 날 퇴근해 왔을 때 아이들이 우르르 몰려와 별님이가 드디어 신문지 위에 오줌을 쌌다고 다투어 이야기했다.

"그것 참 잘 됐구나. 너희들이 도와서 훈련을 잘 시켜서 그런 거야."

아이들은 아내의 칭찬을 듣고 좋아라 손뼉을 쳤다.

아내는 저녁을 먹으며 개들도 아이큐가 있다는 주장을 폈다. 나는 긍정도 부정도 하지 않았다. 신문지에 오줌을 싸든 똥을 싸든 집안에 개가 있다는 것은 싫었으므로. 그것도 날씨가 흐리거나 어쩌다 문을 열고 환기를 하지 않은 날은 냄새가 정말 견디기 어려웠다. 어쨌든 나는 두어 달 지나면 반드시 그 녀석을 다시 바깥으로 몰아내리라 작정하고 있었다. 그런데 어느 날 녀석이 오줌을 가리게 되었다고 그렇게 신나던 아내를 무색하게 만드는 일이 일어나고 말았다. 침을 튀기며 아이큐 어쩌고 하며 별님이 칭찬을 하던 아내가 울상이 되었다. 소파위에 벗어 놓았던 어렵사리 장만한 모피 숄 위에다 녀석이 슬쩍 실례를 한 것이었다. 아내는 분을 참지 못하고 모피 숄을 흔들며 별님이를 손바닥으로 때렸다.

"이걸 어떡해! 이 바보 멍텅구리 같은 강아지야!"

그게 단초였다. 사실 별님이는 언젠가부터 무엇이든 물어뜯기 시작했다. 슬리퍼, 쿠션, 책상다리, 신문, 스웨터, 아이들 백팩 심지어 제가 자는 이불까지도 물어뜯어 놓았다. 어떤 호령도 먹혀들지 않았다.

마침내 내가 기다리고 기다리던 그 날이 왔던 것이다. 녀석은 일요일 아침 교회 가려던 어머니의 아끼던 구두를 물어뜯고서야 드디어 밖으로 쫓겨 나갔다. 진즉에 쫓아내려던 것을 어머니의 은근한 저지로 미뤄 왔는데 녀석은 눈치도 없이 든든한 지지자의 미움을 산 것이었다.

"애비야 저 놈 쫓아내야겠다. 집안에 성한 것이 없어."

어머니의 말이 떨어지기 바쁘게 나는 녀석을 밖으로 잽싸게 내몰았다. 엉뚱하게도 밖으로 나간 녀석은 좋아라고 너른 마당을 아이들과 쫓아다녔다.

"오늘 밤부터 별님이는 밖에서 재운다. 이제부터 누구라도 별님이를 집안으로 끌어 들이면 강아지를 되돌려 보낼 거야 알았지. 진즉에 내놓았으면 엄마의 숄이나 할머니의 구두를 망치지 않았을 것 아니냐."

아이들은 별님이가 밖에서 밤을 보내야 하는 것을 서운해 했지만 어른들은 시름을 들었다.

그날 밤부터 별님이는 사납게 짖었다. 얼마 전에 낑낑거리던 강아지가 아니었다. 다시 신경전이 벌어졌다. 녀석이 몇 주 사이에 좀 자라더니 문을 긁어 대는 것이 거칠어졌고 낑낑거리는 소리가 커진 것은 물론이고 제법 크게 짖기까지 했다. 사실 말이 짖는 것이지 잠시도 쉴 틈 없이 깽깽 짖어댔다. 사람들이 시간이 지나면 나아진다고 했으나 녀석은 며칠이 지나도록 조금도 나아지지 않았다.

어느 날 일찍 가게 문을 닫고 퇴근해 오니 아이들이 별님이를 데리고 차고 앞에서 놀고 있었다. 그런데 웬 중년의 백인 남자 한사람이 집 드라이브 웨이의 게이트 옆에서서 강아지와 아이들이 뛰노는 것을 바라보고 있었다.

유괴범인가? 나는 잔뜩 긴장이 되어 급하게 차를 드라이브 웨이로 전진시켰다. 기척을 느꼈던지 게이트 옆에 서있던 백인이 돌아보았다. 그는 잔뜩 긴장해서 눈썹을 치켜세우고 있는 나를 보더니 겸연쩍게 웃었다. 그는 다름 아닌 두 달 전 새로 이사 온 바로 옆집 남자였다. 몇 번 먼발치서 보았을 뿐 그와 한 번도 맞대면 한 적은 없었다. 내가 차에서 내리자 그가 웃으며 다가와 손을 내밀었다.

"만나서 반갑소. 옆집에 이사 온 레리요. 아이들과 강아지가 정말 귀엽소."

"고맙습니다. 저는 하연이라 합니다."

나는 그의 손을 반갑게 마주 잡았다. 그는 아이들이 강아지를 무척 좋아하는 것 같다고 말했다. 그리고 아이들에 대해서 여러 가지 이야기들을 했다.

"강아지가 밤에 많이 짖습디다." 그가 불쑥 말했다.

"시끄러웠지요? 어린 것이 어미를 떠나서 한참을 낑낑대더니 이제는 저를 밖에 내놓았다고 짖습니다. 사람들이 시간이 좀 지나면 괜찮을 거라고 하는데 빨리 밖에 적응이 돼서 울지 않으면 좋겠군요."

"그래요. 그랬으면 정말 좋겠어요."

레리는 머리를 끄덕이며 어색하게 웃었다. 그는 사람이 좋아 보였다. 이웃과 사이가 좋지 않은 사람들이 동네에 있었기 때문에 나는 좋은 이웃을 만나기를 갈망했다. 나지막한 관목 울타리를 사이에 두고 날마다 눈만 뜨면 만나는 사람들과 으르렁 대고 등을 돌리고 살면 사는 것이 지옥 같지 않겠는가 말이다. 그는 얼마간 잡담을 나누다 돌아갔다.

밤이 되자 별님이는 또다시 짖기 시작했다. 나는 아예 무시하고 잠을 청했다.

"정말 끈질기게도 짖는다. 언제쯤 바깥 습관이 들는지."

아내가 구시렁거리며 돌아누웠다.

아무리 울어봤자 집안으로 들이지 않을 텐데 별님이는 끈질기게 문을 박박 긁으며 낑낑거리다 짖다 야단이었다. 나중에는 여기저기를 뛰어다니며 들어 올 구멍을 찾느라 혈안이었다.

거의 삼 주일이 지나는데도 별님이는 변하지 않았다. 참 별난 개도 있다는 생각이 들었다. 때로는 용케 울지 않는 날도 있어서 웬일인가 하고 내려 가보면 아이들이 몰래 나가 강아지를 껴안고 있었다.

"그렇게 버릇 들이면 안 돼. 얼른 올라가."

호통을 쳐서 아이들을 들여보내면 별님이는 더 애가 타서 짖어댔다.

이튿날 저녁 무렵 아이들이 노는 것을 바라보고 있는데

레리가 나왔다. 그는 강아지 목줄을 들고 있었다.

"산책을 시켜보면 어떨까 해서요. 내가 산책을 시켜 볼까 하고요."

아마 그도 별님이가 짖는 것을 들었던가 보았다. 하긴 이웃에 사니 그 극성맞은 울음을 왜 듣지 않았겠는가. 그래서 나는 미안한 마음에 개가 짖는 까닭을 얘기했다.

"금방 습관이 들 줄 알았는데 그게 쉽지가 않네요. 밤에 잠을 못 주무시죠? 이거 정말 죄송해서."

"실은 아내가 글을 쓰는 직업이라 좀 신경이 쓰이네요."

"그러시군요. 미안해서 어쩌나."

"뭘요. 정말 괜찮아져야 할 텐데, 산책시킬 시간이 없으면 언제든지 제게 말씀하세요."

"고맙습니다."

나는 진심으로 그의 호의에 감사했다.

기적이라고 말해야 할까. 바로 이튿날 밤 그토록 극성스럽게 문을 긁고 집안으로 들어오려던 별님이가 갑자기 문을 긁지 않았다. 포기한 것이 너무 기특했다. 그러나 그게 얼마나 어리석은 나의 착각이었던가 하고 깨달은 것은 그리 오랜 시간이 필요하지 않았다. 안으로 들어오려던 노력을 버린 대신 밖으로 향해 극성스럽게 짖기 시작한 것이었다. 지나가는 행인들, 주인 따라 산책 나온 견공, 움직이는 낯선 것이 나타나면 그것이 눈에서 완전히 사라질 때까지 별님이는 죽어라고 짖었다. 별님이가 짖기 시작하면 가까운 곳에 사는 개들이 따라 짖었고 곧 전염병처럼 퍼져 마을의 개들은 모두 짖어댔다. 별님이는 낯선 것은 물론이고 낯익을만한 사람을 보고도 짖거나 경계하기가 일쑤였다. 예를 들면 날마다 오는 우체부를 보고도 물어뜯을 듯이 짖는 것을 보면 그랬다. 우체부는 어느 집을 막론하고 일요일 하루만 제외하고는 날마다 집으로 가장 근접하게 다가오는 친숙한 타인이었다. 낯이 익을만한데도 별님이를 위시해서 동네 개들이란 개는 모두 우체부가 나타나기만 하면 사납게 짖었다. 심지어 심심해서 밖으로 나온 고양이나 장난꾸러기 다람쥐들이 나무위로 달리는 것을 봐도 그랬다. 어쨌든 별님이는 마치 짖기 위해 태어난 것처럼 온종일을 움직이는 사람이나 동물을 보고 짖었다.

아이들이 학교에서 돌아오면 그때야 별님이는 짖는 것을 멈추었다. 아이들은 저녁 식사시간이 될 때까지 개와 껴안고 뒹굴며 놀았다.

"애들이 도무지 공부할 생각은 하지 않고 별님이 하고만 노니 큰일이다. 야단을 쳐도 듣지 않고."

어머니가 걱정했다.

강아지와 노느라 숙제가 늦은 아이들은 늦은 밤에 숙제를 했고 아침이면 일찍 일어나는 것이 힘들어 내가 몇 번이나 방에 들어가서 흔들어 깨워야 했다. 아이들에게 학교에서 돌아오는 대로 숙제를 해놓지 않고 놀면 큰 벌을 주겠다고 말했다. 사실 아이들이 학교에서 돌아와 씻고 숙제를 마치면 저녁 먹어야 하고 저녁시간이 끝나면 어두워져 밖에 나가 놀 수가 없었다. 아이들이 별님이와 놀 수 있는 시간은 학교 가기 전 태워다 줄 차를 기다리는 십분 가량 되는 자투리 시간과 저녁식사가 끝난 뒤뿐이었다. 처음 개를 가지고 올 때의 의도와는 다르게 상황이 바뀌어갔다.

별님이는 갈수록 더 짖어댔다. 아이들이 방으로 들어오고 난후면 더욱 더 짖어댔다. 혹시 추워서 그런가하고 쓰다듬어 주고 개집도 점검해 보고 자리를 두툼하게 깔아주기도 했지만 별님이는 별로 달라지는 기색이 없었다.

"짖는 것이 별님이의 일이니 그만 내버려 두어라. 좀 더 커면 달라지겠지. 도둑을 지키려면 개가 짖기도 해야지."

어머니가 말했다. 정말 그랬다. 집지킴이 역할을 하는 개들이 짖지 않는다면 도둑들에게 무엇이 위협이 되겠는가. 별님이가 짖는 것은 제 나름으로 감정을 표현하는 것이라는 어머니의 말에 공감이 가기도 해서 나는 별님이가 짖거나 말거나 그때부터 신경을 끄기로 했다.

그날 나는 인터넷 몰에 새로 내놓을 옷가지들을 점검해서 사진을 찍어 올리느라 밤늦게 잠자리에 들었다. 조금 바쁘긴 해도 팔리는 재미가 쏠쏠해서 피곤해도 새로운 옷들의 디스플레이를 빈틈없이 했다. 하루 종일 안팎에서 분주히 일한 탓인지 눕자말자 금세 잠이 들었다.

"여보, 여보! 일어나 봐요. 밖에서 누가 요란하게 문을 두드려. 이 시간에 도대체 누가 저렇게 남의 문을 요란하게 두드리는지 무서워 죽겠어. 별님이 까지 짖고 야단났어. 얼른 일어나서 나가봐. 아이들도 모두 놀라서 일어나 쫓아왔어."

아내가 흔들어 깨우는 바람에 나는 눈을 번쩍 떴는데 동시에 별님이의 짖는 소리와 함께 부술 듯 쾅쾅 문 두드리는 소리를 들었다. 얼마나 거세게 힘을 주어 두드리는지 금방 문이 부셔져 나갈 것 같았다. 나는 벌떡 일어나 아래층으로 쏜살같이 내려갔다. 여차하면 방어할 요량으로 아이들 야구 방망이를 꽉 움켜쥐고 문으로 다가갔다.

"어느 놈이야? 무슨 일이야? 이 밤에 ?"

나는 엄청나게 큰 목소리로 고함을 질렀다.

"이것 봐. 개 짖는 소리 때문에 나는 잠을 도무지 못자겠단 말이야. 내 아내는 글을 전연 쓸 수가 없어. 그 우라질 놈의 개 말이야 성대 수술을 하던지 짖지 않게 그놈의 주둥이를 어떻게 좀 해봐. 도대체 이웃을 뭐라고 생각하고 있어."

문밖에서 화가 잔뜩 난 레리의 목소리가 들려왔다. 믿을 수 없는 일이었다. 나는 야구 방망이를 내려놓고 천천히 문을 열었다. 레리는 이미 현관을 떠나고 없었다.

"빌어먹을, 개 때문에 잠을 잘 수가 있어야지."

레리는 고함을 치며 자기 집 현관으로 들어서면서 험악한 눈으로 나를 꼬나보았다. 나는 아무 말도 하지 못하고 한참을 멍청하게 서있다 문을 닫았다.

"아니 자기 아내 글 못 쓴다고 이웃집 사람을 그렇게 놀라게 할 수 있어. 문 두드리는 소리가 아니고 부수는 줄 알았다니까. 간이 콩알만 했어. 사람 좋은 줄 알았더니 그게 아니네. 어디 이웃 무서워 살 수 있겠어."

아내가 가슴을 쓸어내리며 말했다.

"아이구 얘야, 나는 아직도 가슴이 덜렁거린다. 얼마나 놀랐는지 이러다간 심장병 나겠다. 개를 도로 갖다 주던지 해야지. 잘못하면 이웃과 원수로 지내게 생겼다."

어머니가 말했다. 아내가 자다 우르르 몰려나온 아이들을 방으로 들여보내고 어머니도 방으로 돌아갔다.

"여보 밤에는 별님이를 지하실에서 재우는 것이 어떻겠어요. 그 사람들을 나무랄 것도 없어. 얼마나 극성스럽게 짖는지 우리도 알잖아요. 지하실 안에서야 아무리 짖어봤자 소리도 들리지 않을 테고."

그 밤에 아내의 제의로 별님이는 지하실로 들어가게 되었다. 나는 지하실 문을 닫아걸며 개를 돌려줘야 될지도 모르겠다는 생각을 했다. 개 때문에 이웃과 살벌한 관계가 된다면 심각한 문제가 아닌가 말이다.

밤새도록 지하실에서는 별님이의 컹컹 짖는 소리가 온 집안을 울렸다. 들리지 않으리라 생각했던 것은 또 다른 나의 오산이었다. 다만 소리가 좀 둔중해졌고 조금 멀어졌을 뿐이었다. 레리가 그런 볼성 사나운 항의를 한 뒤 작심을 했는지 개가 짖는다고 이틀에 한번 꼴로 우리집 현관문을 두드렸다. 아이들은 별로 심각하게 생각하지 않았지만 어른들은 잠을 이룰 수가 없었다. 개 때문에 항의를 하면 나는 입이 있어도 할 말을 잃어버리곤 했다.

"정말 저걸 어떻게 하지?"

밤마다 별님이를 지하실에 끌어다 넣으며 어른들은 걱정에 싸이게 되었다. 별님이가 짖지 못하도록 재갈을 사와서 채우기도 하고 짖는 소리가 밖으로 새어 나가지 않도록 스티로폼과 헌 담요들을 지하실의 벽과 문에다 걸어 방음을 꾀하기도 했지만 별로 신통치가 않았다. 그런데 며칠 뒤 뜻밖에도 재판소로부터 소환장이 날아왔다. 일주일 전에 뗀 교통위반 티켓 때문인가 생각했는데 그게 아니었다.

"당신의 이웃집에서 당신을 고소했소. 개가 너무 시끄럽게 짖어 사생활 침해를 받고 있다고요. 도대체 어찌된 일인지 설명 좀 해보시오."

재판장이 말했다. 나는 어이가 없었다.

"재판장님, 우선 제가 남들이 키우지 않는 맹수를 키우고 있는 것은 아니란 점과 개가 사람처럼 생각하는 동물이 아니란 것만 인정해 주십시오. 사실은 그일로 제가 얼마나 고심했냐 하면…."

나는 울분을 풀 듯 판사에게 가감 없이 자초지종을 이야기 했다. 판사는 시종일관 굳은 얼굴로 내 이야기를 듣기만 했다.

"이웃을 생각해서 성대 수술을 해줄 생각은 해봤소?"

"판사님, 저는 강아지에게 짖지 못하도록 칼을 들이대는 참혹한 일은 꿈에도 생각 해 본적이 없습니다. 하나님이 만드신 그대로 두고 싶습니다. 사람이 말로 자기표현을 하듯 개는 짖는 것으로 감정을 표현한다고 생각합니다."

판사의 이마에 주름이 깊어졌다. 그는 한참을 숙고한 끝에 결국 내 손을 들어주었다.

"좋소. 당신의 성실함과 관대함을 인정 하겠소. 그만하면 당신은 최대한 성의를 다 한 것 같소. 열흘 안으로 별님이의 예방접종 카드와 시에 제출한 애완견 등록증 사본을 내게 가져 오시오. 이상이오. 이제 돌아가도 좋소."

재판장이 말했다.

"세상에 별일 다 보겠네. 그런 일로 고소를 하다니. 애완동물 키우는 사람이 어디 우리뿐인가. 외계에서 온 사람들도 아니고 여기가 애완동물의 천국인줄을 모르지는 않을 텐데."

아내는 별다른 일 없이 돌아온 나를 보고 이웃집 쪽을 흘겨보며 비아냥거렸다.

나는 판사의 명령에 따라 접종카드와 등록증을 기일 안에 제출했다. 재판소를 두 번 오가는 번거로움만 빼고는 재판은 별 일없이 끝났다. 그 일이 있은 뒤 얼마간은 레리의 얼굴은 물론 그림자도 볼 수 없었다.

"얼쩡대지 않는 것을 보니 그래도 양심은 남아있었던 모양이다." 어머니가 말했다.

"강아지 짖는다고 이웃을 고소한 사람들이 무슨 양심이 있겠어요."

아내가 분이 남아있는 목소리로 말했다.

그날 저녁 잠자리에 누워 티브이를 보고 있는데 집 앞을 지나가는 행인이 있는지 별님이가 밖에서 컹컹하고 짖는 소리가 들려왔다.

"별님이가 지하실에 있지 않고 어디 있는 거야?"

나는 자리에서 벌떡 일어났다. 아내는 이웃집의 처사에 심술이 단단히 났는지 그날로 별님이를 밖에다 풀어 놓은 것이었다.

"신경 쓰지 마세요. 별님이도 한 번씩 바깥바람을 쐬게 해야지요. 아무리 말 못하는 짐승이라고 해도 맨날 지하실에 가둬놓을 수는 없잖아요. 너무 가엾잖아요."

"나를 재판소에 다시 출두 시키지 않으려면 들여 놓는 것이 좋을 거야."

아내에게 개를 지하실로 가두라고 충고했지만 아내는 들은 척 하지도 않았다. 아내가 잠들면 별님이를 지하실에 가두려고 기다렸지만 아내는 TV를 보며 낄낄대느라 잠도 자지 않았고 나는 아내보다 먼저 곯아떨어지고 말았다. 그날 밤 별님이는 지하실이 아닌 바깥에서 버젓이 마음 놓고 목청껏 짖어대며 앞마당 뒷마당을 두루 뛰어다니며 밤을 지냈고 나는 어쩐지 오랜만에 깊고 편한 잠을 잤다.

"애야 나는 어제 옆집 레리가 또 다시 현관문을 두드리는 바람에 무서워서 한잠도 못 잤단다. 지금도 가슴이 벌렁벌렁 뛰어서 안정이 되지 않는다. 아침에 나가보니 이게 무슨 글인지 현관 문 앞에 붙었더라."

이튿날 어머니가 초췌한 얼굴로 거실에 섰다가 대자보 같은 큰 종이 메시지를 내게 내밀며 말했다.

"그렇게 크게 문을 두드리는데도 듣지 못했구나."

"아뇨."

어머니가 내민 종잇장에는 이렇게 씌어 있었다.

> 너 귀가 멀었니? 우린 개 짖는 소리 때문에 잠을 못 잔다. 그 놈의 기차 불통 같은 개 주둥이를 닥치게 할 수 없어?

메시지를 읽자마자 나는 종이를 박박 찢어 구겨서 던져 버렸다.

"정말 무슨 이런 사람이 다 있어. 가만있어서는 안 되겠네."

울화가 치밀어 올라 소리치자 어머니가 놀란 얼굴로 나를 쳐다보았다.

"아이구, 그래도 참아라. 이웃지간에 싸우면 되겠니. 먼 형제보다 가까운 이가 이웃이라고 했다. 이웃과 잘 지내면 형제보다 낫다는 말이 있는데, 정말 별님이 때문에 큰일이다. 개 한 마리 때문에 이 무슨 변란인지 모르겠구나."

어머니가 말했다. 나는 내친김에 당장 아이들 방으로 가서 선물 포장지 뒷면에다 마크로 커다랗게 레리에게 보내는 메시지를 적었다.

> 너는 개 짖는 소리에 잠을 못 잤지만 우리 어머니는 네가 부술 듯 두드리는 문소리 때문에 심장병이 도졌다. 아마 너는 입원 치료비 내놓을 준비를 하는 것이 좋을 거야.

메시지를 레리네 현관문에 붙이고 돌아와 나는 출근을 했다. 그리고 며칠을 별님이를 입양할 수 있는 사람들을 찾아보려고 전화를 하고 가게를 찾는 손님들에게도 별님이를 입양하라고 권했지만 불행하게도 맡아 기를 사람을 찾지 못했다. 애니멀 셀터에 보낼 생각도 해보았지만 그곳도 포화상태라 입양할 사람을 찾지 못하면 안락사 시킬 수밖에 없다는 말을 듣고 포기하고 말았다. 한숨이 절로 나왔다. 밤이면 별님이를 다시 지하실로 끌어다 놓기는 했지만 큰 근심거리였다.

"도대체 어떻게 해야 하나?"

그런 어느 날 저녁 일에서 돌아와 차를 주차하는데 아이들과 아내가 우르르 좇아나오며 말했다.

"아빠 별님이가 없어졌어요."

"암만 찾아봐도 없어요."

"아빠 아무데도 없어요. 셀터에 전화 해보세요."

아이들은 다투어서 말했다. 별님이를 유독 좋아하던 막내의 눈에는 눈물이 가득했다.

"집안에 있는 개가 어딜 갔겠어. 지하실 어느 구석에서 자고 있겠지. 나갈 구멍이 없잖아 잘 찾아봐."

"아니요 샅샅이 찾아봤는데 없었어요. 혹시 게이트의 철망을 뚫고 나갔는지도 모르겠어요."

아내가 말했다. 별님이가 어릴 때 게이트 철책 사이로 빠져 나가는 바람에 망을 사와 철책을 막았던 터라 그것을 뚫고 나갈 수는 없었다. 아이들이 다시 밖으로 몰려나가 별님이를 찾느라 부산을 떨었지만 아내 말대로 별님이는 온데간데없었다. 울상인 아이들을 달래서 숙제 하라고 집안으로 들여보내고 나와 아내는 별님이를 찾아 다시 동네를 몇 바퀴 돌았지만 헛수고였다. 집으로 돌아와 철책망을 점검해 보니 별님이가 빠져 나가기에 다소 협소하긴 했지만 수상쩍은 곳이 한두 군데 있긴 했다.

"어머니 별님이가 없어졌어요. 아무리 찾아봐도 없네요."

대자보 같은 메시지를 받은 날 이후로 머리가 아프고 가슴이 벌렁거린다고 들어누운 어머니의 방을 두드리며 말했지만 어머니는 주무시는지 아무 대답도 없었다.

"아이들이 울고불고 야단났어요. 이럴 줄 알았으면 아예 처음부터 개를 데려오지 말았어야 했는데 도대체 그

녀석이 어디로 간 거야?"

아내가 팔짱을 끼고 현관문 앞에서 밖을 내다보며 말했다.

'어쩌면 잘된 일인지도 몰라. 레리와의 관계도 그렇고.'

나는 차라리 별님이를 잃은 것이 다행한 일인지도 모른다고 생각하면서도 별님이를 갑갑한 지하실에 가둬두고 재갈을 물리고 망을 씌웠던 일이 내내 생각이 났다. 아이들과 함께 시간을 보내지 못하는 엄마 아빠를 대신했던 별님이, 무슨 말로 아이들을 달랠 것이며 어떻게 미안하단 말을 할까.

그날 밤 아이들을 일찍 침실로 올려 보내고 별님이가 돌아오면 들어올 수 있게 게이트를 조금 열어놓고 거실로 들어오는데 방문 앞에 어머니가 서 있었다. 어머니는 기다렸던 듯 내손을 꼭 붙잡더니 당신의 방으로 나를 끌었다. 영문을 몰라 멍청히 섰는 나에게 어머니는 다시 내손을 붙잡았다.

"애야. 내가 할 말이 좀 있어서 그래…. 좀 앉으려무나. 미안하다. 개를 버릴 수밖에 없었구나. 그 녀석 때문에 이웃과 불화하고 네가 재판소에 다녀야 하는 둥 신경 쓰는 것을 보니 하도 딱해서 내가 오늘 별님이를 멀리 가서 풀어주고 왔다. 날마다 지하실에 갇힌 별님이가 딱하기도 하고 안됐긴 해도 그 수밖에 없었다. 그래도 그 녀석은 예쁘게 생겼으니 진작 누가 데려 갔을 게다. 녀석이 갇혀 지내면서 얼마나 힘들었는지 차에서 내려놓으니 지 세상 만난 듯 난리도 아니더

라. 얼마나 좋은지 앞뒤도 가리지 않고 뛰어 다니더라니까. 아이들한테는 절대 비밀로 해라. 이 할미가 별님이를 버렸단 것을 알면 날 엄청 미워할게다. 그러니 절대 아이들한테는 함구하고. 너만 알고 있거라. 게이트를 그만 닫아라. 별님이는 다시 돌아 올 일이 없을테니. 이 길만이 모두를 편안하게 할 것 같아서 말이다."

근래 들어 더 늙어버린 어머니의 얼굴을 나는 멀거니 바라보았다. 어머니가 애를 많이 태우셨구나 죄송한 마음으로 가슴이 미어졌다. 아이들에게는 뭐라고 위로를 해줄까? 그리고 모두에게 짐이 되어버린 별님이는 지금 어디서 헤매고 있을까?

갑자기 가슴이 먹먹해지고 눈앞이 흐려졌다.

늪으로 날아간 바람개비

"나는 큰아버지다."

혼비백산해서 달아나는 개미들에게 꼬챙이로 흙을 들쑤시며 은지는 소리를 질렀다. 개미들이 갈팡질팡 달아났다. 그러자 은지는 달아나는 개미를 잡아서 손바닥에 올려놓았다.

"너희는 달아나지 못해. 네 아빠는 지금 뭐 하고 있어? 술 마셨지? 아빠가 술 마시면 큰아버지에게 매 맞아."

늪으로 날아간 바람개비

태양은 달아올랐다. 한여름 무더위로 바싹 마른 황토길에 뜨거운 바람이 불자 누런 먼지가 연기처럼 피어올랐다. 김시형은 쇠사슬에 묶여 비틀거리며 울퉁불퉁한 흙길을 걸어가고 있었다. 그의 창백한 얼굴은 땀으로 젖어있었고 걸을 때마다 다리를 감은 쇠사슬이 절거덩대며 발목과 복숭 뼈, 촛대 뼈를 조이고 갉아 그의 하얀 다리는 붉은 피로 얼룩졌다. 그의 아내가 정성스레 만들어 입힌 흰 모시적삼과 바지의 선홍빛 핏자국들은 금세 말라서 암갈색으로 변해갔다.

시형의 허리와 한쪽 다리를 묶은 쇠사슬 끝을 우마의 고삐처럼 꽉 틀어쥐고 있는 사람은 그의 형 김시우였다. 방금 수염을 민 듯 보이는 김시우의 턱과 뺨은 푸르뎅뎅했다. 그는 나무 단장과 쇠사슬 쥔 손을 바꾸어 가며 시형을 짐승 몰듯 끌고 가는데 동네 아이들이 떼를 지어 그 뒤를 따르고 있었다. 시형이 걸음을 옮길 때마다 쇠사슬은 발목을 감았고 고통으로 걸음을 멈추면 김시우의 단장이 사정없이 그의 몸을 쳤다. 그럴 때마다 뒤따르던 아이들이 소리를 지르며 썰물처럼 뒤로 물러섰다가는 금방 몰려들었다. 다리를 질질 끌며 걷던 김시형이 잠시 멈추어 서자 단장이 다시 작살처럼 그의 등에 꽂혔다. 시형은 아이처럼 엎어졌다.

"일어나."

시우의 성난 목소리와 함께 지팡이가 또다시 등을 내려쳤다. 시형은 끙 하고 신음소리를 내며 일어나려고 몸부림을 쳤다. 차마 얼굴을 내밀고 구경하기 민망한 이웃들은 일본식 나가야 집 창문으로 머리만 슬쩍 내밀고 그 광경을 훔쳐보았다. 갓길에는 지나가던 사람들이 여기저기 멈춰 서서 대열을 보고 수군댔다.

"세상에 저기 무슨 일이고! 아편쟁인가베."

구경하던 무리 속으로 방금 들어온 한 아낙이 곁의 아낙에게 말했다.

"아편쟁이는 아니고 술쟁이란다. 동생이 술만 마시면 행님이 저리 사람을 개 패듯 한다네. 술 끊으라고 그라는 모양인데, 세상에 저런 우사가 어딨노. 남사스러워서 어데 살겠나."

"주사가 심한 모양이제."

"모르지. 아이고 설마 주사 때문에 저라까…."

"술 마신다고 저렇게 몽둥이찜질에 쇠사슬을?"

"그러타 안카나. 혼인해서 아이들이 여럿이고 큰 아가 고등까(고등학교) 다닌다 카던데 세이가(형이) 저래 동생을 술 마신다꼬 때린다누만. 우째 세이가 저래 모질꼬?"

"뭔 다른 이유가 있능거 아이가? 술 마신다꼬 사람을 어찌 저리 패겠노. 마소도 아이고 사슬로 메가꼬 길가로 끌고 다니메 개망신을 시키고."

"이유는 무슨. 그게 이유라누만."

모여 섰던 아낙들은 저마다 한마디씩 거들었다.

"저 봐라. 복날 개 패듯, 아이구 징그러바라. 저라다가 사람 생 골병 들겠다."

"누가 아이라카나. 산 사람 잡게 생깄다."

아낙들은 눈살을 찌푸리며 겨우 일어나는 시형을 보자 주춤거리며 자리를 떴다.

"아버지!"

은지는 중얼거렸다. 아까부터 멀찍이 떨어져 대열을 따라가던 단발머리 조그만 소녀는 길 모퉁이 마부 집에 멈춰 섰다. 유난히 반짝이는 까만 눈엔 눈물이 가득 차 있었고 조그맣고 파리한 얼굴은 두려움과 공포에 휩싸여 있었다. 초록색 밀양모직 원피스 한 자락을 손가락에 감은 은지는 가늘게 몸을 떨며 마부 집의 처마 밑에 숨어 섰다. 때마침 넘어졌다 겨우 일어서는 시형을 김시우가 또다시 단장으로 때리자 은지는 얼른 시선을 돌렸지만 왕방울 같은 눈물이 여린 볼에 텀벙 떨어졌다. 흐르는 눈물을 손등으로 연신 씻으면서 소녀가 다시 눈을 들었을 때 대열은 완만하게 경사진 거리를 천천히 내려가고 있었다.

휑하니 넓어진 길, 법관이 사는 큰 저택의 푸른 담쟁이가 덮인 육중한 긴 담벼락 때문에 소녀는 더 이상 몸을 숨기고 따라갈 길이 없었다. 긴 담벼락을 끼고 돌던 대열은 느릿느릿 짧아져갔다. 대열의 꼬리에서 따라가던 아이의 푸른 저고리가 길모퉁이에서 사라지자 은지는 눈물과 땀이 뒤범벅이 된 얼굴을 숙이고 오던 길을 거슬러 내려갔다. 구청장 집을 지나고 동네어귀의 탕마당 깊은 우물을 지나쳐 갔다. 소녀는 아버지가 불쌍해서 자꾸 눈물이 났다.

"은지야."

누군가 부르는 소리에 타박타박 길을 걷던 소녀는 화들짝 놀라 사방을 두리번거렸다. 우물가에서 거위 집 송씨 부인이 소녀에게 손을 흔들었다. 소녀는 얼른 손등으로 눈물을 훔쳤다.

"은지야 니 울었재?"

그 말을 듣자 은지는 울음을 터트리며 골목길로 향해 뛰어갔다. 아낙은 혀를 끌끌 차며 아이의 뒷모습을 눈으로 쫓았다. 은지는 모과나무 가지가 밖으로 뻗어 나온 행자네 집을 지나고 집들의 담벼락과 높다랗게 버티고 선 교회당 때문에 더 비좁고 어두워 보이는 골목길로 들어서면서 울음을 멈췄다.

음산하고 좁은 골목은 구부러지는 곳이 많아 사람들의 왕래가 드물었다. 그래서 은지는 대낮에도 뒷골목만 들어서면 있는 힘을 다해 달음질쳐서 집 뒷문에 이르곤 했다. 은지는 골목어귀에서 입을 앙 다물고 힘껏 달리기 시작했다.

큰아버지가 다녀간 날은 집에 들어가기가 무서웠다. 벽들만 마주하고 있는 음침한 골목과 집 뒷문을 지나치면서도 곁눈질 한번 하지 않았다. 막다른 골목 끝에 다다랐을 때야 소녀는 숨을 헐떡거리며 멈춰 섰다. 이마에 땀이 송글송글 솟았고 목에서는 색색 소리가 났다. 숨을 몰아쉬며 뒤돌아서서 저만치 보이는 소녀가 사는 잿빛 기와집 어두운 뒷문을 바라보았다. 그 기와집은 커다란 예배당의 그림자가 드리워져 어둡게 보였다.

은지는 눈을 돌려 파란 하늘과 교회당 첨탑위의 하얀 십자가를 한번 바라보고는 울퉁불퉁한 돌담을 타고 아등바등 공터로 올라갔다.

공터는 텅 비어 있었다. 공터 아래 거위 집의 거위 네 마리가 꽥꽥거리는 소리만 들릴 뿐 사방은 조용했다. 공터 안쪽 남루하게 홀로 서 있는 대문이 없는 때공이의 집은 부엌문이 열려있었다. 붉게 녹슬고 쭈그러진 양철 세숫대야와 더러운 박 바가지가 부뚜막에 놓여 있었다. 때공이의 엄마는 마을 허드렛일을 해주러 갔는지 보이지 않았다. 은지는 때공이의 집과 교회를 갈라놓은 낮고 허름한 나무 울타리 쪽으로 걸어갔다. 푸른 땡감이 달려있는 감나무 두 그루와 모과나무 한 그루가 시원한 그림자를 드리우고 있었다.

무덥고 적막한 여름날 오후, 뜨거운 햇살이 내려쬐는 공터에서 은지는 사방을 한 바퀴 휘둘러보았다. 늘 똑같은 텅 빈 풍경에 마음을 놓은 듯 감나무 그늘 아래 슬그머니 쪼그리고 앉더니 은지는 훌쩍훌쩍 소리 내어 울기 시작했다.

"엄마, 아빠."

아버지의 모습이 가물거리자 소녀의 눈에서 또다시 눈물이 떨어졌다. 조그만 손으로 연신 닦는데도 눈물은 불어난 개울물처럼 넘쳐났다.

소녀는 큰아버지가 아버지를 때리는 이유를 확실히 알았다. 아버지는 늘 술에 취해 있었다. 소녀는 아버지가 술을 마시는 것이나 큰아버지가 그 이유로 아버지를 때리는 것을 이해할 수 없었다. 그래서 큰아버지 김시우를 길에서 맞닥뜨리는 것은 두렵고 싫었다. 큰아버지의 바지춤에서 대롱거리는 안경집과 담배주머니 조차 무서웠다. 큰아버지의 뒷짐 진 손에는 언제든지 매로 변할 수 있는 무서운 긴 담뱃대가 쥐어져 있었다.

어쩌다 길에서 큰 아버지를 마주치면 은지는 금방 얼어붙어 버리곤 했다. 그래서 길만 나서면 큰아버지를 만나지 않기를 간절하게 바랐지만 은지는 자주 큰아버지를 정면으로 마주치곤 했다. 큰아버지는 은지를 만날 때 마다 아버지가 술을 마셨는지를 물었고 아버지는 실제로 언제나 술에 취해 있었다. 큰아버지의 물음에 얼른 대답을 하지 못하고 우물쭈물하다 울음보를 터트리면 큰 아버지는 곧장 은지의 집으로 향했다.

김시우의 큰 걸음이 집 뒷문으로 향하면 놀란 은지는 그 소식을 알리려 젖 먹던 힘까지 다 내서 큰길로 나있는 현관문으로 바람개비처럼 달려갔다.

“엄마, 큰아버지가 와요, 아빠 얼른 숨어요…”

말이 끝나기 바쁘게 뒷문으로 들이 닥치는 큰아버지를

보면 은지는 파랗게 질리곤 했다. 큰아버지는 쇠파이프든 장작개비든 닥치는 대로 집어 들고 아버지를 때렸다. 큰아버지의 성난 고함과 매질 소리가 집안에 난무하면 엄마는 하얗게 질린 얼굴로 부엌으로 물러났다. 은지는 무서워 몸을 떨며 밖으로 도망쳤다.

'하나님, 큰아버지가 아빠를 자꾸만 때려요. 큰아버지가 미워요. 큰아버지를 혼내주세요. 아빠를 때리지 못하게 말려주세요. 하나님 제발 꼭요. 우리 아빠는 아무것도 잘못한 것이 없어요. 아빠가 얼마나 아플까요. 큰아버지가 미워요. 무서워요. 하나님 큰아버지가 우리 집에 오지 않게 해주세요. 아빠를 절대 때리지 못하게 해주세요.'

은지는 교회첨탑위에 우뚝 선 십자가를 바라보며 중얼거렸다.

"하나님은 모든 사람들의 기도를 하나도 빠짐없이 듣고 계시며 모든 기도에 응답 하신단다. 하나님은 어떤 일이라도 다 할 수 있는 능력을 가지신 분이란다."

교회 주일학교 선생님의 말을 은지는 절대적으로 믿었다. 주일 날 듣는 선생님의 흥미진진한 이야기 속 온갖 어려운 문제들은 하나님의 전지전능한 힘으로 항상 기적이 일어났고 행복한 결말이 났다. 은지가 드리는 기도의 기적은 아직 일어나지 않았지만 큰아버지의 뻔질난 매질과 폭언들이 더 이상 집에서 일어나지 않기를 은지는 간절히 기도했다. 큰아버지가 나타나면 집은 온통 소동으로 술렁거렸고 살벌했다. 그럴 때마다 은지는 집을 뛰쳐나와 공터 나무 그늘아래 몸을 깊이 숨기곤 했다.

한참 훌쩍이며 울던 은지는 쇠막대로 얼키설키 만들어진 교회의 초라한 종각이 눈에 들어오자 맨 무릎을 땅바닥에 꿇은 뒤 두 손을 맞잡고 눈을 꼭 감고는 떨리는 목소리로 기도를 하기 시작했다.

"하나님 은지는 큰아버지가 무서워요. 큰아버지가 우리 집에 오지 않게 해 주세요. 아빠도 때리지 못하게 해 주세요…. 아멘."

똑같은 기도를 되풀이 하는 동안 무릎이 저려오자 은지는 무화과 나무밑동 아래 주저앉았다. 발아래 개미들이 길게 줄을 지어 가고 있었다. 일개미와 병정개미들이 참깨보다 더 작은 하얀 알들을 물고 무화과 나무뿌리 근처의 작은 구멍 속으로 들어가고 있었다.

은지는 얼른 꼬챙이를 찾아들고 개미들의 길을 막았다. 줄지어 가던 개미들이 놀라서 사방으로 흩어졌다.

"나는 큰아버지다."

혼비백산해서 달아나는 개미들에게 꼬챙이로 흙을 들쑤시며 은지는 소리를 질렀다. 개미들이 갈팡질팡 달아났다. 그러자 은지는 달아나는 개미를 잡아서 손바닥에 올려놓았다.

"너희는 달아나지 못해. 네 아빠는 지금 뭐하고 있어? 술 마셨지? 아빠가 술 마시면 큰아버지에게 매 맞아."

은지는 팔뚝으로 연신 기어오르는 개미 세 마리를 도로 손바닥에 내려놓고 말했다. 개미는 자꾸 달아났다. 한 마리가 땅으로 떨어졌다. 땅바닥을 살피는 동안 한 마리는 달아나고 한 마리는 은지의 목을 타고 머리로 올라갔다. 개미는 끊임없이 달아났지만 은지는 개미를 잡는 일을 되풀이 했다.

이윽고 은지는 무화과 나무아래 쪼그리고 앉아 높다란 종루 위로 흘러가는 솜 같은 흰 구름을 바라보았다. 철 이른 잠자리가 날개를 치며 공터 낮은 곳을 날아 은지 곁으로 왔다. 은지는 일어나 잠자리를 쫓기 시작했다. 잡힐 듯 낮게 날아가는 잠자리를 따라 한참을 공터를 뛰어다녔다. 잠자리가 먼 하늘을 향해 날아가 버리자 은지는 땀을 흘리며 다시 나무 그늘로 돌아와 앉았다. 푸르고 푸른 하늘이 눈앞에 쏟아졌다. 졸음이 슬며시 눈 사이로 기어들었다. 엄마가 보고 싶었다. 은지는 다시 코를 훌쩍거리며 울기 시작했다.

"엄마, 엄마."

잠이 오면 언제나 울음이 늘어지던 은지는 무화과나무 아래서 쪼그리고 앉아 칭얼대며 졸기 시작했다. 제 치마를 입에 물고 코로 킁킁 냄새를 맡으며 나무에 조그만 머리를 기대고 밥풀냄새가 밴 엄마의 따뜻한 냄새를 그리워하며 달콤한 잠속으로 빠져 들어갔다.

긴긴 여름해가 기울고 땅거미가 지자 하루살이에 지친 때공이의 엄마가 집으로 돌아오고 교회의 외팔이 종지기가 저녁 종을 치러 종루로 나오자 그들은 똑같이 무화과 나무아래서 꼬부라져 잠든 은지를 발견했다.

"아이구 세상에, 야가 주사님 댁 딸 앙이가"

"와 아이라요. 아가 우짠다꼬 여서 잠이 들었노? 놀다가 잠이 오던갑다. 때공아, 때공아 이노마야! 대답 좀 해라. 니 김 주사님 집에 알라 좀 얼릉 업어다 조라. 알라가 한데서(밖에서) 자고 있네. 때공아 때공아! 앙이 이노마가 어데갔노? 이 자슥이 안주 집에 안왔는가베. 우짜꼬 내가 시장에 맫긴 것을 찾아와야 하는데 집에 잠시 재울 수도 없고 아이고 모리겠다. 그냥 이질로 퍼뜩 업어다 주는기 낫지."

"수고시럽지만 그라는 기 좋겠네요."

종지기가 종 밧줄을 한손으로 내리며 말했다. 아이는 잠에 빠져 눈도 뜨지 않았다. 때공이 엄마는 잠든 은지를 달랑 업고 김 주사 집으로 발길을 옮겼다.

김시우가 들쑤셔놓은 집안은 살벌한 기운이 좀체 갈앉지 않고 어수선 했다. 유선은 넋을 놓고 앉아 안방 미닫이문을 멀거니 바라보았다. 시형은 동네 돌림을 당하고 돌아와 중죄를 저지른 죄인처럼 쇠사슬에 다리를 묶인 채 안방 이부자리에 누워있었다. 대명천지에 그런 망신스런 일이 없었다. 시형이 워낙 술에 빠져 자신을 돌보지 못하는 것을 보고 시숙에게 한번 따끔하게 타일러 달라고 부탁한 것이 이 지경까지 오게 될 줄은 꿈에도 생각지 못했다. 유선은 부끄러워 얼굴을 들고 밖으로 나갈 수 없었다. 시숙에게 아예 부탁하지 말았어야 했다고 후회했지만 때 늦은 일이었다. 김시우는 매일마다 집으로 와서 시형의 음주여부를 가리고 유선이 보는 앞에서 동생을 매질했다. 김시우의 훈육이란 것은 곧 폭행이었다. 한번쯤 형님이 단단히 타이르면 고칠까 했던 일이 전연 생각하지 못한 방향으로 흘러갔다. 김시형은 그런 수난을 겪으면서도 결코 술을 끊지 않았다. 그녀는 난감했다. 매일이다시피 때리고 맞는 난리가 반복되어 집은 태풍이 지나간 벌판 같았다. 아이들은 무서워서 집밖을 돌기만 했다. 재잘거리기 좋아하던 아이들은 집에 들어 와도 입을 다물고 시무룩한 얼굴로 벽장 앞에 오두마니 모여 있었다. 유선은 아이들에게 죄를 지은 기분이 들었다.

"엄마 배고파."

열여섯 살, 한참 먹을 나이에 든 아들 석호의 말을 듣고서야 유선은 소스라쳐 일어나 저녁 쌀을 씻었다. 그리고 아이들 속에 은지가 없다는 것을 문득 깨달았다.

"니들이 데리고 있지 않았니?"

"아니…"

"세상에…. 아이가 어디 갔을까?"

그들은 밖으로 황급히 뛰어나갔다. 아이들이 사거리에서 동서로 나누어 흩어져 가고 유선은 큰길 도로변을 따라 남쪽으로 나아갔다. 저녁 여덟 시라고 해도 여름이어서 날이 밝았다. 아이들은 큰소리로 은지를 외쳐 부르며 윗동네 아랫동네로 뛰어다녔다. 어스름이 들 때까지 아이는 나타나지 않았다. 유선은 억장이 무너졌다. 죽음의 문턱만큼이나 하루 넘기기가 힘들었다. 넘을 수 없는 벽을 마주한 듯 그녀는 거리 한복판에 넋을 잃고 멈춰 섰다. 아이를 찾아 나섰던 큰딸 은성이 그녀를 보고 쫓아왔다.

'엄마, 은지가 혹시 집안 어디서 자고 있는 것이 아닐까요?'

유선은 정신이 들었다. 그들은 집을 향했다. 골목을 들어서자 밥 타는 냄새가 온 동네를 뒤덮고 있었다. 아뿔싸!

어두운 부엌에서 때공이 엄마가 새까맣게 그을린 밥솥을 막 내려놓고 있었다.

"아이고! 사모님 어디 갔습디꺼? 밥이 숯검댕이 되뿌렀심더. 일 갔다 와서 보잉께 알라가 나무 밑에서 자고 있길레… 방에 업어다 났심더."

유선은 온몸과 마음이 다 허물어진 것 같았다.

"이런 고마울 데가…. 아이를 찾으러 나섰다가 밥이…."

"지가 진작 집에 와서 아를 봤으면 이래 난리가 안 났을낀데, 미안합니더. 내참! 밥도 다 타뿌리고…."

때공이 엄마는 그 일이 자신의 탓인 것처럼 공연히 미안해하며 돌아갔다.

유선이 불을 밝히자 잠에서 깨어난 은지가 칭얼대며 대청으로 걸어 나왔다. 유선은 칭얼대는 은지를 끌어안았다. 하루가 마치 생지옥 같았다.

"밖에서 자면 절대 안 돼. 잠이 오면 집에 와야지."

"엄마, 큰아버지 무서워."

"엄마가 있잖아."

유선은 아이를 달래며 죄 없는 어린것들까지 맘 고생시키는 남편 시형이 밉고 못마땅했다. 무슨 수를 써서라도 이참에 술을 끊게 해야 한다는 생각이 머리에 파고들었다.

그녀가 늦은 저녁 밥상을 들고 들어갔을 때 시형은 잠들어 있었다. 얼굴은 고문당한 죄수처럼 부어올라 있었고 멍들고 상처 난 몸에는 피가 엉겨 말라붙었다. 잠깬 그는 저녁을 들지도 않고 상을 물렸다.

유선은 깊은 자괴심에 빠졌다. 그 말을 입에 올리기까지 백번을 생각했으며 백번을 망설이다 어렵게 드린 부탁이었다. 결과가 그렇다보니 그녀는 한동안 그 일을 자초했던 자신을 저주했다. 김시우는 날이면 날마다 와서 집안을 아수라장으로 만들었다. 일 년여가 지나도 그 일은 그치지 않았고 때리는 일은 차치하고라도 사람을 쇠사슬에 묶어 마소를 끌듯 온 마을을 돌아다니며 조롱을 받게 한 오늘의 처사는 도무지 납득이 되지 않았다. 그는 무지막지한 야수라 해야 옳았다. 동생을 사랑하는 맘이라고는 털끝만치도 없었다. 시형을 고칠 방법이 폭행밖에 없었다면 그녀는 아예 말을 꺼내지도 않았을 것이다.

"술 마시지 말라고 했지."

눈앞에 펼쳐지던 무자비한 광경들, 살을 때리는 둔중한 소리와 무거운 신음소리, 김시우가 내뱉는 거친 말들, 그녀는 생각을 떨쳐내려는 듯 고개를 가로저었다.

김시형은 그녀가 믿고 의지하려 했던 남편이 아니라 세상사를 몽땅 내던져버린 한 사람의 사회 낙오자 알콜중독자에 불과했다. 그는 무엇으로도 구원 할 길이 없어 보였다. 그에게 오로지 살아있는 단 한 가지 굳은 의지는 술을 마시겠다는 탐욕뿐이었다. 발을 뺄 수 없는 깊은 수렁으로 그는 점점 빠져들고 있었다. 그런 곤욕을 당하면서도 술의 사슬을 끊지 못하는 시형을 유선은 무슨 수로든 건져내야 했다.

"큰아버지 싫어. 큰아버지 미워. 아빠."

은지가 잠꼬대를 했다. 유선은 아이를 끌어안았다. 가슴속에서 감당할 수 없는 뜨거운 불덩어리가 치밀어 올랐다. 모든 것을 눈으로 보았을 아이 때문에 당혹감과 애처러움이 다시 가슴을 쓸어갔다.

그런 남편을 만난 것을 운명이라고 생각하면서도 남편의 추한 모습을 목격하는 것은 괴로운 일이었다. 남편이 쇠사슬에 묶여 끌려 나가도 그녀는 할 수 있는 일이 아무것도 없었다. 그녀는 차라리 자신의 몸이 부서져 티끌이 되어 사방으로 날아가 버렸으면 했다. 그들 형제가 보이지 않는 곳이라면 지옥불이라도 서슴없이 뛰어들 것만 같았다. 죄인처럼 군중 앞에서 벌거벗기고 마구 짓밟힌 것 같은 모멸감을 지울 수가 없었다. 그녀의 존재감은 넝마처럼 비천하고 남루해졌고 수치스러움이 온몸을 휘감았다. 유선은 자신마저 시형과 똑같은 자리에 서 있을 수밖에 없음을 깨달았다.

그 밤에 불덩이 같은 화가 온 몸속을 마구 휘젓고 돌아다녔다. 그녀는 온몸을 떨었고 머리가 깨어질 것 같이 아파서 아이를 밀어놓고 드러누웠다. 살아오는 동안 한 번도 울어본

적이 없었던 그녀는 난생 처음 밤새도록 소리를 죽이고 울고 또 울었다. 참고 참아왔던 울분이 한꺼번에 터졌는지 뜨거운 용암 같은 눈물이 불은 강물처럼 넘쳐흘렀다. 애끓는 마음을 홀로 삭여왔지만 더 이상 견딜 수 없을 것 같았다.

이튿날 시형은 잠에서 깨어나자 누운 채 얼굴을 찡그리며 천정을 바라보았다. 팔을 들어 부풀은 입술과 얼굴을 손으로 만져보았다. 아팠다. 몸을 움직이려고 할 때마다 고통이 따랐다. 다리가 욱신거렸고 등짝도 마찬가지였다. 온몸 여기저기에 퍼렇고 붉은 피멍이 퍼져 있었고 흠씬 두들겨 맞은 후유증으로 몸은 무겁고 괴로웠다. 그는 홑이불을 걷고 겨우 일어나 앉았다. 쇠사슬이 휘감긴 다리는 피가 말라 붙어 있었다. 그는 어제 일을 생각하며 미간을 찌푸렸다. 목이 말랐다.

'한잔 했으면….'

무엇보다 먼저 술 생각이 간절했다. 그러자 마시고 싶다는 엄청난 욕구가 그를 괴롭히기 시작했다. 다리에 채워진 쇠고랑 때문에 술집으로 갈 수 없다는 것에 절망하면서 그는 마른 침을 꿀꺽하고 삼켰다.

'이 꼴로는 하는 수 없지.'

'아니야, 목을 축여야지 술을 좀 다오. 술을, 딱 한잔만 마셔도 오늘 종일 마시지 않을 텐데, 술을… 술을 마셔야 해.'

그는 자신도 모르게 중얼거리며 손발을 부들부들 떨고 있었다. 그는 빈속으로 내려가는 술의 짜릿한 맛에 젖고 싶어 신음을 흘리며 몸을 떨었다. 상처 난 몸이 주는 괴로운 고통도 술 한 잔만 들이키면 깨끗이 나을 것 같았다. 아이들을 불러 술심부름을 시킬까 생각 하다 머리를 흔들었다. 어제 그런 수모를 받고 오늘 술을 마시는 것도 우스운 일이었다. 한심한 마음도 들었다. 그러나 술을 마시고 싶은 욕망을 깰 수는 없었다. 마시고 싶은 욕망을 잠재우려 할수록 더 강한 탐욕이 올라왔다. 어린 딸과 아이들에게 두려움을 준 것이나 아내에게 근심을 끼쳐 미안했지만 그보다 술을 마시고 싶은, 참을 수 없는 욕구를 버리기는 도무지 불가능하다는 생각이 들었다.

사실 한때는 정말로 술을 끊어보려고 했다. 일주일에서 한 달 정도 이를 악물고 참아보기도 했지만 번번이 실패를 하고 말았다. 온몸과 영혼을 사로잡고 있는 마시고 싶은 절실한 욕구, 술에 대한 갈증은 술이 아니고는 도무지 풀 수가 없었다. 어린 자식들과 아내도, 잔혹한 매에도, 사람들의 조소도 술에 대한 욕망을 지울 수는 없었다. 그의 영육은 오로지 마시고 싶다는 한 가지 욕구만으로 존재했다. 마른 침이 다시 목구멍으로 넘어갔다.

술, 그 달디 단 맛. 어떤 것도 능가 할 수 없는 살을 파고 드는 쾌감의 맛. 그는 자신을 너무 잘 알았다. 자신은 결코 술의 유혹을 이길 수 없다는 것을. 그는 족쇄를 쳐다보고는 한숨을 쉬며 다시 자리에 누웠다.

'딱 한잔만 할 수 있다면…'

견딜 수 없는 술의 유혹에 사로잡힌 그는 머리가 돌 것 같았다. 그는 다시 벌떡 일어나 앉아 갈라진 목소리로 아내를 불렀다. 대답이 없었다. 재잘대는 아이들의 소리가 다른 방에서 들렸지만 아내의 목소리는 없었다. 그는 큰 소리로 다시 아내를 불렀다. 재잘대던 아이들의 소리가 갑자기 뚝 끊겼다. 아무도 다가오는 기척이 없었다. 그는 대뜸 화가 나서 아이들을 고함 쳐 불렀다. 잠시 후 조용히 방문이 열리고 겁먹은 세 아이들의 모습이 문틈 사이로 나타났다. 큰 아들 녀석은 보이지 않았다.

"엄마 어디 갔어?"

"엄마 아파서 누워있어요."

큰딸 은성이 대답했다. 준호는 입을 다물고 아무 말 하지 않았다.

"아빠, 엄마 아파요."

준호 앞에 섰던 은지가 열려진 미닫이 문틈으로 얼굴을

들이밀며 손가락을 입에 물고 우물거리며 말했다.

“물 가져오너라. 빨리 물 가져와.”

그는 아이들을 향해 버럭 소리를 질렀다. 미칠 것 같이 마시고 싶은 기분에 빠진 그는 공연히 화가 났다.

“예.”

고함 소리에 놀란 은성이 기어들어가는 목소리로 대답을 하고 얼른 물을 가지러 가자 준호는 제방으로 돌아갔다. 은지는 쪼르르 누운 아버지에게 달려가 그의 머리맡에 앉으며 시형의 입술상처를 만졌다.

“아빠 많이 아파요?”

“아니다….”

“아빠. 술 마시지 마세요. 아빠가 술 마시면 큰아버지가 와요. 은지는 큰아버지가 무서워요.”

어린 딸의 말에 시형의 얼굴이 잠시 어두워졌다.

“그래? 아빠가 몸이 좋지 않으니 방에 가서 놀아라. 나중에 맛난 과자 사줄게.”

좋아라 손뼉을 치는 어린 딸을 돌려보내고 그는 은성이 가져온 물을 벌컥벌컥 들이켰다.

‘어서 술을 넣으라고 술을, 물은 필요 없어.’

시형은 빈 물 잔을 방바닥에 던져버렸다.

“은성아, 요 앞 가게 가서 소주 한 병 사 오너라.”

그는 물그릇을 주워드는 딸에게 말했다. 그때 대문 밖에서 쇠고랑 열쇠를 가져온 시우의 아들들이 문을 두드렸다.

유선은 며칠을 아무것도 입에 넣지 못하고 신열에 들떠 있었다. 큰댁에서 드난살이를 하는 경주댁이 일을 마치고 와서 늦은 저녁밥을 지어 시형의 아이들을 먹이고 유선을 돌보았다.

“부처 같은 양반이 얼매나 마음을 다칬으면 세상에 이리 앓으시까. 숙모님. 뭐라도 좀 드시야 합니더. 이 미음 좀 마셔 보이소. 큰 삼촌은 사람이 너무 모진기라예. 우째 그리 모진지. 동생을 우째 그리 할 수 있는지 내가 상상이 안 가는 기라예. 원수가 맺혀도 그리 하지는 못할낀데. 말로 해서 고칠 생각은 안하고. 우쨌든지 은지가 이리 울어쌌는데 얼른 털고 일어나야지예. 이것 좀 제발 마셔보시이소.”

유선은 입맛을 잃어 아무것도 먹고 싶지 않았으나 인정 많은 경주댁이 애걸복걸해서 겨우 자리에서 일어나 억지로 미음을 넘겼다. 경주댁이 문간방으로 돌아간 뒤 유선은 칭얼대는 은지를 보듬었다.

부모님의 사랑 속에 자랄 때는 어른들의 가르침만 좇아

살면 삶은 늘 평탄한 줄만 알았다. 한치 앞을 알 수 없는 것이 인생이란 것을 안 것은 결혼 후였다. 보화가 달린 작고 예쁜 족두리를 쓰고 혼례를 올리면서 심술스런 못된 신이 그녀의 삶에 끼어들었다. 헤어나려해도 헤어날 수 없는 깊은 수렁에 풍덩 빠진 것이었다. 차라리 중이 되는 것이 나았지, 지리멸렬한 결혼 생활을 접고 지옥 같은 이곳을 떠나고 싶었다. 고난으로 가득 찬 삶을 끝내고 싶은 맘도 들었지만 당장 그녀의 치맛자락을 잡고 있는 아이들 때문에 그럴 수도 없었다. 유선은 방금 잠든 은지를 꼭 끌어안았다. 아이들은 저들 방을 나와 모두 유선의 이불속으로 들어와 자고 있었다. 엄마 곁을 맴도는 잠든 자식들을 바라보자 그녀는 연민의 소용돌이 속으로 빠져들었다.

"너희들 때문에 이러지도 저러지도 못하겠구나."

시형이 마을에서 그런 부끄러운 일을 당한 뒤 그녀는 한동안 수치스러워 밖으로 나가지 못했다. 그녀는 어떤 일이 있어도 중독의 사슬을 끊어 놓고야 말겠다는 굳은 결심을 했다. 그동안 유선은 먼 친척에게서 호랑이 똥을 구해 볶아 가루를 내어 먹이면 술을 끊을 수 있다는 말을 들었다. 마침 경주댁이 첩첩 두메산골에 사는 인삼 행상을 알아 그녀에게 부탁을 하면 구할 수 있으리라고 했다. 마침 일이 되느라 시절이 인삼행상이 다닐 때여서 요행하게도 사람을 쉬이 만날 수 있었다.

"예, 그러믄유. 장백산에 호랑이가 있구먼유. 호랑이를 잡는 것도 아니고 똥을 줍는 것인디. 바깥양반에게 부탁을 해보것시유. 산 높고 골 깊은 산 고개는 어디든 호랑이가 아직 나오지유. 난 아직 실제로 본적은 없거만유. 걱정하지 마시우. 내 어떤 일이 있어도 호랑이 똥을 구해 가지고 올 것이니."

인삼행상이 장담을 하는 바람에 유선은 시름을 덜었다. 다음해까지 기다릴 필요 없이 구하는 대로 가지고 온다면 사례를 하겠노라 일러서 보냈다. 그녀는 가능한 모든 방법을 찾아보고 실행할 생각이었다. 어느 구름에 비가 들었는지 알 수 없었다. 유선은 친정에도 부탁을 했고 사촌들과 친척들에게도 비방이 있으면 알려 주기를 간청했다. 몇 달 동안 그녀가 모은 비방은 여러 가지였다. 전해들은 비방은 하나도 빠짐없이 모두 실천에 옮겼지만 효과는 너무 미미했다. 길에서 만난 방물장수 기독교 포교 활동을 하는 여자가 말했다.

"예수를 믿고 전도관으로 가서 기도를 올리기만 하면 술을 끊을 수 있어요."

유선은 귀가 솔깃했지만 주저했다. 유교의 전통이 민초들에게 까지 깊이 뿌리를 내리고 있던 때였다. 여인들은 거의 여러 토속 신을 섬기거나 포교 된지 오랜 불교를 믿고 있었고 암자나 절에 다녔다. 그들은 들어온 지 오래지 않은 서양 종교는 절대적으로 이단시 했다. 누구든 예수교를 받아들이는 것은 미친 짓이었고 위험스런 모험에 다름없었다. 가정과 사회, 대내외적인 질시와 더불어 인간관계를 포기해야 할 수도 있었다. 토속 신을 받들고 불교를 믿는 서슬 시퍼런 시집 식구들이 있었지만 결국 유선의 절절한 바람이 그녀로 하여금 전도관으로 발걸음을 옮기게 했다. 유가에서 자란 유선은 무신론에 배어있어서 전도관으로 발걸음을 옮기기가 쉽지 않았으나 남편이 술만 끊을 수 있다면 그게 악마교라 해도 기꺼이 무릎을 꿇고 기도를 올릴 결심이 서 있었다. 그녀는 그 일을 비밀히 가슴에 넣고 시간을 내서 전도사가 일러준 영주동 산기슭에 있다는 전도관을 물어물어 사전 답사차 다녀왔다.

어느 날 밤, 그녀는 아이들이 잠자리에 들고 술에 취한 남편이 잠에 골아 떨어졌을 때 마지막 전차를 타고 전도관으로 향했다.

시멘트 블록으로 만든 전도관은 오만가지 사연으로 기도를 하고자 하는 사람들로 장내는 발 디딜 틈이 없었다. 기도만 지극정성으로 올리면 병이 완치 되고 고통에서 해방 된다는 소문을 듣고 중풍환자, 앉은뱅이, 정신병자, 아편쟁이, 염병 든 사람, 간질환자, 어떤 치유책도 듣지 않는 온갖 난치병 환자들이 구름처럼 모여들었다. 강단 위 높이 걸린 나무 십자가며 낯설고 불안한 사람들의 번들거리는 시선과 교회의 심상치 않은 분위기가 불편했지만 유선은 회당 한쪽 구석에 조용히 자리를 잡고 앉았다. 연단에 선 목사의 인도로 집회가 시작되고 목이 쉰 목사의 긴 설교가 끝나자 기도시간이 되었다. 사람들은 자신들의 고난과 아픔을 치유해 달라고 우레처럼 소리를 지르며 손뼉을 치거나 울부짖으며 기도를 바치기 시작했다. 백여 명의 사람이 부르짖는 기도 소리가 방음시설이 안된 교회당 시멘트 건물 벽에 부딪치자 소리는 몇 곱절 증폭되어 굉음으로 변해 유선의 고막을 찢었다. 그녀는 기도를 올리기는커녕 생전에 들어본 적이 없는 아수라 지옥 같은 소음에 시달리다 완전히 넋이 빠진 채 지독한 두통을 느끼며 새벽녘이 되어서야 집으로 돌아왔다. 다행히 가족들은 아무도 그녀가 밤에 집을 비운 것을 알지 못했다. 그러나 머리가 깨어져 딱 벌어질 것 같은 고통은 아침 지을 때 까지 계속되었다.

"처음엔 누구라도 그래요. 그 시기만 지나면 괜찮아져요. 내말 믿으세요. 분명 좋은 결과를 볼 수 있을 거예요. 죽자 사자 매달리지 않으면 결코 뜻을 이룰 수 없으니 남편을 설득해 보세요. 남편과 함께 와서 죽을 요량으로 기도하시면 소원을 이룰 수 있을 거예요."

방물장수하며 몰래 포교활동을 하는 전도관 여전도사가 점심 전에 찾아와 혼이 빠진 유선을 위로하며 말했다. 전도사는 남편을 데려오는 길이 소원을 이룰 수 있는 가장 효과적인 길이라 하였지만 그 일은 절대 불가능했다. 그 말은 하늘의 별을 따오라는 것과 다름없었다. 남자들은 대대손손 이어온 제사에 참석해서 제문을 읽고 절을 올리며 조상은 섬겨도 신앙에 접근하는 일은 결코 없었다. 포교 된 지 천오백 년이나 된 불교도 여인네들이나 섬길 뿐이었다. 이조 말 탄압을 받고 많은 순교자를 낸 천주교와 더불어 예수교도 배척을 받기는 마찬가지였다. 유선은 감히 예배당이란 낱말조차 입에 담을 수 없다는 것을 잘 알고 있었다. 그녀는 예배당과 예수 이름은 자신의 가슴 속에만 꼭꼭 묻어 두기로 했다. 그녀는 밤마다 전도관을 무사히 다녀올 수 있는 것만도 큰 기적이라 생각했다. 그녀는 그 일로 남편이 술을 끊을 것 같은 예감이 들어 오로지 단 하나의 기도만 올렸다.

"예수님, 저의 남편이 술을 끊도록 도와주십시오."

그녀는 자신의 몸이 빠져 나갈 수 없는 상황을 제외하고는 비가 오나 눈이 오나 폭풍우가 내려치는 밤이나, 살을 에는 강추위 어두운 겨울밤에도, 얼음이 얼어 미끄러운 가파른 언덕길을 올라 전도관으로 갔다. 다른 이들의 기도소리 때문에 오래도록 머리가 지끈지끈 아팠지만 나중에는 그 무서운 소음 속에서도 자신의 기도 말고는 아무 소리도 들리지 않는 경지로 들어갔다.

"하나님, 제 남편이 술을 끊을 수 있도록 어떤 방법으로든 저를 도와주십시오."

유선은 하나님이 베풀 기적을 받기 위하여 이 년 삼 개월이란 적지 않은 시간을 전도관 언덕길을 오르내리며 때때로 금식하며 헤아릴 수 없는 기도를 바쳤다.

그녀는 이웃이 가르쳐 준 또 다른 비방도 병행했다. 일본에서 건너 왔다는 용하다는 양약을 이웃에게 건네받았다. 그녀는 하얀 알약을 빻아서 국이나 밥에 뿌렸다. 그 약을 먹고 술을 마시게 되면 역겨움과 어지럼증이 나서 구토를 하게 되며 자연스레 술을 끊는다고 했는데 며칠을 약을 먹인 효과가 어느 날 갑자기 확실하게 나타났다.

그날 아침식사를 하기 전 해장술을 한답시고 나갔던 시형이 얼굴이 노랗게 변해 집으로 돌아왔다. 취하지도 않았는데 어지럼증과 역겨움으로 비틀거리며 들어와 자리에 누웠다. 전에 보지 못했던 모습을 보고 유선은 내심 크게 놀랐다. 혹시 사람 잡을 약은 아닌가 아님 기도의 기적인가 그녀는 더럭 겁이 났다. 약의 효과는 기적에 버금갈

만한 것이었다. 그런데 시형은 한나절 잠을 자고나더니 증상이 완화되고 진정을 찾아 일어났다. 저녁녘 다시 동네 술집에서 술을 마시다 똑같은 증세가 나타나는 바람에 그는 술 한모금도 입에 대지 못하고 집으로 돌아왔다.

"아무리 술을 마셔도 이런 일은 없었는데 요즈음 몸이 이상하군? 모를 일이야…."

토악질을 심하게 하고 난 뒤 시형은 맥 빠진 소리를 하며 자리에 드러누웠다. 유선은 내심 뜨끔했지만 여하한 일이 있어도 술을 끊게 해야 한다는 생각뿐이었으므로 시침을 뗐다. 약의 지독한 효능을 몇 번 겪은 뒤 마침내 그는 술을 마시지 못하게 되었다. 김시우가 들이닥쳐도 술을 끊고 있으니 그도 티끌 잡을 것이 없어 조용히 돌아갔다.

빈속에 술을 들이키면 목구멍 속살을 파고드는 짜릿한 맛, 톡 쏘면서도 쓰고 뒤끝이 달콤한 달라붙는 맛에 길들여진 신체의 부분은 어딘지 알 수 없었지만 그것은 그에게 끊임없이 술을 마실 것을 요구했다. 그는 밤낮없이 술에 흠뻑 취해 생의 권태감도 고독감도 잊었다. 술을 마시면 천하가 내 것이었고 호방함과 자신감도 생겼다. 기분도 좋았다. 술을 마시지 않고 산다는 것은 생각해 본적 없었고 상상해 본 적도 없었다. 그런데 병이 난 것도 아니면서 갑자기 술을 마시지 못하게 된 원인을 그는 아무리 곰곰히 생각해 봐도 도무지 알 수 없었다. 그런 고난을 겪으면서도 습관적으로 아침이면 동네 술집으로 가서 마시지도 못할 해장술을 청해놓고 술집 주모에게 갑자기 자신에게 생긴 이상한 증세를 푸념했다.

“그러니까 누군가 주사님에게 약을 먹이고 있는 게 틀림없네요. 술 끊으라고.”

“약을? 누가?…..”

“가족이지, 누구겠어요. 국이나 밥에 약을 넣어 먹인다는 소리를 많이 들었지요.”

“그래요?”

금방 아내의 얼굴이 머리에 떠올랐다. 끈질기게 술을 끊으라고 채근을 하던 아내였다. 주모의 말대로 약을 탄 음식에서 비롯된 것이 틀림없다는 생각이 들었다. 아내가 괘심했다. 하지만 술에 취하지 않으면 그는 양심의 가책에 한없이 시달렸다. 술 때문에 가장의 책임을 버렸고 생존경쟁에서도 물러났다. 술로 인해 법원 서기자리를 내놓았고 마지막으로 일했던 무역회사 지배인 자리도 쫓겨났다. 무역회사에서 일할 때는 사장이 자리에 없는 날이 많아 사무실 책상 서랍에다 술을 숨겨두고 맘 놓고 짬짬이 술을 마셔댔다. 그는 술을 마시긴 했지만 일을 꼼꼼히 잘했기 때문에 술 때문에 해고되리라고는 생각하지 않았다.

그날은 사장이 출장 중이었고 사무실의 직원도 외근 나가고 없어 한가했다. 아침부터 홀짝홀짝 마신 술에 만취해 미몽에 빠져 있을 때 전화가 왔다. 그는 더듬거리며 전화기를 들었다.

"누구요? 뭐라 말했소? 무엇이 어찌 됐다고? 결론은 한가지야. 한잔해서 지금은 억만금을 준다 해도 아무 일도 할 수 없다는 것뿐이지. 뭐라고? 이런 빌어먹을 전화기! 난 아무 소리도 들리지 않아. 그냥 끊으라고."

전화를 놓았는데 벨소리는 계속해서 울렸다. 어떻게 된 거야?

'이 개코같은걸 부숴버려.'

그는 전화통을 들어 바닥에 패대기를 치긴 했는데 무엇을 던졌는지 누구에게 온 전환지 아무것도 알 수 없었다. 벨소리는 얼마쯤 더 울리고 난 뒤 조용해졌다. 여기가 어디지? 왜 이리 점점 깜깜해지는 거야? 아흐. 어딘지 알 수 없는 아늑하고 깊은 심연으로 자맥질해 들어가는 기분과 함께 그는 회사 응접 소파에 앉아 깊고 나른한 잠에 빠져들었다.

이튿날 성이 머리끝까지 난 사장이 회사 현관 앞에 버티고 서서 그를 기다리고 있었다. 그리고 그는 실업자가 되었다.

그는 아내가 차려주는 밥상을 물리치고 밖에서 외식을 했다. 그리고 빈속에 다시 술을 마셨다. 집에서 식사를 하지 않으니 토악질과 어지러운 증상이 사라지고 멀쩡했다. 그는 전에 없이 아내에게 폭언을 퍼붓고 아내를 구박했다. 유선은 더 이상 약을 먹일 방법이 없었다.

그 후 오래동안 시형은 집에서 음식을 먹으려 하지 않았다. 술을 입에 대면 식사를 전연 하지 않았다. 몸은 전보다 더 약해져 적은 양의 술에도 금방 나가떨어졌다. 시간이 흐르자 시형은 유선의 끈질긴 권유로 다시 식사를 하였고 유선은 여러 가지 용하다는 부작용 없는 민간약을 구해 먹였지만 별 효험이 없었다. 그녀의 소원을 이루어 줄 시도들은 하나씩 모두 허사로 돌아갔다. 시형은 여전히 술통에서 헤어나지를 못했다.

유선은 앞이 보이지 않는 가파르고 어둔 영주동 산비탈을 오르내리며 여전히 열심히 기도를 바치고 새벽녘이 되어서야 전도관에서 돌아오곤 했으나 절망 속에 휘둘리기 일쑤였다. 기도의 기적은 그때껏 일어나지 않았고 술 끊는 일은 요원해 보였다. 그녀가 할 수 있는 일은 오로지 기도에 매달리는 일 밖에 남아있지 않았다. 끊임없이 기도하는 것만이 남아있는 유일한 희망이었다.

통금이 해제되는 네 시가 되자 유선은 전도관을 나왔다. 삼월이라 해도 새벽바람은 칼날처럼 날카로웠다. 언덕 아래 보이는 지붕들이 전날 내린 눈으로 하얬다. 입김이 어둠속에서 새하얗게 공중으로 날아올랐다. 그녀는 잔뜩 웅크린 채 골짜기를 내려와 첫 전차를 타고 국립병원 앞에서 내렸다. 한층 기울어진 하현달이 서산 하늘에 걸려 있었다. 큰길에서 동네 어귀로 들어서자 유선은 남쪽으로 길게 뻗어 있는 텅 빈 어두운 길을 바라보았다. 그녀는 길모퉁이에서 항상 긴장했다. 길게 숨을 한번 내뱉고 사람들의 눈에 띌세라 늘어 선 집들의 어둔 처마 그늘아래 몸을 숨기고 거의 뛰다시피 걸었다. 오 십 미터쯤 가면 큰 길 바른쪽에 집의 정문이 있었지만 늘 그래왔던 것처럼 일부러 전기회사 사택을 돌아 집의 뒷문으로 들어 갈 수 있는 골목을 택했다. 골목어귀에 닿자 갑자기 개가 짖어댔다. 여태껏 동네에 개 짖는 소리를 못 들었는데 어느 집일까 그녀는 바짝 긴장했다. 잠시 멈춰 서서 숨을 고르고 걸음을 늦추어 살금살금 걸었다. 개는 여전히 컹컹 짖었다. 그 소리가 그녀의 가슴을 옥죄었다. 골목 안 뽕나무 집 뒷문을 지날 때 어디선가 무엇이 탁 하고 떨어지는 소리가 들렸다. 그녀는 놀라 걸음을 멈추고 이웃의 울타리에 바짝 붙어 섰다. 가슴이 마구 뛰었다. 갑자기 개 짖는 소리가 그쳤다. 사방은 다시 적막해졌다. 그녀는 얼른 울타리를 벗어나 이웃인 김 선생 집을 지나 집 뒷문에 다다랐다. 그녀는 손을 뻗쳐 문 안쪽 걸쇠를 재끼고 살그머니 뒤뜰로 들어섰다. 집안은 깜깜하고 조용했다. 통탕거리는 가슴의 동요를 갈아 앉히려고 가슴에 손을 얹고 깊은 숨을 내쉬자 입안이 바싹 말랐다. 그녀는 발소리를 죽이고 뒤뜰을 지나 조용히 대청에 올랐다. 시형의 코고는 소리가 들렸다. 그녀는 어둠속을 헤집고 곧장 아이들 방으로 들어갔다. 세상모르고 잠들어 있는 아이들 틈으로 들어가 몸을 누이자 아이들이 몸부림을 쳤다. 아이들의 따뜻하고 정겨운 냄새가 났다. 그녀는 몸부림치는 아이들을 껴안았다. 피곤이 엄습했다. 기도소리와 아우성, 울부짖는 사람들, 손바닥으로 땅을 치며 올리는 한 맺힌 기도 소리가 그녀의 귀에 환청처럼 파고들었다. 그녀는 무거운 눈을 감았다.

"하나님 아버지, 저를 도와주소서. 그 날이 언제입니까? 그가 술을 끊는 날이…."

깜깜한 어둠이었다. 온갖 색의 점들이 공중에서 소용돌이 치고 있었다. 은지는 무서웠다. 팔을 뻗쳐 옆을 더듬어 봐도 손에 아무것도 잡히지 않았다. 무서움과 외로움이 구름같이 일어날 뿐 두려움을 떨쳐내 줄 사람은 아무도 곁에 없었다. 은지는 공포에 몸을 뒤척이며 눈을 부릅뜨고 앞을 바라보았다. 이불자락을 머리끝까지 끌어올려 덮고서 벽장 앞을 노려보았다. 분명 벽장 문 앞에서 보따리를 싸고 있는 그림자는 엄마의 모습이었다. 엄마는 분명한데 붉고 푸른 점선들이 엄마의 형태를 이루고 있었고 점선들은 분주하게 움직이고 있었다.

"엄마 가지 마."

은지는 엄마를 붙들려고 손을 뻗쳤다. 엄마를 그리고 있는 점선들이 사방으로 흩어졌다. 엄마를 부르며 은지는 몸부림을 쳤다.

"은지야, 은지야. 엄마 여기 있어. 꿈을 꿨구나."

엄마의 팔이 뻗쳐와 은지의 몸을 감쌌다. 엄마가 곁에 있다는 것이 기뻐 은지는 엄마를 꼭 끌어안았다. 폭신한 이불이 엄마의 손에서 은지의 몸에 여며졌다. 응석을 부리며 은지는 엄마 품속으로 파고들었다. 엄마가 등을 토닥였다. 어둠 속에서 흩어지던 점선들이 눈에 선했다. 귀신이었을까? 언니 오빠에게서 들었던 귀신들, 변소귀신, 부엌귀신, 골목귀신, 처녀귀신, 아이귀신들이 이불 밖에 줄줄이 서서 은지를 내려다보고 있는 것 같았다. 은지는 잠들어 버린 엄마의 속옷자락을 꼭 붙들고 두 눈을 꼭 감고 귀신들을 잊으려고 딴 생각을 했다.

"큰 아버지한테 가봐. 네까짓 것들 모두 매 맞고 쫓겨날걸."

요지부동이었던 귀신들이 큰아버지 앞에서 납작 엎드린

채 슬금슬금 자리를 떠나는 것이 보였다. 은지를 안고 있는 엄마의 팔이 따뜻했고 엄마 냄새가 났다. 두려움이 지워지자 머리맡을 오락가락 하던 잠신이 다시 은지의 눈꺼풀에 날아와 앉았다. 은지는 잠의 나라로 너울너울 날아갔다.

풀물처럼 뿌연 안개가 낀 봄날 이른 아침, 유선은 물을 긷기 위해 동네 우물가로 나갔다. 탕마당 우물에는 이른 아침인데도 샘터로 나온 여인들로 부산했다. 물을 긷는 여인들과 빨래하러 나온 여인들이 어울려 잡담을 하고 있었다. 샘으로 올라가는 몇 개 되지 않는 계단으로 유선이 올라가자 그들은 갑자기 입을 다물고 침묵했다. 이웃이지만 터놓고 인사를 나눈 적 없는 터라 유선은 말없이 동이를 바닥에 내려놓고 두레박줄을 샘으로 내렸다. 여인들 사이에 어색한 긴장감이 돌았다. 유선은 알고 있었다. 그들이 갑작스레 침묵하고 있는 의미를. 동네 돌림을 당하고 몇 달 잠잠하던 시우의 매질이 다시 시작되었기 때문이었다. 그녀는 동네 사람들이 모두 그녀를 조롱하는 것 같아 사람들을 마주치는 것이 부끄러웠고 만나는 것이 두려웠다. 말을 붙이는 사람도 없었다. 그녀는 말없이 물만 길어 올렸다. 빨리 샘을 벗어나려고 부지런히 두레박질만 했다. 여인들이 다시 킥킥거리며 수군댔지만 무슨 소리를 하는지는 알 수 없었다.

'정말 얼굴을 들 수 없구나.'

유선은 서둘러 가득 채운 물동이를 머리에 이고 샘을 내려오며 부끄러움에 얼굴이 화끈거렸다.

"남편이 제 구실을 못하니 어쩌겠어…"

유선의 등에 대고 누구인지 알 수 없는 여자가 말했다. 뒤이어 여인들이 키들거리며 왁자하게 웃었다. 유선의 얼굴이 붉어졌다. 발걸음이 온전하지 못한 사람처럼 비틀거리기 시작했다. 동이에 가득 채운 물이 출렁거리며 유선의 얼굴과 몸에 쏟아졌다. 빨리 걸으려다 그녀는 물을 한 번 더 흠뻑 뒤집어썼다. 그들의 차디찬 야유가 신발까지 적셨다.

결혼한 뒤, 그녀가 겪은 일들은 황당하고 생소한 것들뿐이었다. 모두 남편의 술버릇으로 비롯된 일이었다. 그녀 자신은 별난 세계로 들어온 기구한 운명을 짊어진 인간이었다. 그녀는 그 고난을 헤어날 수가 없었다. 아무리 발버둥을 쳐도 남편은 그 자신을 바꾸어 볼 의사가 전연 없었고 점점 더 깊은 중독의 늪 속으로 빠져 들고 있었다.

그날 오후 유선은 저녁을 짓기 위해 부엌에 있었다. 큰 아이들은 밖에 나가고 여섯 살 어린 은지만 마루 끝에 앉아 재잘대고 있었다. 갑자기 현관에서 인기척이 나더니 네 칸 방의 방문이 모두 거칠게 여닫는 소리가 들렸다. 유선은 그 소리에 놀라 일하던 손을 멈추고 방문을 바라보았다. 시형이 험악하게 일그러진 얼굴을 하고 마루에 나타났다.

"이 더러운 년."

시형은 벼락같이 고함을 치며 부엌으로 내려와 유선의 뺨을 후려치고 멱살을 잡아 흔들었다. 그리고 머리채를 쥐고 유선을 방으로 끌고 갔다. 은지가 울음을 터트리며 일어났다. 시형은 울며 방으로 따라 들어가려는 은지를 방문 밖에 동댕이치고 방문을 닫아걸었다. 은지의 울음소리가 자지러졌다. 시형은 유선에게 주먹을 휘둘렀다. 유선은 몸을 피할 엄두도 내지 못하고 연유도 모르면서 맞았다. 그는 유선을 밀어 방바닥에 쓰러뜨린 뒤 거친 구둣발로 발길질까지 해댔다. 그는 미친 사람처럼 손에 집히는 대로 집기를 던지고 야수처럼 날뛰었다. 중독에 빠져 있긴 했어도 단 한 번도 폭력을 쓴 적이 없었기에 그녀는 속수무책으로 당했다. 공포에 몸을 떨며 입도 떼지 못하고 폭행을 피해 달아나려고 문 쪽으로 갔지만 곧 뒷덜미를 잡히고 말았다. 저고리가 그의 거센 손길에 찢어졌고 그녀의 야윈 몸이 방바닥에 나뒹그러졌다. 그의 발길질에 그녀는 뭍에 던져진 물고기처럼 버둥거렸다.

"도대체 내가 뭘 잘못했다고…"

"입 닥쳐. 니 죄는 니가 알고 있을 것 아니야. 당장 짐 싸서 이 집을 나가. 더러운 년."

날뛰던 시형은 장롱 문을 열고 유선의 옷을 한 뭉치 들어 내어 그녀에게 내던졌다. 옷들이 그녀의 몸에 부딪쳐 방바닥에 떨어졌다.

"당장 네 집으로 꺼져 버려라, 내 다시 너를 이 집에 들여 놓지 않을 것이야."

시형은 고함을 질렀다. 어이없었다. 갈피를 잡을 수도 없었다. 가슴 속에서 참고 참았던 울분이 뭉클뭉클 목구멍으로 올라오고 있었다.

"시집와서 고생한 것 말고는 잘못한 것이 없는 나를 당신이 무슨 이유로 이렇게 짓밟고 때릴 수 있어요? 내 부모는 나를 손가락 하나 다칠까 노심초사하며 고이 길러주셨어요. 무슨 이유로 내게 주먹질을 하고 발길질 하는지 이유를 밝혀야지요. 그게 순서가 아닌가요? 당신이 내게 어떻게 이럴 수 있어요? 어떻게…. 이유를 말해보세요."

유선은 처음으로 시형에게 큰소리치며 울부짖었다.

"입이 열 개라도 말을 못할 텐데 감히 주둥아리를 열고 말을 하다니. 내가 속았지 네년은 부끄러운 줄도 모르는 모양이군. 네년의 추잡한 일을 내 입으로 담을 수는 없지. 당장 짐 싸서 나가. 동네 사람 부끄러우니 아무도 몰래 빨리 꺼져.

내가 너의 집에 가서 낱낱이 밝히고 돌아올 때까지 니가 내 눈에 띈다면 그땐 죽을 줄 알아. 알겠어?”

시형은 갈수록 알 수 없는 말을 던졌고 분이 풀리지 않는지 이 방 저 방을 오가며 집기를 던지고 부엌에 나가 그릇들까지 싹 쓸어 바닥에 동댕이쳤다. 사기그릇 깨어지는 소리와 놋그릇 떨어지는 소리가 요란했다. 그는 욕지거리를 하며 그 길로 밖으로 뛰쳐나갔다. 그녀는 종잡을 수가 없었다. 어떤 오해가 끼어들었는지 통 알 수 없었다. 누구보다 바르게 살아왔고 나쁜 것이 끼어들 틈 없이 바쁘게 살아왔다. 그의 입에서 쏟아져 나오던 거친 말들은 그녀와는 아무 상관도 없는 말이었다. 분명 뭔가 오해가 있는 것이 확실했다. 그가 말하는 부정, 그것만으로도 그녀는 충분히 혼란 속에 빠졌고 돌이킬 수 없는 깊은 상처를 받았다.

그녀는 찢어져 어깨가 드러난 옷을 바꿔 입고 헝클어진 머리를 새로 빗었다.

‘어쩌면 알콜 때문에 그가 정신분열증을 일으킨 것은 아닐까?’

그런 생각을 하자 정신이 번쩍 들었다. 그녀는 난장판이 된 집안을 아이들이 돌아와 보기 전에 얼른 치우고 큰댁에 도움을 청해야겠다는 생각을 했다. 그녀는 아픈 것도 잊고 흩어진 옷가지를 끌어다 장롱 속에 대충 넣었다. 부서진 집기들과 깨어진 그릇들을 버리고 집안에 흩어진 것을 정리하면서 가슴은 새로운 아픔과 슬픔으로 벅차올랐다. 문이 닫힌 아이들 방에서 은지의 울음소리가 새어나왔지만 그녀는 그냥 집을 나섰다. 큰댁은 그리 멀지 않았다.

"이 집에 발을 들여놓지 말아라. 나는 너 같은 동서를 두지 않았다."

유선이 큰댁의 대문을 들어섰을 때 마루에 앉아 빨래를 개고 있던 큰 동서 서씨가 유선을 보더니 도끼눈을 하고 앙칼지게 소리쳤다. 그녀는 얼어붙은 듯 그 자리에 멈춰섰다.

"형님… 무슨 말씀이신지?"

"무슨 말이라니? 형님이라 부르지도 말아라, 남부끄럽다. 양심도 없구나. 뻔뻔하게 얼굴을 들고 여기 올 생각을 하다니."

서씨는 일어나 안방으로 들어가며 방문을 꽝 닫아 버렸다. 유선의 심장이 마구 쿵쿵대며 뛰었다. 그녀는 손바닥을 가슴에 얹고 진정해 보려고 숨을 크게 내쉬었다. 마치 무서운 악몽을 꾸고 있는 것 같았다. 함께 옷을 개던 늙은 찬모가 마루에서 가만히 내려와 유선의 손목을 잡고 대문 밖으로 나갔다.

"아무래도 나쁜 소문이 돈 모양입니다. 저는 절대 믿지 않아요. 어제 오늘 겪은 숙모님이 아닌데 제가 숙모님을 모릅니까. 소문의 출처를 확실히 알아보지도 않고 저렇게 남이 전하는 말을 믿다니. 경솔하지요."

"뭐지요. 도대체 제가 무엇을 어쨌다는 것인지 소문이 어떻게 났는지 말씀 좀 해주세요. 도무지 무슨 일로 나를 이렇게 홀대를 하는지 모르겠군요. 어떤 일이 있었는지 알 수가 없어요. 애들 아버지가 조금 전에 제게…."

그때 유선의 머리를 스치고 지나가는 생각이 있었다. 아침에 샘에서 여자들이 던지던 말들이 모두 이 일과 연관된 것 같았다.

"바람이 아무나 나나요. 이렇게 얌전하고 현숙한 부인을 모욕해도 분수가 있지. 남편을 술 먹여 재워놓고 한밤중에 몰래 나가서는 새벽이슬 맞고 들어온다는 소문이 났답니다. 누가 뭐래도 숙모님 저는 절대 믿지 않아요. 근본이 있는 사람은 절대 그렇지 않지요. 누가 애먼 사람을 헐뜯으려고 그러는지, 그게 말이나 되는 이야기여야지요. 숙모님, 남의 말은 삼일이랍니다. 시간이 가면 자연히 참말이 드러나고 아픔은 희미해지지요. 시간이 해결해 줄 일입니다. 시간이 약이지요…. 그러고…."

유선은 이미 찬모의 말이 더 이상 귀에 들어오지 않았다. 그녀는 터져 나오려는 울음을 꿀꺽 삼키고 정신없이 집으로 돌아왔다. 그런 치욕스런 이름을 얻다니, 가슴이 갈가리 찢어졌다. 안방으로 들어가 장롱 속에 밀어 넣었던 옷을 꺼내 보따리에 싸기 시작했다. 일이 새끼 꼬듯 꼬였다. 그런 소문을 진실로 믿었다면 그의 행동은 당연했다. 시형의 돌발적인 행동에 대한 의문은 풀렸지만 여자가 바람났다는 소문은 무엇으로도 수습될 수 없었다. 순결과 정조가 목숨 같은 세상이었다.

'어떻게 해야 하나.'

그녀는 끊임없이 자신에게 물었지만 덮어쓴 오명을 벗어날 길은 없어보였다. 떠나야 한다는 결심을 했지만 어디로 가야할지 몰랐다. 친정이 있어도 이런 이름을 달고 돌아 갈 수는 없었다. 어디로 가야하나. 갈 곳도 없으면서 그녀는 정신없이 짐을 쌌다. 오만가지 생각이 밀물처럼 밀려들어 머리와 가슴이 터질 것 같았다. 그녀는 만 가지 생각으로 마음을 들끓이면서도 아무 일도 없는 것처럼 저녁을 지었다. 아이들이 돌아와 저녁을 먹고 잠자리에 들 때까지 시형은 돌아오지 않았다. 은지가 칭얼거리며 잠을 자지 않았다.

"엄마 가지마. 엄마 나랑 같이 자자."

여섯 살 은지가 유선의 치마폭을 쥐고 놓지 않았다. '이 어린 것을 어쩌나….' 다른 날보다 더 보채며 잠자기를 거부하는 아이의 등을 쓸어주며 유선은 끓어오르는 분노와 오열을 꿀꺽 삼켰다. 은지는 한참을 투정하다 겨우 잠이 들었다. 잠든 아이들을 둘러 본 뒤 유선은 방을 나왔다. 언제나 극단적인 생각이 들 때마다 아이들 때문에 마음을 바꿨는데 이제는 그럴 처지가 아니었다.

밖은 깜깜했다. 복도를 지나 비어있는 작은방으로 들어가 유선은 촛불을 밝혔다. 어릴 때 아이들을 잠을 재우던 공중 침대가 희끄므레한 그림자를 벽에 던지고 있었다. 온몸이 흐물흐물 내려앉을 것 같았다. 그녀는 방바닥에 주저앉았다.

'그래 한 길 밖에 남지 않았구나.'

결혼한 이래 어느 한 순간도 가정을 소홀히 생각해 본 적은 없었다. 그녀는 술 중독에 빠진 남편을 건져내어 남들처럼 따뜻하고 평범한 가정을 만들고 싶었다. 오직 그것만이 그녀의 염원이고 소원이었다. 남편의 술병을 고치기 위해 그의 지나간 시절까지도 뒤적이며 원인을 찾아 헤맸다. 남편을 위해 전도관을 다닌 일이 그녀를 파멸로 이끌 올가미가 될 줄은 상상하지도 못했다. 소문이 어떻게 그런 방향으로 흐를 수 있는지 그녀는 이해 할 수 없었다. 어려움이 찾아올 때마다 수도 없이 생각했던 일, 이제 어느 쪽이든 한 가지만을 선택해야할 시점에 서 있었다. 모든 것을 버리고 머나먼 곳으로 달아나든지 모든 인연을 끊고 깨끗하게 죽든지. 선택은 단 두 가지뿐이었다. 그녀가 여태 기를 쓰고 고수 해온 인고와 투쟁은 이제 더 필요 없었다. 버리고 사라지기, 버리고 죽기, 그녀는 고심했다. 누명은 벗을 수 없는 것일까? 그녀가 사실을 이야기해도 진실을 믿어줄 사람은 몇 되지 않을 것이다. 그리고 이유가 어떻든 드러날 종교적 이단 행위도 친척들은 용납하지 않을 것이다. 억울하기 짝이 없었다. 참으로 넌더리나는 모진 세상이었다. 죽는 것이 사는 것 보다 나으리라는 생각이 들 때마다 아이들 때문에 이를 악물고 참아왔는데 더 이상 물러설 자리가 없었다. 다만 그녀의 목에 걸린 억울하고 남루한 소문이 슬펐다. 진실을 반드시 밝힐 필요가 있었다. 그녀는 필기구를 준비하고 작은 탁자 앞에 앉았다.

- 나는 여러 사람들이 생각하는 그런 부끄러운 사람이 아닙니다. 다만 남편을 위해서, 알콜 중독을 끊을 수 있다기에 교회를 택했습니다. 그리고 기도했습니다. 그것뿐입니다. 나는 내 가정이 바로 서는 것만 생각했습니다. 지금도 남편이 바로 서기를 바라는 맘이 간절합니다. 내가 없더라도 술을 끊

은 아버지 밑에서 아이들이 잘 자라기를 바랍니다. 아주버님 더 남편을 매질하지 마십시오. 따뜻한 사랑으로 감싸 주십시오. 그이가 그렇게 된데는 아주버님의 책임도 있습니다. 따져보면 그이는 불쌍한 사람입니다. 어려서 부모를 여의고 아무도 따뜻하게 감싸주는 사람 없이 형제간의 편의대로 여기저기 맡겨지며 그늘진 어린 시절을 보낸 탓으로 그이는 좋건 나쁘건 무엇엔가 기대야 편했던 것이 아닐까요. 그래요 저도 압니다. 그것은 원인일 뿐 그에게는 자신을 이길 힘이 부족했습니다. 하지만 아무도 그를 자기조절을 배울 수 있도록 도와주지도 않았고 바른길로 이끌어 주지도 않았습니다. 어째서 그것이 그의 탓이라고만 할 수 있겠습니까. 어쨌든 그는 끊을 수 없는 중독의 사슬에 매어 있습니다. 좋은 방법으로 그가 술을 끊을 수 있도록 도와주시기 간절히 바랍니다. 이제 아무도 나를 믿지 않는 세상에서 나는 더 이상 버틸 수가 없습니다. 나는 떠납니다. 이 고해의 바다를 떠나는 것이 최선의 길인 듯싶습니다. 끝까지 아이들을 키우지 못하는 것이 죄스럽습니다.

저의 선택이 가족에게 마음의 상처가 되는 것이 너무 두렵지만 어쩔 수 없이 이 길을 가야하는 저를 부디 용서하시기 바랍니다…

유선은 유서를 접어 작은 탁자 위에 올려놓았다.

'그래, 올 것이 왔어. 이 길만이 내게 남아 있는 유일한 것이야. 난 달리 갈 길이 없어. 내 부모님에게도 더 폐를 끼치고 싶지 않아. 그래 이제는 결행하자.'

그녀는 한참을 입을 막고 북받치는 울음을 울었다. 그리고 목욕탕으로 가서 조용히 손과 발을 깨끗이 씻고 옷을 갈아입었다. 그리고 키 높은 나무의자를 들고 작은방으로 돌아와 장롱에서 아이들을 기를 때 쓰던 하얀 무명 띠를 찾아냈다. 그녀는 앉아서 조용히 자신의 목을 조를 올가미를 만들었다. 그녀는 곧 천정을 가로 지르고 있는 대들보에 띠를 던져 걸고 띠의 길이를 맞추고 올가미의 끝을 단단히 잡아매고 당겼다. 몇 번이나 올가미와 띠 줄이 잘 묶였는지 확인한 뒤 마지막으로 꿇어앉아 친정 부모님과 아이들 그리고 남편을 위해 기도를 드렸다. 어둑한 방에서 하얀 띠가 대들보에서 내려와 공중에서 천천히 흔들렸다. 반대편 벽에 길게 드리워진 올가미의 긴 그림자가 꼼짝하지 않을 때까지 그녀는 눈이 시리도록 공중그네를 바라보았다.

이윽고 그녀는 다 타서 가물거리는 촛불을 껐다. 방안은 깜깜해졌다. 눈이 어둠에 익숙해지기를 잠시 기다렸다. 그리고 불현듯 일어났다. 대들보에 걸린 팽팽하고 튼튼한 띠줄을 당겨 보았다.

'이만하면 됐다.'

그녀는 올가미를 붙잡고 작은 탁자를 밟고 키 높은 의자위로 선뜻 올라섰다. 몸이 기우뚱거렸다. 그녀는 중심을 잡기위해 올가미를 꼭 붙잡았다. 허리를 꼿꼿이 세우고 발을 모아 균형을 찾았다. 그녀는 천천히 하얀 올가미를 목에 걸었다. 아이들이 다시 한 번 보고 싶었다. 그러나 그녀는 그 생각을 떨쳐 버리려는 듯 그녀를 지탱하고 있는 의자를 서슴없이 발로 차냈다. 의자가 넘어졌다. 순간 하얀 띠가 팽팽하게 당기며 그녀의 몸이 공중에서 격렬하게 요동쳤다. 아이들의 공중침대가 그녀의 품에 날아왔다. 아이들의 웃는 소리 재잘거림과 떠드는 소리 남편이 매 맞으며 내는 신음소리 그리고 그 소리는 금방 멀어졌다. 순간 그녀의 사지에서 뿜어져 나오는 안개 같은 삶의 궤적이 어둠 속에서 번쩍이며 별처럼 흩어졌다. 티끌로 변해버릴 육신의 무게가 공중에서 무겁게 흔들렸다. 그 위로 깊은 적막이 내려앉았다.

"은지야 이래 추운데 니 그 서서 뭐 하노?"

동이를 들고 물 길러 나오던 거위 집 여인이 길모퉁이 벽에 붙어 서서 큰길을 바라보고 서 있는 은지를 보자 혀를 끌끌 차며 말했다. 손가락을 입에 물고 서서 먼 길을 바라보던 은지는 아낙을 쳐다보더니 슬그머니 옆으로 비켜섰다.

"니 또 엄마 기다리나?"

"……"

"이래 추울 때는 엄마가 안 오는기라. 벌벌 떨고 섰다가 감기 들면 우짤라꼬. 얼릉 집에 들어가거라. 니 엄마가 오면 내가 말해줄게. 아이고, 뒤늦게 니 아부지 술 끊으면 뭐 하노. 그 참한 각시 억울하게 잃어뿔고."

은지는 아낙의 말을 듣고 있지 않았다. 엄마 같은 사람이 큰길을 따라 내려가고 있는 것을 보고 있었다. 아낙은 은지의 머리를 한번 쓱 쓰다듬고는 종종걸음으로 샘으로 향해갔다. 은지의 눈은 여전히 큰길을 내려가고 있는 여인에게 꽂혀 있었다. 짙은 청색 치마와 회색빛 저고리를 입은 부인은 걸음이 빨랐다. 은지의 눈에는 틀림없는 엄마였다.

"엄마… 엄마…."

은지는 엄마를 놓칠세라 목청껏 엄마를 부르며 달리기 시작했다. 가물가물 멀어져 가는 여인을 좇아 아이는 주먹을 꼭 쥐고 죽을힘을 다해 뛰어갔다. 짧은 단발머리가 바람에 곧추섰고 작고 여윈 다리가 날개 달린 듯 공중으로 붕붕 날아 여인을 향해 날아갔다.

"엄마아…."

파약

나는 그의 커다란 어깨를 끌어안았다. 내가 할 수만 있다면 진심으로 상처에서 그를 해방시켜 주고 싶었다. 그러나 그러기도 전에 예기치 못한 임신을 했고 그와 한 약속을 어기게 되었다. 그래서 그 사실을 토모에게 알리지도 못하고 전전긍긍해야 할 난처한 처지에 놓이게 되었다.

파약

토모는 아기 갖기를 원하지 않았다. 그의 절대적인 요구였고 결혼하기 전후에 둘이서 굳게 약속했던 일이었다. 애초 그의 결혼관이 그랬고 약속까지 했으니 당연히 아이를 가질 생각은 하지 않았다. 나는 약속을 지키기 위해 철저하게 피임을 해왔고 지난 십년 동안 아무런 탈이 없었다. 그 약속이 깨진 것은 순전히 우연이었다. 아마 사고라고 해야 타당할 것 같다. 피임을 했는데 아기가 생긴 원인은 나도 알 수 없었다. 생리가 불규칙했지만 피임을 하고 있었기 때문에 임신은 생각하지도 않았다. 그런데 며칠을 계속해서 몸이 으슬으슬 춥고 아파서 병원에 갔다가 임신 사실을 알고 나는 당황했다. 아이를 가졌다는 이야기를 감히 그에게 꺼낼 수 없었다. 결혼생활에 격변이 일어날지도 모른다는 생각이 들었기 때문이었다. 그래서 혼자 조용히 해결해 보려고 누구에게도 알리지 않고 혼자 낙태시켜줄 병원을 며칠이고 찾아 다녔다. 마침내 들렀던 한 병원에서 내원하라는 전갈을 받았다. 나는 그곳이 가깝지도 않은 먼 곳임에도 불구하고 부리나케 달려갔다.

"낙태를 시킬 아무런 정당한 이유 없이 아이를 지우지는 못합니다. 산모가 중병에 걸려 아이를 가져서는 안 될 위험한 상황에 있거나 태아가 죽었거나 살지 못할 위험이 있는 경우를 제외하고는…"

의사는 컴퓨터를 켜며 말했다. 간호사가 배에다 튜브의 약을 펴 바르자 의사가 기구로 배의 이곳저곳을 문질렀다. 곧이어 의사가 컴퓨터 화면을 보라고 지시했다.

"보이죠?"

불규칙한 선들이 가득한 흑백 화면이 일렁이더니 조그만 누에고치처럼 자궁 속에 누워있는 아기의 하얀 모습이 드러났다. 쿵박 쿵박 투박하고 규칙적인 소음이 들렸다. 저게 무슨 소리지? 나는 불안한 마음으로 화면을 바라보았다.

"아기의 심장 뛰는 소립니다."

의사는 마치 내 속을 환히 들여다보고 있는 것처럼 말했다. 나는 놀라 움찔했다. 아기의 심장 뛰는 소리가 저렇듯 크게 들리다니. 갑자기 해머로 머리를 맞은 듯 아찔했고 마음은 엉클어진 실처럼 복잡해졌다. '내가 살아있는 아이를 어떻게 하려고 한 것이지?' 연민과 두려움이 함께 달려들었다. 토모가 절대 용납 하지 않을 조그만 생명에 대한 강한 애착이 갑자기 불같이 일어났다. 나 자신도 예기치 못한 일이었다.

"아기가 숨 쉬는 소리를 들으면 거의 생각을 바꾸게 되지요. 그렇죠?"

의사는 마치 내 맘을 읽고 있는 것처럼 말했다. 나는 머리를 끄덕였다. 의사는 고무장갑을 벗어 쓰레기 통으로 던져 넣으며 잘 생각했다고 말했다.

"아기는 자리를 잘 잡았습니다. 정상입니다."

병원 문을 나설 때 간호사가 노란 봉투를 내게 건넸다. 아기의 사진이었다. 내 기분은 완전히 달라져 있었다. 아이의 심장 뛰던 소리가 귀에 쟁쟁하게 남아있었다. 아기와의 유대감이 강하게 느껴졌다. 무슨 일이 있더라도 아기를 낳아야겠다는 맘이 가슴 깊은 곳에서 강하게 올라왔다. 나는 사진을 가만히 끌어안았다. 살아 숨 쉬고 있는 아이를 지우려 하다니, 끔찍한 일을 저지를 뻔 했던 것이다. 그러나 마음 한구석에는 그 일이 불러올 파장을 두려워하는 맘이 물처럼 고여 있었다. 아기의 존재가 결혼생활에 어떤 크나큰 영향을 미칠 것임을 예감하고 있었기에. 나는 서랍장 깊은 곳에 아기 사진을 감추고 토모에게 어떤 방법으로 알릴까를 고민했다. 물론 어떤 장벽에 부딪칠지라도 그를 설득해서 아이를 낳아야 한다는 마음은 더 굳어졌지만 극단적인 상황도 분명 염두에 두지 않을 수 없었다.

결혼식이 시월로 한 달 정도 남아있을 때였다. 그 날 토모와 나는 결혼하면 들어가서 살 아파트를 계약하고 나오는 길이었다.

"나중에 바다가 보이는 곳에 집을 샀으면 좋겠어."

내가 그에게 말했다.

"어차피 집은 필요하니까. 결혼식이 끝나면 천천히 집을 찾아보자고."

"그럴만한 여유가 있어?"

"여유 없이 그런 말은 할 수 없지."

"고마워, 나중에 새 식구도 생길 테고. 집이 일찍 마련되면 그보다 더 좋을 수는 없지."

그는 내 말에 아무 대꾸를 하지 않았지만 자동차가 티파니로 향했을 때 입을 열었다.

"지니, 난 너 말고는 더 새 식구를 원하지 않아. 그것만은 지니가 꼭 알았으면 좋겠어. 우리 둘만 재미있게 살면 됐지. 아이가 왜 필요 해. 난 아기를 좋아하지 않아. 우리 둘만으로 만족하자고…. 약속 해, 아이는 절대 가지지 않기로."

그때만 해도 전연 이해가 되지 않는 그의 미스터리한 점이었다. 처음 그 말을 들었을 때 내심 그에게 무슨 트라우마가 있나 잠시 의심했지만 결국 나는 다르게 해석을 내리고 말았다. 오직 둘만의 생활을 즐기고 싶은 일시적인 맘일 것이라고, 혹여 그런 맘이 있다 해도 살다 보면 결국엔 그의 생각도 달라질 것이라는 안일한 판단을 내리고 만 것이었다.

달콤한 신혼이 지나고 또 한두 해가 더 가고 우리는 그 사이 해변이 그리 멀지않은 도시에 이천 스퀘어 피트 콘도미니엄을 사서 이사를 했다. 그동안 배불뚝이 친구들의 베이비 샤워가 줄을 이었다. 일찍 결혼한 친구들은 벌써 유치원에 다니는 아이들도 있었고 막 출산해서 잠만 자는 아기들, 기는 아기들, 걷는 아기들, 다양했다. 친구 커플들은 힘들어 했지만 더 행복해 보였다. 얼굴에 솜털이 보송보송한 조그만 아기를 중간에 두고 그들이 행복에 겨운 눈빛을 나누는 것을 보았을 때 나는 문득 아기를 갖고 싶다는 생각을 했다.

"오늘 앤을 만났는데 아기가 함께 왔어. 그렇게 예쁜 아기는 세상에 처음 본 것 같아."

앤을 만난 날 저녁 식사 후 티브이 앞에 앉았을 때 내가 그에게 말했다. 그는 화면 가득 괴물들의 군대가 행진하는 것을 보느라 아무 대답이 없었다. 못들은 건가?

"토모… 나 이제 아기 가지고 싶어, 자기는 어때?"

그는 아무 말 하지 않았다. 나는 화면에서 눈을 떼지 않고 있는 그를 다시 불렀다.

"무슨 말이야? 전에 내가 말하지 않았어? 난 아기가 싫다고, 둘만 행복하게 살자고 했잖아. 잊었어? 나는 아기를 좋아하지 않고 원하지도 않아."

그는 내가 전에 한 번도 본적 없는 차디차고 굳은 표정으로 말했다.

"무섭다, 그런 얼굴 하지 마."

나는 너무 생소해 보이는 그를 멍하니 쳐다보며 말했다. 결혼 전에 그가 말했던 것을 나는 거의 기억하고 있지 않았다. 머릿속의 기억을 뒤적이다 전에 그가 했던 말을 생각 해냈고 그게 그의 진심이었던 것을 알았다.

"아기는 필요 없고 난 너만 있으면 돼. 우리의 결혼을 유지할 수 있는 첫 번째 조건이야…. 다른 불만은 아무것도 없어. 난 너를 사랑하고 다른 일에 얽매여 살고 싶지 않아."

글쎄, 나만 필요하다는 말에는 더 할 말이 없었다. 피와 살을 준 아기라 하여도 둘 사이에 끼어드는 게 싫단 말이었다. 결국 아기를 가지는 일을 영원히 포기하라는 뜻이었다. 선뜻 받아들이기 힘든 부분이었다. 하지만 그런 이유로 결혼

생활을 깨트릴 수는 없는 일이었고 그를 사랑했으므로 버릴 수도 없었다. 아기에 대한 그의 태도는 단호하고 강경했다. 오로지 나만 곁에 있으면 된다는 사람이니 좀 별난 사람이긴 하지만 그의 생각을 따를 수밖에 없었다. 부부가 아이를 갖는 것은 당연했지만 아이가 꼭 있어야 한다는 이유도 없었다. 평생 아이 없이 사는 삶이 어떨는지 알 수 없었지만 어쩔 수 없이 아기를 갖고 싶다는 허황된 생각을 접어야 했다. 지난 십년동안 나는 약속을 지켰으며 우리는 여전히 사랑했고 충실했고 성실했다. 그러나 나는 가끔 그가 아기를 싫어하는 이유가 궁금했다.

"아이들은 항상 돌봐야 하는 골치 덩어리들이야. 키워 놓으면 엉뚱한 짓이나 위험한 생각이나 하고."

"그게 아기를 싫어하는 이유야? 애들이니까 당연히 그렇지, 그런 과정을 겪으면서 배우고 자라서 세상에 나올 수 있잖아. 철이 들 때까지 부모들의 애를 끓이면서 말이지. 우리도 그렇게 어른이 됐어. 그런 일은 항상 되풀이 되는 일이지."

"그런 희생을 치르면서 난 살고 싶지 않아."

그의 눈썹이 꿈틀거렸다. 기분이 좋지 않을 때면 물결치는 눈썹, 그랬다. 그는 아이에 관한 이야기를 그다지 좋아하지 않았다.

그런 그가 어느 날은 내가 묻지도 않았는데 자신에 관해 입을 열었다.

"사실 난 부모님들이 헤어지고 난 뒤 일하는 엄마와 무관심한 베비시터 사이를 오가며 살았어. 엄마는 일에 지쳐 있었지. 난 지친 엄마에게 부담을 주지 않으려고 일찍이 그림자처럼 사는 방법을 배워야 했어. 엄마가 시키는 대로 행동했고 엄마의 말을 귀담아 듣는 척 고분고분했어. 엄마가 일에 지쳐 역정을 낼 땐 난 엄마가 떠날까 봐 걱정에 싸이곤 했지. 아버지는 집을 나가고 난 뒤 날 찾아 온 적이 없었어. 나는 그에게 별로 필요하지 않은 귀찮은 존재였던 것 같아. 그래서 한동안 그를 미워했어. 엄마는 가끔 녹초가 되도록 술을 마시고 고함을 지르다 울곤 했지. 나는 무서워서 침대 밑에 숨어서 나오지 않았지만 엄마가 무섭고도 불쌍했어. 내가 좀 더 자란 뒤 엄마는 말했지. 남자들이 가르쳐야 할 일이 있을텐데 아빠가 없어 미안하다고. 나는 이해했지. 싱글엄마로서는 어쩔 수 없는 일인걸. 남자들이 하는 일이야 필요여하에 따라 나 스스로 얼마든지 터득할 수 있는 일인데도. 엄마는 내가 자랐어도 여전히 똑 같은 걱정을 했어. 방과 후 함께 시간을 보내던 베이비시터는 나를 티브이에다 매달아 놓고 자기 일만 했어, 그녀가 잔소리 하는 것보다는 그게 더 나았어, 어린 시절을 온통 티브이만 쳐다보고 지나야 했지만. 난 항상 외로웠어. 그리고 누구도 믿지 못했어. 누구와도 오래 친하게 지낼 수도 없었고 말이야. 사춘기 땐 여자들도 만나고 나쁜 친구들과 얼려 사고도 치고 했지만….난 변하지 않았어. 나는 양친 아무에게도 필요치 않는 아이라는 느낌이 사라지지 않았지."

그간 지내오며 단편적이게 들었던 이야기와 가끔 스쳐가듯 짤막하게 들었던 그의 추억의 편린들 속에 오래된 상처가 묻혀있는 것을 알았다.

"이젠 내가 있잖아."

내가 그의 손을 끌어다 꼭 잡자 그가 희미하게 웃었다. 나는 그의 커다란 어깨를 끌어안았다. 내가 할 수만 있다면 진심으로 상처에서 그를 해방시켜 주고 싶었다. 그러나 그러기도 전에 예기치 못한 임신을 했고 그와 한 약속을 어기게 되었다. 그래서 그 사실을 토모에게 알리지도 못하고 전전긍긍해야 할 난처한 처지에 놓이게 되었다.

그날 토모는 욕실에서 샤워를 하고 있었다.

오븐에서는 빵 굽는 구수한 냄새가 풍겨 나왔다. 빵을 꺼낼 적절한 시간을 놓치지 않기 위해 나는 부엌에서 타이밍 알람이 울리기를 기다리고 있었다. 토모는 내가 손수 구운 빵을 좋아했다. 무엇이든 내가 해 주는 것을 좋아했다. 나는 그를 위해서 바쁜 시간을 쪼개 요리를 하고 그의 옷을 챙기고 뒷바라지를 했다. 빵 굽는 얘기가 나왔으니 말이지만 언젠가 집 가까운 곳에 일 보러 왔다 들렀던 친구 미미는 남편을 위해 집에서 빵을 굽는 나를 보고 못 말리는 충성심을 가졌다고 빈정거렸다.

"딱 까놓자면 토모는 너무 이기적이야."

"넌 왜 그렇게 삐딱하게 생각하니, 내가 좋아서 하는 일인데."

"구시대 한국판 열녀 났군, 요즘 세상에 집에서 빵 굽는 여자가 어디 있어! 사 먹이고 말지."

"상관 마, 난 가게에서 산 음식 먹이고 싶지 않아."

"넌 그에게 말할 수 없는 충성스런 아낸데 그는 자기 자신만 생각하고 있잖아. 여자의 특권을 누리지 못하게 하는 냉정한 사람이 뭐 그리 소중하다고, 도대체 넌 그의 어떤 점에 꽂혀 그렇게 헌신적이게 사는 거야? 그렇게 출장이 잦은 사람의 아내는 애라도 있어야지. 애도 못 낳게 하고 무슨 일이람."

"상관 마, 애 없어도 그가 있잖아. 애기 있다고 넌 날 약 올리는 거야?"

"그럴 리가 있겠니. 그래도 그건 아니야."

미미는 모든 남자는, 낳고 싶어도 낳지 못하는 근원적 생식능력에 문제 있는 사람들 까지도 모두 종족을 퍼뜨리고 싶은 욕망이 있다는 지론을 펼쳤다. 남자들이 아이를 꺼려하는 이유는 몇 개 되지 않는다며 부양능력이 없어 책임지고 싶지 않을 때, 정신적 문제나 상처가 있을 때, 아이가 있어서는 안 될 개인적 특별한 이유가 있을 때 등등을 들며 오래 떠들어댔다. 물론 나는 그중 어느 것 하나도 토모와는 관계가 없다고 반박했다.

"하긴 툭하면 밥 먹듯 이혼하는 사랑의 풍토에 문제가 있긴 하지, 여자는 세 번 이혼을 하면 부자가 되고 남자가 세 번 이혼을 하면 뼈도 남지 않지. 게다가 둘 사이에 아이라도 있으면 십팔 세 성년이 될 때까지 아빠가 양육비를 감당해야 할 법적 의무가 따라다니니까, 그게 남자들 골을 썩이는 일이긴 하지, 가진 것 모두 여자에게 내놓고 남자들은 당장 팬티 한 장만 걸치고 나가게 되고 게다가 양육권을 놓고 치열하게 싸우며 몇 년을 보내다 보면 이전에 사랑하던 사람들이 맞나 싶을 정도로 서로에게 진저리를 내면서 돌아서지. 서로 믿지 못해 만날 때 마다 먼저 떠날 것을 염려해야 하는, 그래서 어떤 남자들은 자신의 발목에 족쇄를 채울 일을 아예 하지 않으려는 의도를 가지게 되는 거야. 그래서 결혼은 하지 않고 독신으로 지내면서 온갖 여자들을 꼬셔서 즐기고 너무 타산적이잖아? 진실이라곤 전연 찾아 볼 수 없고, 그러나 현실적으로 일어나고 있는 일이지. 너무나 자유로운 나라, 자유롭게 선택하고, 자유롭게 사랑하고 자유롭게 떠나가는 사람들. 배우자를 몇 번이라도 갈아치우면서도 자신이 만났던 사람 중에 있었을지도 모를 진실한 사랑을 알지 못한 채 또 다시 이번에야말로 진정한 사랑을 만나기를 갈구하며 떠나가는 남녀들 너무 많잖아!"

"그는 아니야. 넌 너무 부정적이야. 그이는 다만 아기를 가지기 싫어할 뿐, 그 이상도 이하도 아니야. 너무 비약 시키지마. 넌 도대체…. 내 친구 맞니?"

"나도 그렇게 생각하고 싶은데 그렇지 않은 생각이 자꾸 든단 말이야."

하긴 미미만 그러는 것이 아니었다. 아기를 가진 친구들은 거의 모두 같은 생각을 가지고 있었다. 그들은 앵무새처럼 똑같은 소리를 냈다. 그 간단한 이유를 아무리 이해시키려고 해도 이해하려는 생각이 전연 없어 보였다. 그래서 나는 친구들 만나는 것이 점차 싫어졌다. 그들의 귀엽고 조그만 아기들을 보는 것이 즐거움이었지만 그 귀여운 아기들도 마찬가지로 내게서 멀어졌다.

뱃속의 아기는 삼 개월로 접어들고 있었다. 아랫배를 손으로 살짝 누르면 아주 단단한 돌기물이 만져졌다. 그럴 때 마다 날들이 빨리 지나가는 것이 걱정되었다. 나는 그때껏 남편에게 임신을 고백하지 못하고 기회만 엿보고 있었다. 말도 안 되는 약속이 깨어지는 날부터, 그래도 약속은 약속이었다. 나는 그의 얼굴을 마주 보는 것이 즐겁지 않았다. 아기의 존재를 알릴 수 있는 기회를 탐색하느라 고심만 거듭하고 있었다. 그가 어떤 반응을 할지 너무나 뻔해서 두려웠고 그 때문에 망설이고 있는지도 몰랐다.

알람이 울었다. 빨간 점등이 꺼졌다. 오븐을 열고 빵을 꺼냈다. 겉이 노랗게 잘 구워진 빵은 구수하고 향기로운 냄새를 풍겼다. 작은 바구니에 빵을 담고 냅킨으로 덮어 식탁에 올려놓고 저녁 준비를 했다. 샤워 물 떨어지는 소리가 그쳤다. 나는 서둘러 닭고기와 야채를 익혔다.

그는 라벤더 향 비누 냄새를 풍기며 식탁으로 왔다. 언제나 기분 좋은 얼굴로 그는 식탁 앞에 앉았다. 내가 해주는 모든 것을 항상 기쁘게 받아들이는 그를 바라보는 것은 즐거운 일이었고 그것은 곧 내게 끊임없이 새로운 것을 만들게 하는 힘이 되었다.

"음식 냄새가 너무 좋은걸. 최고 주방장이 만든 음식을 먹어볼까!"

코를 킁킁거리며 그가 말했다. 접시에 익힌 야채를 담고 닭고기 냄비를 여는 순간 아 내 생애 이런 알 수 없는 증상이 나타날 줄은, 그 냄새에 내 속이 뒤집어졌다. 요리를 만들 때만 해도 멀쩡했는데 갑자기 역겨움과 함께 토할 것 같은 기분이 들어 부지중에 화장실로 달려갔다. 변기에 목을 뺐으나 헛구역질만 올라왔다. 드디어 임신한 친구들이 겪던 입덧이 내게도 찾아온 것을 깨달았다.

"왜 그래 뭘 잘 못 먹었어? 체한거야?"

토모가 놀라 뒤따라 와서 물었다.

"…점심 먹은 것이 과했나봐."

"과하게 먹지 않으면서 웬일이야…. 얼른 소화제를 먹어봐."

그는 나의 등을 쓸어주고 입을 헹굴 찬물과 약을 가져다주고 침실로 데려다 주었다. 나는 갈등의 바다에 빠지고 말았다. 그를 실망시키고 싶지 않은 생각과 당장 말해야 할 것 같은 초조감과 사후에 올 폭풍에 대한 근심 사이를 오가며 그 밤에 통 잠을 이루지 못했다.

이튿날 아침 식탁 앞에서 똑같은 일이 벌어졌다.

"병원에 가야겠다. 약으로 안 되는 것 같으니… 장모님께 말해봐."

그는 전연 눈치 채지 못했고 출근시간에 쫓겨 달아났다. 그가 떠나고 난 뒤에도 나는 화장실에서 얼굴이 노랗도록 구역질을 했다. 그날부터 음식이라고는 아무것도 입에 넣을 수가 없었다. 아이는 자신의 존재를 알리지 못하는 엄마를 호되게 질타하려는 듯 내가 먹는 음식을 모두 거부했고 냄새조차 거절했다. 부엌으로 들어가서 요리하는 자체가 불가능해졌다. 그날 나는 온종일 물만 마시고 그가 돌아오기만 기다렸다. 더 이상 망설일 시간이 없었다. 망설여 봤자 아무것도 달라질 것도 없었다. 어차피 드러나고 말일이었다. 설마 자기 새낀데 뭐라겠어. 정말 오늘은 결단을 내려야지.

오후에 그에게서 전화가 왔다.

“병원 갔다 왔어? 아니 왜? 좀 괜찮아졌어? 그럼 어쩔 거야? 알았어. 어쨌든 나 내일 출장 가니까 준비 좀 해놓아. 저녁엔 회식이 있어 좀 늦어.”

하필…. 일이 여의치 않으려면 이런 반갑잖은 요소가 끼어들기 마련이었다. 그는 바쁘다고 서둘러 전화를 끊었다. 맥이 탁 풀렸다. 나는 그의 가방을 꺼내고 속옷 몇 벌과 넥타이, 와이셔츠, 양말, 세면도구 등을 챙겨 넣었다. 그리고 쪽지를 써넣는 것도 잊지 않았다.

> 바빠도 패스트푸드는 안 되. 제대로 된 식사 하고 손님을 만나도 술 너무 많이 마시지 말고 예쁜 여자들 지나가도 눈길 주지 말 것. 볼일 잘 보고 돌아와.

나는 쪽지를 써놓고 테이블 앞에 한참 앉아있었다. 일이 자꾸 꼬이고 있다는 생각이 들었다. 될수록 빨리 알려야겠다는 조급증이 들면서 잔뜩 긴장을 하고 있었는데 계획을 달리해야 했다. 출장 갈 사람에게 충격적인 이야기를 하고 싶지는 않았다. 쪽지를 가방 안 그물망에 넣으면서 문득 한 가지 생각이 떠올랐다. 그와 부딪치지 않고 가장 효과적이게 임신을 고백할 수 있는 확실한 길이었다. 나는 곧 그가 출장지의 호텔에서 읽게 될 편지를 쓰기 시작했다.

- 토모,

얼마 전만 해도 내가 이런 편지를 당신에게 쓸 줄은 상상하지도 못했어. 여하튼 먼저 약속을 지키지 못하게 된 점, 당신에게 사과해. 나, 실은 아기를 가졌어. 지금 삼 개월이야. 여태껏 피임을 잘 해왔는데 어떻게 아기가 생겼는지 나도 잘 모르겠어. 병원에서 의사가 임신이란 사실을 말했을 때 내가 얼마나 당황했는지 당신은 모를 거야. 당연히 당신과의 약속이 제일 먼저 생각났어. 그래서 처음에는 당신에게 알리지도 않고 그냥 몰래 아이를 지울 생각으로 낙태를 해 주겠다는 병원을 찾아다녔어. 요행히 상태를 보고난 뒤 낙태를 해주겠다는 병원을 찾았는데 엉뚱하게도 의사는 아이의 심장 뛰는 소리와 뱃속에 조그맣게 누운 태아의 모습을 보여 주었어. 숨 쉬는 소리와 아주 작은 태아의 모습을 내 눈으로 보지 않았더라면 나는 당신에게 이런 편지를 쓰지 않았을 거야. 난

하마터면 아이를 죽인 비정한 악마가 될 뻔 했어. 웅크리고 누운 작은 태아의 모습을 봤을 때 내가 무슨 생각을 했는지 알아. 당신이 나를 떠난다 해도 나는 그 아기를 지울 수 없다는 것을 깨달았어. 만약 당신이 그 가냘픈 모습을 보고 숨 쉬는 소리를 들을 수 있었다면 분명 당신의 생각도 바뀌었으리라 생각해. 그동안 참 많은 생각을 했어. 왜 당신이 아이를 싫어하는지, 왜 아이가 있으면 안 되는지 나는 정말 진실로 그것이 알고 싶어졌어. 하긴 아무리 이유가 타당하다 하더라도 나의 결심은 바뀌지 않겠지만. 내가 이 말을 하기 위해 얼마나 고심하고 기회를 엿보아 왔는지 당신은 아마 상상 하지도 못할 거야. 나는 이 일로 당신과 나의 관계가 최악으로 발전 할 것이 너무나 두려웠어. 당신을 사랑하는 까닭에. 그래서 이 고백을 하기가 두렵고 괴롭고 무서웠어. 결국 아무것도 숨길 수 없는 날이 다가 오는데도. 앞으로 닥칠 최악의 상황을 어떻게 견딜 수 있을지는 알 수 없지만 각오는 했어. 어쨌든 아기는 내게 당신을 포기 할 수 있는 용기를 주었어. 난 아기를 사랑해. 난 아이를 낳고 싶어. 아마 여자의 본성인 것 같아. 이렇게 털어놓고 나니 속이 얼마나 후련한지, 안고 있던 무거운 짐을 내려놓은 것 같아. 정말 미안 해. 당신이 원치 않는 일을 하게 되어서. 새 생명을 내 속에 품고 보니 그 생명이 얼마나 소중하고 사랑스러운지, 비록 지금은 아기가 나를 괴롭히고 있지만 곧 다시 나를 기쁘게 해주리라 믿어. 당신에게는 정말 미안해. 당신에게 책임전가 할 생각은 손톱만치도 없어. 허나 내가 가진 기쁨을 당신과 나눌 수 없는 것이 아쉬워. 당신은 너무나 확고한 생각을 가지고 있으니 당신의 결심대로 할테지. 그것이 우리의 갈 길이라면 어쩔 수 없이 받아들일 거야. 운명이잖아. 내가 망설이고 생각하고 또 생각해도 변하지 않을 진실, 나는 주어진 대로 현실을 이제 기꺼이 받아들이려고 해. 우리의 관계가 설령 최악으로 치달을지라도…

미안해. 이 사과는 당신에게 바치는 나의 처음이자 마지막 사과가 될 거야. 정말 미안 해. 당신과 함께 한, 조용한 밀물 같은, 사랑에 찬 나날들을 깨고 폭풍우 속으로 걸어가야 할 것을 생각하니 두려워. 그러나 아기를 위해 이모든 것을 끝까지 버텨 낼 거야. 정말 미안해. 약속 지키지 못해서…

나는 펜을 놓았다. 극에 달한 감정 때문에 한동안 책상에 엎디어 있었다. 편지를 그의 출장 가방에 넣고 난 뒤에도 마음은 서글픔과 무거움, 홀가분함으로 뒤죽박죽이 되었다. 늦은 시각인데도 그가 돌아오지 않아 나는 혼자 침대에 들었다. 그는 밤늦게 돌아왔다. 출장 때문인지 회식자리에서 술도 마시지 않은 것 같았다. 그가 침대에 들 때까지 나는 자는 척 모로 누워 눈을 감고 있었다. 그는 내 잠을 깨우지 않으려 조심스럽게 옷을 갈아입고 화장실에 가 씻었다. 잠 잘 준비를 끝낸 그가 시트자락을 끌어다 내 어깨까지 덮어주고는 조심스럽게 곁에 누웠다. 감은 눈 속이 뜨거워졌다. 내 맘이 여러 생각으로 격해진 것도 모르고 그는 눕자 곧 잠이 들었는지 가는 코를 골았다.

시도 때도 없이 일어나는 입덧 증상 때문에 하루 종일 나는 거의 아무것도 입에 넣지 못했다. 물만 마시니 단 이틀이라 해도 체중이 줄고 얼굴이 수척해졌다. 게다가 얼마 전부터 앉았다 하면 참을 수 없는 졸음이 몰려왔다. 사무실이라고 예외는 아니었다. 고개를 끄덕이며 졸다 눈을 뜨면 사무실 동료들 중 한 둘은 나를 염려하는 눈으로 쳐다보았다. 결혼한 동료는 단번에 임신을 의심했다. 나는 긍정도 부정도 하지 않았다. 이런 증상이 얼마나 계속될지 알 수 없었지만 나는 예기치 않은 증상 때문에 일주일 병가를 얻어냈다. 병가가 끝날 즈음엔 토모도 돌아올 것이다.

출장 간 첫날 늦은 저녁에 그는 잘 도착했다는 간단한

메시지를 보내왔다. 두 번째 날은 아무 소식도 없었다. 편지를 아직 읽지 않았을 수도 있고 바쁜 시간을 보내고 있을지도 몰랐다. 어쩌면 편지를 읽고 충격에 빠졌을 수도 있었다. 하지만 어떤 이유로든 소식을 전하지 않는 것에 나는 공연히 신경이 곤두섰다. 편지를 읽었다면 틀림없이 내게 무슨 반응이든 보였을 것이다. 어쩌면 무서운 결심을 하고 있는지도 몰랐다.

해질 녘 무딘 양광이 들어오는 거실 소파에 누워 나는 바람에 나부끼는 가로수들을 창문을 통해 바라보고 있었다. 여전히 역겨움 때문에 아무것도 먹지 못하고 있었다. 힘은 더 떨어졌고 하루 종일 소파에 널브러져 누워 있기만 했다. 창밖의 복사꽃 여린 꽃잎들이 바람에 날아가는 것이 보였다. 봄꽃이 피기 바쁘게 불어대는 꽃샘바람은 나무에 새로 돋아나는 여린 꽃들을 모조리 흩어버릴 듯 거세게 불었다. 나는 불안한 마음으로 공중에 어지럽게 나르는 복사꽃잎과 하얀 부겐빌리아를 오래 바라보았다. 갑자기 찬바람이 느껴졌다. 어디서 찬바람이 들어오지? 내가 잠이 들었던가? 찬바람은 현관문에서 불어 들어왔다. 인기척과 함께 누군가 문을 연 것 같았다.

"누구세요?"

나는 놀라서 후다닥 소파에서 일어났다. 토모였다.

"출장 간 사람이 어떻게 일은 안보고…"

나는 주눅이 들어 소파에 주저앉으며 말했다. 그가 냉냉한 얼굴로 다가왔다.

"일 보다 더 급한 일이 생겼잖아. 넌 왜 약속을 안 지켜? 내가 그렇게 누누이 얘기를 했는데 우리 관계 이제 끝내고 싶어?" 그가 싸늘한 눈으로 나를 쏘아 보며 말했다.

"자기야 그게 아니야. 실은 내가…" 그에게 말하고 싶었다. 실수였다고, 그래서 그의 손을 잡으려고 팔을 뻗쳤으나 그는 몸을 피했다.

"듣기 싫어. 난 변명은 듣고 싶지 않아. 끝내고 싶지 않으면 그 아이 얼른 지워. 약속을 했으면 지켜야 되는 것 아니야?"

"자기야 내말 들어 봐, 절대 고의적으로 한 일이 아닌 것만은 알아줘. 지난 십년 세월을 보면 알 수 있잖아. 내 잘못이 맞아, 하지만 이건 실수야. 분명 실수지만 제발 아기 지우라는 말은 하지 마, 난 이 아기를 낳을 거야. 어떻게 살아있는 아이를 죽일 수 있어. 그건 안 돼, 도저히 그럴 수는 없어. 제발 한번만 나를 용서 해줘."

나는 소파에서 내려와 무릎을 꿇고 그에게 말했다.

"그렇다면 우린 이혼하는 길 밖에 없군." 그는 차갑게 말했다.

"그렇게 말하지 마. 아마 당신도 아기의 숨소리를 들었다면 결코 그런 말을 입에 담지 않을 거야. 제발 생각을 좀 바꿔봐. 난 당신을 사랑하고 이 아기도 사랑해, 어느 쪽도 잃고 싶지 않아. 소원이야. 한번만 내 소원을 들어줘."

나는 그의 다리를 와락 끌어안고 애원했지만 그는 다리를 비틀어 벗어났으며 내 팔을 거세게 뿌리쳤다. 그는 테이블을 발로 차고 화병을 들어 바닥에 내동댕이치며 고함을 질렀다. 그리고 손에 잡히는 대로 거실 기물을 던져댔다. 거실은 금방 부서지고 떨어진 기물들로 어질러졌다.

"이제 더 말하고 싶지 않아. 이 길이든 저 길이든 선택뿐이야. 처음부터 약속 한 일이 아니었나 말이야. 난 아이가 싫어, 아이가 싫다고."

그는 두 주먹을 쥐고 벌벌 떨며 말했다. 나는 놀라서 멀거니 그를 바라보기만 했다. 바위같이 강한 벽이었다. 다른 일도 아니고 생명에 관한 일이었기에 내 마음은 더 할 수 없는 충격에 휩싸였다. 마음이 들끓었다. 강한 반감이 목구멍으로 치밀어 올랐다.

"그래 자신의 흉한 상처를 끝까지 벗지 못하는 것도 병이야. 난 이미 각오했어. 헤어지는 아픔이 있어도 난 이 아기를 낳을 거야. 그래 네 말대로 네 부모가 이혼을 하고 혼자 자라면서 얻은 상처 때문에 아이를 싫어하는 것은 어쩌겠어. 고쳐지지 않는 병을, 하지만 그것 말고도 또 다른 이유가 있지. 아무렴, 부부로 살고 있긴 해도 언제 맘이 변해서 떠날는지 알 수 없는 불신도 자리하고 있는 것도. 다른 이유가 또 하나 있어. 열렬한 사랑이 빛이 바래면 언제든 자유롭게 떠나는 집시 기질 말이야. 게다가 상대도 언제든지 자유롭게 떠날 수 있다는 불안감도 한몫을 하지, 그리고 아이가 있으면 헤어질 때 골치 아프고, 그 때문에 골 썩이고 싶은 맘 추호도 없는 것 알아. 아이 양육권 때문에 피나게 싸울 일은 없겠네. 어쨌든 난 너하고는 틀려, 나는 지극히 평범한 사람이야. 사랑하는 사람을 만나 결혼하면 그의 아이를 낳고 키우면서 가족을 이루고 행복하게 살고 싶은 보통 정서를 가진 사람이야. 생판 남이 만나서 사는데 왜 어려움이 없겠어, 지지고 볶더라도 그런 것을 극복해 가며 서로 존중하고 사랑하며 사는 것이 가족이고 사람 사는 것이 아니겠어? 이해득실 따지면 결혼은 왜 하는 거야. 믿지 못할 사람과 어떻게 함께 갈 생각을 할 수 있어? 그게 정상적인 생각이야? 자기 자신을 믿지 못하니까 남을 믿지 못하잖아, 마음을 터놓고 살다보면 끈끈한 정도 생기고 오래 같이 함께 해야 할 이유도 생기게 되어있어. 난 당신을 사랑했기 때문에 결혼했어. 당신을 믿었고 당신의 그 잘못된 생각까지 존중해서 약속을 지키려 했어. 사랑하는 사람이 그러기를 원했으니까. 당신의 그 이기적이고도 편협한 맘을 알면서도 그걸 따랐던 나는 바보라서 그랬겠어? 당신의 그런 모난 생각을 알았을 때 내 마음이 어땠는지 알아? 가슴 아팠어. 그런 당신을 나는 감싸 안고 고쳐주고 싶었어. 내가 자기에게 쏟아 부은 사랑과 정성을 모르지는 않겠지. 단지 사랑한다는 맘 하나로 말이야. 분명 내가 자기를 잘못 본 모양이야. 난 당신에게 너무 실망했어. 적어도 인간적인 양심은 있는 줄 알고 있었어. 그래 좋아, 우리 깨끗하게 갈라서자. 조건이 존재하는 결혼생활은 이제 그만하자. 나도 이젠 자유로워지고 싶어. 당장이라도 헤어지자구."

"뭐라고? 헤어져도 내가 헤어져. 약속은 네가 깨트렸으니 넌 내가 하자는 대로 따라야 해…."

그는 목청을 높여 고함을 질러댔다. 말도 안 되는 소리에 참을 수 없는 분노가 일어났다.

"지 새끼를 죽이라는 살인자를 따를 이유는 전혀 없어. 너 하고 싶은 대로 하라고 했잖아. 그냥 가. 난 아무것도 필요 없어. 떠나 지금 당장 떠나라고."

나는 그의 등을 현관 쪽으로 떠밀어냈다. 그는 강철로 만든 조각상처럼 꼼짝하지 않고 완강하게 버텼다. 나는 죽을힘을 다해 힘껏 그를 떠밀어냈다. 이상한 힘이 내 몸속에서 솟고 있었다. 점점 그의 힘이 빠지고 있는 것이 느껴졌다. 나가, 가라고. 그가 밀려나고 있었다. 갑자기 전화가 요란스레 울렸다. 나는 사방을 두리번거렸다. 전화는 분명 엔드테이블에 얹혀 있었는데 보이지 않았다. 전화가 어딨어, 어디로 간 거야. 갑자기 사방이 어두워졌고 나는 어떤 물체에 부딪쳐 넘어지고 말았다. 나는 소파에서 카펫바닥으로 떨어지는 바람에 눈을 번쩍 떴다. 전화 벨 소리가 울리고 있었다. 사방은 깜깜했다. 혼란스러웠다. 나는 더듬거리며 일어나 전화기를 들었다.

"나야. 별일 없어? 뭘 좀 먹었어? 속은 좀 어때? 정말 미안해, 그렇게 맘을 쓰게 해서. 많이 힘들었지. 실수든 뭐든 아기가 생겼으면 낳아야지. 당신은 충분히 감당할 수 있을 거야. 워낙 사랑이 많은 사람이잖아. 고마워. 당신을 힘들게 했던 것 정말 미안해. 이제부터 죽을 때 까지 내가 당신에게 잘 할게. 고마워, 우리 아기를 위해 몸조심해. 일이 생각보다 빨리 끝날 것 같아. 아마 이틀 뒤쯤 돌아 갈 거야. 필요한 것 있으면 말해 봐. 고생한 당신에게 큰 선물을 해야지."

"선물은 무슨…. 지금 방금 난 엄청나게 큰 선물을 받았잖아…. 고마워."

나모의 그림

마침내 마을은 나모의 그림으로 덮였습니다.

더 이상 그릴 곳이 없어졌으나 나모의 그림

그리고 싶은 마음은 식지를 않았습니다.

나모의 그림

나모는 여섯 살입니다. 무엇이든 그리는 것을 좋아합니다. 엄마의 말씀대로라면 나모는 첫돌, 생일 차린 상에서 제일 먼저 색연필을 집었다 합니다. 나모는 연필이나 마크, 볼펜이나 색연필 무엇이든 손에 집히기만 하면 아무 곳에나 그림을 그립니다. 세 살 생일 때 아빠가 생일 선물로 색연필을 선물했습니다. 나모는 기뻐서 어쩔 줄 몰랐습니다. 나모는 색연필을 들고 산토끼처럼 깡충깡충 뛰었습니다. 그리고 세상에 보이는 것은 무엇이든 그리기 시작했습니다. 처음에는 삐뚤빼뚤 무엇인지도 모를 선 들을 긋더니 차츰 엄마를 그리고 아빠를 그렸습니다. 그리고 집도 그렸습니다. 엄마가 놀이터로 데리고 나간 날은 시소를 그리고 미끄럼틀과 그네를 그렸습니다. 오래지 않아 나모는 푸른 하늘을 그리고 하얀 뭉게구름을 그리고 초록

빛 산을 그리고 파란바다를 그렸습니다. 노란 나비 흰나비 빨간 단풍나무도 그립니다. 사람들은 어린 나모가 그리는 그림을 보고 신기해서 모여듭니다.

사람들은 나모를 신동이라고 말합니다. 나모는 신동이 무엇인지 모릅니다. 나모는 모여든 어른들의 발을 밀어내고 그림에만 열중합니다. 나모가 아파트 뜰에 자란 꽃을 보고 그린 꽃들이 나모의 방안 벽에 춤을 추듯 가득 찼습니다. 방안은 온통 울긋불긋한 그림으로 가득 찼습니다. 나모의 방이 그림으로 가득 차 더 그릴 수가 없게 되었습니다. 나모는 엄마 방으로 가서 그림을 그리기 시작했습니다. 곧 엄마 방도 그릴 곳이 없게 되었습니다. 이윽고 나모는 집 전체를 그림으로 가득 채웠습니다. 집에서 더 그릴 곳이 없어지자 나모는 밖으로 나왔습니다.

나모네는 아파트 칠층에 살았는데 칠층이 모두 빼곡하게 그림이 그려졌습니다. 어느 곳이든 나모가 지나가면 그림들이 그려졌습니다. 나모는 신이 나서 온 동네 아파트를 돌아다니며 그림을 그렸습니다. 길바닥에도 벽에도 그릴 수 있는 곳은 모두 그림을 그렸습니다. 마침내 마을은 나모의 그림으로 덮였습니다. 더 이상 그릴 곳이 없어졌으나 나모의 그림 그리고 싶은 마음은 식지를 않았습니다. 그래서 나모는 그림을 그릴 수 있는 다른 곳을 찾아 길을 떠났습니다.

어느 날 이웃집 경아 엄마가 나모 집에 찾아왔습니다. 나모의 그림을 지워 달라고 찾아왔습니다.

"죄송합니다. 지워 드릴께요."

나모 엄마가 말했습니다.

이튿날 나모 엄마가 그림을 지우러 가기 전에 또 다른 사람들이 그림을 지워 달라고 찾아왔습니다. 나모 엄마는 온종일 걸레와 물로 그림을 지우고 닦았습니다. 그 후 집 앞은 날마다 그림을 지워달라는 사람들로 장사진을 쳤습니다. 그래서 이제는 아빠까지 그림을 지우러 나섰습니다. 아빠와 엄마는 매일 그림을 지우러 나갔습니다. 하루가 지나고 보름이 지나고 두 달이 가고 일 년이 지났습니다. 나모는 그것도 모른 채 계속해서 그림을 그렸습니다.

어느 날 엄마가 그림을 지우다 지쳐 병이 났습니다. 아빠도 곧이어 병이 나서 드러누웠습니다. 엄마와 아빠는 나모가 돌아오기를 바랐습니다.

"나모는 그림을 그릴 수 없는 세상에서는 살 수가 없대요."

나모의 편지를 받아 본 엄마가 말했습니다.

나모는 어느새 청년이 되었습니다. 그는 그림 그릴 곳을 찾아 여러 마을과 도시를 떠돌아 다녔습니다. 배도 고팠고 때로는 길거리에서 잘 때도 있었습니다. 어느 날 가난한 사람들이 모여 사는 마을 지저분한 고속도로변의 길고 커다란 벽을 만났습니다. 그 벽을 만난 뒤 그는 몇 년을 심혈을 기울여 벽에다 그림을 그리기 시작했습니다. 그러자 쓰레기가 차츰 줄기 시작했습니다. 마침내 아름답고 훌륭한 그림이 완성되었습니다. 그 벽 아래 쌓이던 쓰레기는 이제 눈을 닦고 봐도 찾아 볼 수 없었습니다. 그 도시의 시장이 감동한 것은 물론 많은 사람들이 벽화를 보고 감탄을 했습니다. 모두 나모를 만나기 원했습니다.

"당신은 훌륭한 화가요. 이 그림보다 더 아름다운 그림을 본 적이 없습니다."

시장님과 유명한 화가들이 말했습니다.

"우리는 이 벽을 영구 보존할 것입니다. 우리에게 다른 그림을 또 그려주십시오"

시장이 말했습니다. 나모는 쾌히 승낙했습니다. 사람들이 그의 그림을 보려고 다시 모여들기 시작했습니다. 그림을 그려달라는 사람들이 줄을 섰습니다. 나모의 손은 마술사처럼 아름다운 그림을 그려냈습니다.

그 후 나모의 이름은 세상에 널리 알려졌습니다. 그의 그림은 비싼 값에 팔려 나갔습니다. 나모는 세상에서 제일 가는 훌륭한 화가가 되었습니다. 훌륭한 화가에게 주는 황금 팔레트 상도 받았습니다. 그의 명성이 알려지자 나모의 그림을 지운 많은 사람들은 후회를 했습니다.

그런 어느 날 나모는 편지 한통을 받았습니다. 아버지와 어머니가 돌아가셨다는 편지였습니다. 나모는 깜짝 놀랐습니다. 그때서야 부모님들이 생각났던 것입니다. 부모님이 자신에게 그림물감과 색연필을 사주기 위해 열심히 일하셨던 것이 생각났던 것입니다. 그리고 자신의 그림을 지우다 병이 나서 돌아가셨다는 것도 알게 되었습니다.

나모는 눈물을 흘리며 고향으로 돌아갔습니다. 아버지와 어머니의 무덤 앞에서 나모는 너무 슬퍼 엉엉 울었습니다. 그리고 가지고 온 황금 팔레트 상을 부모님의 무덤 앞에 놓았습니다.

“이것은 제 것이 아닙니다. 아버지와 어머니가 받으실 상입니다.”

문학과의식
2022 소설선

김영희 소설집
길 위에서

발행일 2022년 11월 1일

지은이 김영희
펴낸이 안혜숙
디자인 임정호

펴낸곳 문학의식사
등록 1992년 8월 8일
등록번호 785-03-01116
주소 우편번호 23014 인천광역시 강화군 하점면 강화대로 939
우편번호 04555 서울 중구 수표로6길 25 501호(서울 사무소)
전화 032.933.3696
이메일 hwaseo582@hanmail.net

값 13,000 원
ISBN 979-11-90121-41-5